读客经典文库

100 个书单丰富你的灵魂

再见，吾爱
[美]雷蒙德·钱德勒 著
成果 译
Raymond Chandler
江苏凤凰文艺出版社
JIANGSU PHOENIX LITERATURE AND ART PUBLISHING, LTD

图书在版编目（CIP）数据

再见，吾爱 /(美) 雷蒙德 · 钱德勒
(Raymond Chandler) 著 ; 成果译. -- 南京 : 江苏凤凰
文艺出版社, 2019.9
（读客经典文库）
ISBN 978-7-5594-3543-9

Ⅰ. ①再… Ⅱ. ①雷… ②成… Ⅲ. ①长篇小说－美
国－现代 Ⅳ. ①I712.45

中国版本图书馆CIP数据核字 (2019) 第064156号

再见，吾爱

［美］雷蒙德 · 钱德勒 著　　成果 译

责任编辑　丁小卉
特约编辑　王心怡　宋如月　张尊瑜
装帧设计　肖　雯
插画设计　刘小梅
责任印制　刘　巍
出版发行　江苏凤凰文艺出版社
　　　　　南京市中央路165号，邮编：210009
网　　址　http://www.jswenyi.com
印　　刷　北京盛通印刷股份有限公司
开　　本　880 × 1230 毫米 1/32
印　　张　8.75+0.5插页
字　　数　205 千字
版　　次　2019 年 9 月第 1 版　2019 年 9 月第 1 次印刷
书　　号　ISBN 978-7-5594-3543-9
定　　价　59.90 元

Farewell, My Lovely

Raymond Chandler

我需要喝一杯，

需要上很多人寿保险，

需要一个假期，

需要一个位于乡间的家，

但我有的只是一件外衣、

一顶帽子和一把枪。

我穿戴整齐后离开了房间。

——《再见，吾爱》第34章，P223

DUKE PANDA
ZJWA
SHU DAN LAI LE
Raymond Thornton Chandler

“好了，马洛，”我在牙缝中间说道，

“你是个硬汉，一个六英尺高的铁人。

你净重190磅，脸也洗过了；肌肉结实，下巴不是玻璃做的。

你能做到。你被放倒两次，脖子被掐过，下巴被枪托打过。

你浑身都被注射了麻醉剂，糊涂得像两只发疯的华尔兹老鼠。

但这一切又算得上什么呢？不过是家常便饭罢了。

现在，让我们瞧瞧你有多像个硬汉，先把裤子穿上。”

——《再见，吾爱》第25章，P158

再见，吾爱

01

事情发生在中央大街一片族群混居的街区——住的不都是黑人。我刚从一家只放了三把椅子的理发店出来，我的委托人认为，一位名叫迪米特里斯·阿莱迪斯[1]的理发师可能在这里轮班。不是什么要紧事，他妻子愿意花笔小钱让我把他找回家。

我没找到那位理发师，阿莱迪斯太太也没付钱给我。

当天接近三月底，天气偏热。我站在理发店外，抬头看着二楼一家名叫“弗洛里安”的餐饮娱乐中心的霓虹灯招牌。另外一个人也在看这块招牌。他盯着二楼灰蒙蒙的玻璃，一副陶醉、专注的神情，仿佛东欧移民头一回见到自由女神像。这人体格巨大，虽说他的身高不会超过六英尺五英寸[2]，身宽比拉啤酒的货车窄一些。他站在距我约摸十英尺远的地方，双手垂在两侧，一根被遗忘的雪茄在巨大的手指

1 希腊裔人名。——译注（如无特别说明，本书中注释均为译注）

2 约195厘米。

之间冒着烟。

沉默、苗条的黑人沿街路过，他们纷纷侧目，瞥一瞥眼前人。这人确实很有瞧头。他头戴毛料博萨利诺帽[1]，身穿纽扣有高尔夫球那么大的灰色粗呢运动外套，里边是棕色衬衫配黄色领带，下身一条灰色法兰绒带褶便裤，脚踩鞋头绽出白色爆裂纹的鳄鱼皮皮鞋，胸前口袋垂下一方手帕，和领带一样是亮黄色的。头顶帽子的绑带下，还饶有兴致地插了几根彩色羽毛。哪怕身处衣着风气算不上十足稳重的中央大街，他也和白蛋糕上的狼蛛一样惹眼。

他皮肤苍白，胡子该刮了。他是需要经常刮胡子的那类人。他长着一头黑色卷发，两道浓眉在大鼻子上方几乎连成一片；生着一对就他这副体格而言还算小巧的耳朵；眼睛里闪着灰眼珠特有的、近似泛泪的光泽。他像尊雕塑般一动不动地站在原地，过了好久，才微笑起来。

他慢慢走过人行道，来到通往二楼的对开弹簧门跟前。他扒开门，用冷漠而空洞的目光朝街道张望一番，接着走了进去。如果他个头再小一些，穿着再保守一些的话，我可能会觉得他是去抢劫的，不过，看他那身衣服、那顶帽子，还有那副体魄，绝对不可能。

弹簧门向外弹出，几近停止。就在正要停住不动时，两扇门又猛然向外弹至敞开。什么东西突然飞出来，越过人行道，落到两辆车之间的排水沟内。那东西用膝盖和双手把自己撑起来，发出一声惨叫，像无路可逃的耗子。接着，他慢慢站直，捡上帽子，回到人行道上。被扔出来的是个消瘦、窄肩的深色皮肤年轻人，他身穿淡紫色套装，

1　19世纪起源于意大利的一种男士礼帽，材质多为毛呢，帽型硬挺，帽檐较宽，帽顶揉出松弛造型。在19世纪至20世纪中叶的西方，以博萨利诺帽为代表的礼帽，是体面人出行着装的重要组成部分。

胸前别康乃馨[1]，黑发梳得油亮。他张开嘴哀号了一阵子。路人茫然无措地盯着这玩意儿。最后，他心满意足地戴好帽子，横行到墙边，一瘸一拐、悄无声息地离开了这片街区。

一片寂静。突然间，街道又恢复了喧闹。我走到双开门跟前停下。那两扇门已经陷入静止。这不关我的事，于是我推开门，朝里望去。

黑暗中，一只足以让我坐下的大手伸了出来，抓住我的肩膀，就跟要把我挤出汁一样捏着我。那手把我拖进门，又随意将我拎上一级台阶。一张大脸瞧着我。一个低沉、柔和的声音低声对我说道：

“这里好像有黑鬼？搭个手帮忙，伙计。”

楼道里很黑，也很安静。二楼传来模糊的人声，不过，楼梯上只有我们两个人。大块头严肃地瞧着我，同时仍在用那只手蹂躏我的肩膀。

“有个黑鬼，”他说，“刚被我扔出去。你看到了吧？”

他松开我的肩膀。骨头倒没碎，可手臂已经麻木了。

“这地方一向如此，”我一边揉着自己的肩膀，一边说，“不然你觉得谁会来光顾？”

“别那么说，兄弟，”大块头用假声说道，听起来像四只刚吃过晚餐的老虎，“魏尔玛原来在这儿上班，小魏尔玛。”

他又伸出手，想要抓住我的肩膀。我试图躲闪，可他的动作快得像只猫。这时，他更加专注地用钢铁般的手指钳着我的肌肉。

“没错，”他说，“小魏尔玛。我八年没见她了。你说这儿现在变成黑鬼的地盘啦？”

1　胸前别花，一度是西方男士在着装方面的时髦之举。

我沙哑地说“是”。

他又把我拎上两级台阶。我奋力挣脱，想为胳膊争取到一点活动空间。我当时并没有带枪，寻找阿莱迪斯这种事好像用不着。我甚至怀疑带着也没用，大块头估计会把枪从我手里抢过去吃掉。

“你自己上去瞧瞧。”我说道，尽力掩饰着痛苦。

他再一次把我放开。他看着我，眼里流露出忧伤的神色。“我心情很好，”他说，“所以不想和人闹别扭。一起上去吧，咱们还可以来两杯。”

“他们不会招待你的。跟你说了，这是有色人种来的地方。”

“我八年没见到魏尔玛了。”他用他那低沉、忧伤的声调说道，“上次道别后，整整八年。她有六年时间没给我写信，她肯定有自己的苦衷。那时候，她就在这里上班，可爱得很。咱们一起上去吧，行吗？”

“行，”我嚷道，“我跟你一起上去，但别拎着我，我自己能走。我好得很，早就长大了，会自己上厕所，什么都能自理，所以别拎着我。”

“小魏尔玛原来在这儿上班。”他温存地说，根本没注意听我讲话。

我们爬上了台阶。他让我自己走。我的肩膀很疼，脖子后面一片潮湿。

02

楼梯尽头又是一对弹簧门，封锁着门后的世界。大块头用两根拇指轻轻推开门，让我们走了进去。这是一间狭长的屋子，不怎么干净，不怎么明亮，也不怎么欢快。房间角落的锥形灯光下，有几个黑人凑在赌桌旁边吆五喝六。右边靠墙的地方是吧台，剩下的空间主要用来放小圆桌。店里坐着几个顾客，有男有女，全是黑人。

赌桌旁的吆喝变成一片死寂，桌子上方的灯光倏然熄灭。整间屋子突然陷入沉默，气氛沉重得像注满水的船。一双双眼睛瞧着我们——都是栗色的眼睛，长在一张张灰色和深黑色之间的脸上。一颗颗脑袋缓缓转过来，嵌在上面的眼睛闪闪烁烁，用来自另一个种族的异样目光，死气沉沉地盯着我们。

一个高大、脖子粗壮的黑人背靠在吧台一端，他衬衣袖子上系着粉色袖箍，宽阔的后背上交叉着粉色和白色相间的吊裤带，从头到脚都是打手的模样。他缓缓把跷起来的那只脚放到地上，转过身瞪着我们。他从容迈开双腿，用大舌头舔着嘴皮。他的脸看起来饱经风雨，就好像经受过除了吊铲抓斗之外的一切击打。这张脸满是伤疤，没有棱角，肉质厚实，坑坑洼洼，鞭痕交错。这是一张无所畏惧的脸，但凡人们能够想到的事情，它都经历过。

他短短的小卷发透出一丝灰白，一只耳朵没有耳垂。身形魁梧，粗壮的双腿有点膝内翻（这对黑人来说并不常见）。他又舔舔嘴皮，摆出微笑，活动了一下身躯。他屈着膝盖，像上场的拳击手那样朝我们走来。大块头静静等候着他的驾临。

系粉色袖箍的黑人伸出一只结实的棕手，抵在大块头的胸口上。

那么大的手，现在看起来就像一枚小小的铆钉。大块头一动不动。打手淡淡一笑。

“白人不准进，兄弟，这里只招待有色人种，抱歉了。”

大块头转转忧伤的灰眼珠，扫视了一圈屋内。他的脸蛋泛起一丝红润。“黑鬼的鸟地方。”他把怒火压在喘息声中说道，接着又抬高声调，“魏尔玛在哪儿？”他问那个打手。

打手干笑了两声。他开始观察大块头的衣着扮相，看了看大块头身上的棕色衬衣、黄色领带、灰色粗呢外套，以及外套上高尔夫球那么大的白色纽扣。他小心翼翼地转动着脑袋，从各个角度进行观察。他又低头瞧了瞧那双鳄鱼皮皮鞋。他似乎被逗乐了，并咯咯笑起来。我突然有点替他感到难过。他再次开口，轻声道：

“你说魏尔玛？这里没什么魏尔玛，兄弟。没有酒，没有妞，什么都没有。快滚蛋吧，白人伙计，滚出去。”

“魏尔玛原来在这儿上班。”大块头几乎自言自语地说，就跟他正孤身一人在森林里采摘紫罗兰似的。我掏出手帕，再次擦擦后颈。

打手突然放声大笑。“没错，”他一边说，一边快速回头看了看他的信众，“魏尔玛原来是在这儿上班，可现在不了。她退休了。嚯，嚯！”

“把你那见鬼的脏手从我衣服上拿开。”大块头说。

打手皱起了眉头。他不习惯有人这样对他讲话。他移开搁在大块头衬衣上的手掌，把它卷成一个形状和颜色同大茄子相仿的拳头。他得顾虑自己的事业、强悍的名声，以及他在这里确立的威严。他顾虑了三者片刻，结果犯了个错误。他突然扬起胳膊，挥出一记高速重拳，击中大块头的腮帮。屋内响起一片微弱的惊呼声。

他打拳的姿势不错。肩膀下垂，身体跟着摆动。拳头分量也很足，想要打出这样的拳头，平时得进行大量的练习。大块头的脑袋挪了还不到一英寸，他根本没打算挡下这一拳。大块头生扛住拳头，身体微微一晃，在喉咙里发出一声低吼，接着掐住了打手的脖子。

打手想用膝盖攻击大块头的腹股沟，然而却被大块头拽着脖子在空中转了一圈，让他那双艳俗的鞋子滑落到鳞片般粗糙的油地毡上。大块头从背后压弯打手的腰，腾出右手，拽住皮带。那根皮带像屠夫用的捆绳一样断开了。大块头把巨掌平放在打手的脊柱位置，一把揪住衣服，双臂旋转着、摇摆着、挥舞着，把打手飞掷过整个房间。三个人跳出航道。打手飞过一张桌子，摔在踢脚板上，动静大得恐怕在丹佛都能听到。他蹬了蹬双腿，然后就不动了。

"有些人，"大块头说，"就是不知道什么时候可以来硬的。"他转身面对我。"好了，"他说，"咱们来两杯吧。"

我们走到吧台旁边。孑然一身或三五成群的客人们，现在变成了安静的黑影，他们悄无声息地飘过地板，悄无声息地飘出楼梯口的对开门——悄无声息，就像草地上的影子。他们出去的时候，弹簧门甚至连晃都没晃一下。

我们靠在吧台上。"我要威士忌酸酒[1]。"大块头说，"你呢？"

"威士忌酸酒。"我说。

威士忌酸酒上来了。

大块头沿矮座杯厚厚的杯面，冷漠地舔舐着酒水。他严肃地看着酒保，那是一个消瘦、穿白色外衣、愁容满面、走起路来很别扭的黑人。

1　以威士忌为基酒，辅以柠檬汁或其他酸味配料调成的鸡尾酒。

“你知道魏尔玛在哪儿吗？”

“你是说，魏尔玛？”酒保哼哼唧唧地说，“我最近没见过她。最近没有，没有，先生。”

“你在这儿干了多久？”

“我算算，”酒保放下毛巾，挤出抬头纹，开始掰指头数数，“大概十个月，我觉得，大概一年。大概——”

“算清楚！”大块头说。

酒保瞪着眼珠子，喉结像无头小鸡那样上下蹿动。

“这鸟地方被黑人占多久了？”大块头粗暴地索要着答案。

“你指这一带的哪个地方？”

大块头捏起拳头，就跟要把手里的酒杯化为乌有似的。

“总有五年了吧。”我说，“这伙计不会认识什么叫魏尔玛的白人姑娘。这里不会有人认识。”

大块头看着我，就像看着刚从蛋里孵出来的东西。威士忌酸酒并没有改善他的坏脾气。

“谁他妈让你来管闲事的？”他问我。

我微笑了起来。我摆出一副又大又暖的笑脸：“咱们一起上来的，不记得了吗？”

他咧开嘴笑回来，一个贫乏、没有任何意味的笑容。“再来杯威士忌酸酒。”他对酒保说，“用力摇匀点儿。快去弄！”

酒保忙手忙脚地调着酒，眼白在黑脸上转来转去。我背靠吧台，瞧了瞧这间屋子。现在屋里没人了，只剩下酒保、大块头、我自己，还有之前摔在墙上的打手。打手活过来了。他缓慢挪动身躯，仿佛承受着巨大的压力和痛苦。他像只残翅苍蝇，沿踢脚板轻轻爬行。他在一张张圆桌后疲惫地移动，如同一个突然间衰老和幻灭了的人。我看着他爬了一会儿。这时，酒保又给我们端上来两杯威士忌酸酒。我转回来面对吧台。大块头随意扫了一眼在地上移动的打手，之后便不搭理他了。

“这地方什么都变了。”他抱怨道，“以前这里有个小舞台，有乐队，还有男人自个儿来也能找到乐子的可人小包间。魏尔玛在这里唱过一阵子歌。那时候她一头红发，像蕾丝短裤一样可爱。我们本来要结婚的，可有人给我设了个圈套。”

我喝起第二杯威士忌酸酒。我有点受够这段奇遇了。“什么圈套？”我问。

“你以为我这八年上哪里去了？”

“抓蝴蝶去了。”

他用一根香蕉大小的拇指戳戳胸膛。“坐牢去了。我叫马罗伊，大家都叫我‘驼鹿[1]’马罗伊，因为我块头大。大本德银行抢劫案，四万美元，我一个人干的。怎么样，可以吧？”

“所以你现在打算用掉这笔钱？”

他狠狠瞪了我一眼。这时，我们身后传来一阵响动。打手重新站起来了，可重心有些不稳。他把手放到赌桌后一道暗门的把手上，拧开门，几乎是摔了进去。门咔嗒一声关上，之后又传来上锁的动静。

“门背后是什么？”驼鹿马罗伊质问道。

酒保的眼神躲躲闪闪，费了好大力气，才把目光聚到方才打手跌撞而入的那扇门上。

“那，那是蒙哥马利先生的办公室，先生。蒙哥马利先生是这里

1 驼鹿是世界上最大的鹿科动物。

的老板，他的办公室在那后面。”

“他应该会知道。”大块头说。他一口干掉杯中酒，“但他最好别耍花招。再来两个人我也不怕。”

他慢慢地、恣意地、大摇大摆地穿过屋子，用厚重的背脊顶了顶门。门锁着。他摇摇门，震掉一块木板。他穿过那扇门，随手把门带上。

一片寂静。我看看酒保，酒保看看我。酒保的眼神变得若有所思。他擦拭着吧台，一边吹气，一边探着右手下腰。

我把手伸到吧台下，攥住他的胳膊。那条胳膊很纤弱。我抓着他的手臂，看着他微笑。

“在下边干吗呢，兄弟？”

他舔舔嘴皮，躯体沉在我的手臂上，一句话也不说。一抹灰暗在他黑亮的脸蛋上蔓延。

“这家伙是狠角色。”我说，“而且喝了酒，情绪容易激动。他在找一个原来认得的女孩。这里原来是白人的地盘。听明白了？”

酒保又舔了舔嘴皮。

“他离开了很长一段时间。”我说，“有八年。他不明白八年意味着什么，虽然我宁肯他觉得那相当于一辈子。他认为这里应该有人知道那女孩的下落。听明白了？”

酒保慢慢说道：“我还以为你们是一伙的呢。”

“我身不由己。他刚才在下面问了我几句话，就把我拽上来了。我们素昧平生。不过，我可不喜欢被别人扔进扔出。你在下面藏着什么？”

“一把枪管被锯短的霰弹枪。”酒保说。

“小心点，那可是违法的。”我低声说道，“听好了，咱俩在一条船上。你还有别的枪吗？”

“还有把手枪，”酒保说，“藏在雪茄盒子里。别攥着我的胳膊了。”

“别担心，”我说，“挪过来点。慢慢来，靠边站，现在可不是掏家伙的时候。”

“去你的，”酒保不信地说，并把疲惫的身躯压在我的胳膊上，“去——”

他突然住口。他眼珠在转，脑袋一缩。

赌桌旁紧闭的门后发出一声钝响。有可能是关门的声音。但我不那么认为，酒保同样如此。

酒保僵在原地，大张着嘴。我仔细听着。没传来其他动静。我快步移到吧台尽头。再耽搁就来不及了。

那道门砰的一声弹开，驼鹿马罗伊从里面箭步冲出来，突然停下，双脚钉在地板上，露出宽绰而苍白的笑容。

他手里握着一把柯尔特军用点四五手枪[1]，像握着玩具。

“谁都不许摸裤兜。”他安逸地说，“把脏手放在吧台上。”

我和酒保把手放到了吧台上。

驼鹿马罗伊粗略扫了一眼屋内。他脸上的笑容绷得紧紧的，嘴角像被钉住了一样。他迈开步伐，静悄悄地穿过屋子。尽管还穿着那身花哨衣裳，可他的样子看起来确实像只身抢银行的大盗。

这时，他走到吧台跟前。“举起手来，黑鬼。”他轻声道。酒保把手举过头顶。大块头走到我身后站住，用左手仔细地搜了我的

1　柯尔特制造公司于1911年开始量产的一款点四五口径半自动手枪，即著名的“M1911”。

身。他呼出来的哈气热热地吹在我的后颈上。不一会儿，那感觉消失了。

“蒙哥马利先生也不知道魏尔玛在哪儿。”他说，“他想用这玩意儿告诉我。”他用结实的手掌拍拍手枪。我慢慢转过身，看着他。“对，”他说，“要不了多久，你们就会认识并牢牢记住我的，伙计们。到时候记着告诉警察别犯糊涂。”这时，他摆了摆手枪，“那么，再会，兔崽子们。我得出去搭电车喽。”

他开始朝楼梯走去。

“你还没付酒钱呢。”我说。

他停下脚步，仔细研究了我一番。

“也许你确实有两下子。”他说，“但如果我是你，就会视情况量力而行了。”

他继续往前走，穿过弹簧门。之后，传来他在楼道一路远去的脚步声。

酒保弯下腰。我跳到吧台后面，将他一把推开。吧台下方的架子上，放着一支被锯短的霰弹枪——上头盖着毛巾。霰弹枪旁边是一个雪茄盒，里面藏着一支点三八口径自动手枪。我把两支枪都没收了。酒保靠在吧台后方的杯架上。

我从吧台尽头绕出来，穿过房间，来到赌桌后方敞开的门跟前。门后面有条昏暗的“L”形走道。打手不省人事地趴在地板上，手里握着一把刀。我弯腰卸下刀，把它从备用楼梯间里扔下去。打手嘴里发出鼾声，手上松软无力。

我迈过他的身子，打开一扇用剥落的黑漆写着“办公室”的门。

被木板半封起来的窗户旁，放着一张陈旧的小办公桌。一个男人的躯干笔直戳在椅子上。椅子的靠背很高，刚好和那人的后颈相齐。

他的脑袋跨过椅背，翻到后边，鼻子正对封起来的窗户。头身刚好对折，像手帕或门上的蝴蝶铰。

那人右手边的抽屉开着，里面放了一张中间沾有油渍的报纸。这张报纸可能是用来包枪的。当时某一刻，掏枪可能是个不错的点子，但现在蒙哥马利先生脑袋所处的位置，证明那个点子烂透了。

办公桌上有台电话。我放下霰弹枪，走回去关上门，然后才报了警。这样做让我更有安全感，而且蒙哥马利先生好像也不介意。

巡警跺着脚爬上楼梯的时候，打手和酒保早已溜之大吉，屋里只剩下我一个人。

03

接管这案子的家伙叫纳尔蒂，他长着长长的下巴，板着脸，和我说话的大部分时间都把修长、发黄的双手叠放在膝盖上。纳尔蒂是七十七街分局的一名探长。我们在一个简陋的房间里谈着话。屋内对称摆了两张靠墙的桌子，剩下的空间只够一个人站起来活动；地上铺着脏脏的棕色油地毡；空气里一股雪茄烟蒂的味道。纳尔蒂身上的衬衣磨损得差不多了，外衣袖口向内挽起。他一副穷酸相，显得挺廉洁正直，但光靠这模样还对付不了驼鹿马罗伊。

他点燃半截抽剩的雪茄，把火柴扔到躺满同伴的地板上，抱怨道：

“黑鬼，又是黑鬼谋杀案。我在这家警察局待了18年，全靠这种鬼案子添笔功劳簿。这种事儿不会登照片，不会登消息，甚至在寻人启事上登几行字都不可能。”

我一声不吭。他再次拿起我的名片瞧瞧并扔下来。

“菲利普·马洛，私家侦探。管闲事儿的，是吧？老天，你可真够行的。那段时间你都在干吗？”

“哪段时间？”

“马罗伊拧断黑鬼脖子的那段时间。”

“噢，我不在那间屋子里。”我说，“马罗伊可没说会拧断谁的脖子。”

“你在糊弄我。”纳尔蒂抱怨道，“得了，继续糊弄我吧。反正大家都这么对我，多你一个又有什么关系？可怜的老纳尔蒂，都来糊弄他吧，往他身上扔几枚硬币。想寻开心，找纳尔蒂就对了。”

“我没糊弄谁。”我说，“我刚才说的都是真的，那确实发生在另一间屋子里。”

“嗯，没错。”纳尔蒂透过一扇雪茄烟雾说道，“当时我在现场都亲眼看到了，对吧？你身上没带家伙吗？”

“处理那种事的时候不带。”

“什么事？”

“我在找一个离家出走的理发师，他老婆觉得我能劝他回家。”

“那人是黑鬼？”

“不，是希腊人。”

“那好吧，”说着，纳尔蒂往字纸篓里啐了一口，“那好吧。不过，你又是怎么遇上那个大块头的？”

“刚才跟你说过了，碰巧遇上的。他把一个黑人从弗洛里安扔了出来，我一时糊涂，探进头想看看是怎么回事，结果就被他拽到了二楼。”

"你是说，他当时用枪顶着你？"

"不，那时候他手上还没枪，至少没亮出来。枪估计是他从蒙哥马利手里抢过来的。反正是他把我拎上去的，我有时就那么招人喜欢。"

"那可不好讲。"纳尔蒂说，"你可不像那么容易就被拎起来的人。"

"好吧。"我说，"你干吗不信我？我亲眼见过那家伙，你没有。他壮得能把咱俩当成首饰戴在身上。他离开后，我才知道有人死了。我只听到枪响，但当时应该是先有人在惊慌中开枪，之后枪才被马罗伊抢过去。"

"这样推断的根据是什么？"纳尔蒂近乎温和地说，"马罗伊原来不是持枪抢过银行吗？"

"因为我想到了他那身行头。他不是去杀人的，要杀人不会穿成那样。马罗伊跑去那里，是为了找一个叫魏尔玛的女孩。她在马罗伊抢劫银行被捕之前是马罗伊的情人，而且原来在这个现在叫弗洛里安——或者之前还是白人地盘的时候，叫别的什么名字——的地方上班。马罗伊也是在那里被捕的。你肯定能逮到他。"

"对。"纳尔蒂说，"凭他那副体格和那身行头，要找到他很容易。"

"他可能还有别的行头，"我说，"可能还有车子、藏身处、钱和朋友。但你肯定会逮到他的。"

纳尔蒂又往字纸篓里啐了一口。"对，我会逮到他的，"他说，"等我老到戴上假牙的时候。你说有几个人在办这件案子？答案是只有我一个。听好了，你知道为什么吗？因为这种案子没机会见报。有一次，五个黑人在东八十四街的一间屋子里砍到血肉横飞[1]。其中一个人已经死了，家具上、墙上，甚至天花板上都是血。我从那栋房子出来时，碰到一个纪事报的新闻记者，当时他正走下门廊，准备上车。他对我做了个鬼脸，说了句‘噢，见鬼，又是黑人’，就钻进车走了，连门都没进。”

“马罗伊可能是保释期逃走的犯人，”我说，“这一点也许可以帮到你。不过，你去抓人之前可要计划好，否则他会把巡逻车钢架拆掉的。到时候案子就有机会见报了。”

“要真那样也轮不到我办这案子了。”纳尔蒂嗤之以鼻地说。

纳尔蒂桌子上的电话响了。他接起电话，露出沮丧的微笑，放下话筒，在便签本上写了写。这时，他的眼珠上泛起一丝微弱的光芒，像那种从飘满灰尘的走廊尽头透过来的亮光。

“见鬼，他们查到了。电话是档案管理处打过来的，他们找到马罗伊的指纹、照片和其他在案信息了。老天，总算有点头绪了。”他对着便签本读道，“老天，这家伙还算是人吗？身高六英尺五英寸半[2]，净重264磅[3]。老天，他可真是个大家伙。不过让他见鬼去吧。我们已经把他的名头在电台里通报过了，估计是放在待查案件清单的最末尾。现在除了等，没什么可做的。”说完，他把雪茄烟扔进了痰盂。

1　“血肉横飞”原文的表达是“Harlem sunsets”，字面意思为“哈林区的落日”。哈林区最初是纽约市的一个荷兰移民聚居区，在1916—1970年美国城市化的“大迁徙”过程中，这里的黑人居民比例从10%（1910年人口普查）一下飙升至70%（1930年人口普查）以上。在此期间，“哈林区”逐渐成为美国“黑人区”乃至黑人文化的代名词。这里，“哈林区的落日”被钱德勒笔下的“纳尔蒂警官”引申为发生黑人群体中的见红惨案，明显包含贬损之意。

2　约200厘米。

3　约120公斤。

“你可以查查那个女人的下落，”我说，“魏尔玛。马罗伊在找她，她是案子的起因。你可以试试这条线。”

“你去找吧。”纳尔蒂说，“我有20年没进过娱乐场所了。”

我站了起来。“那好吧。”说着，我朝门口走去。

“喂，等等。”纳尔蒂说，“刚才跟你开玩笑呢。你不是很忙吧？”

我在指间转动着香烟，站在门口瞧着他，等他把话说完。

“我是想说，你有没有空去找一下这位女士。你刚才的推断挺有道理的，或许你还真能查到点什么，毕竟你们办事不受条条框框限制。”

“查出来对我有什么好处？”

他悲伤地摊开发黄的双手，微微一笑，满腹心机像坏掉的捕鼠夹。“你和我们部分人关系闹得很僵。别否认，好几个人都这么说。以后多交几个朋友，对你没坏处。”

“好处又是什么？”

“听着，”纳尔蒂规劝道，“我不太会说话，但我觉得局里随便谁都能给你带来好处。”

“这是说我能得到你们的爱，还是说你们会付钱给我？”

“没钱付给你。”纳尔蒂皱皱他忧伤的黄色鼻头，说道，“但我亟须提升业绩。警局上次整顿之后，日子有点难过。我会感激你的，朋友，会一直感激的。”

我看看手表。“行，如果我查到什么情况，会告诉你的。拿到照片后找我，我会帮你指认。平时午餐后和我联系。”和纳尔蒂握完手之后，我穿过泥黄色的走廊，走下楼梯，来到大楼正门，自己的车子跟前。

现在距离驼鹿马罗伊手持柯尔特军用手枪走出弗洛里安已经过去了两小时。我在一家杂货店吃过午餐，买上一品脱[1]波本威士忌，驱车朝东开至中央大街，又顺中央大街北上。我的直觉模糊得像人行道上翻滚的热浪。

我插手这桩案子纯属好奇。但老实说，我已经一个月没接活儿了，因此接一份分文不取的差事，对近况也算是个改变。

04

弗洛里安已经关张了，如我所料。一部车子停在楼下，车内有个明显是便衣警察的人在假装读报纸。我不明白警察为何如此上心，这里又没人认识驼鹿马罗伊。打手和酒保下落不明，那片街区没人肯透露他们的任何行踪。

我慢慢把车挪走，停在街角，坐在车内看着一家黑人旅馆。这家店名叫“桑苏西[2]”，位于弗洛里安所在街区对角，距离最近一个十字路口不远。我下车往回走，穿过十字路口，步入旅馆。屋内铺着长条形褐色编织地毯，两旁对立摆放着成排的硬木椅子。屋子昏暗的深处有个柜台，柜台后坐着一个闭着眼的光头男人。他把柔软的棕色双手平和地扣在一起，搁在身前的桌面上。这人在打盹儿，或貌似在打

1　约550毫升。

2　Sans Souci是法语词汇，意思是“无忧”或“莫愁”。在今天的德国波茨坦市北郊，有一座始建于18世纪的“无忧宫”（Sanssouci Palace），同样以“桑苏西”为名。

吨儿。他戴了一条像是1880年前后打上去的爱思科领带[1]；领带别针上镶着一块绿色石头，个头比苹果小不了多少；层层叠叠的下巴安详地堆在领带上；扣在一起的双手干净、平和；指甲修剪过，一轮轮灰色新月种在紫色指甲肉里。

他胳膊肘下方的金属浮雕招牌写着："本店安保工作统一交由'国际联合机构有限责任公司'负责。"

安详的棕皮肤男人半睁开眼睛，若有所思地看着我。我指指招牌。

"我是H. P. D. 派来的调查员。最近碰到什么麻烦没有？"

所谓H. P. D.，即"旅馆安保部"。该部门隶属于一家大机构，专门追查那些开空头支票的骗子，以及从备用楼梯脱身、留下的二手皮箱里装满破砖头的逃账客。

"麻烦，兄弟，"旅馆登记员用高亢的声音说，"我们刚从麻烦里逃出来。"他降下四到五个音阶，补充道，"你叫什么名字来着？"

"马洛，菲利普·马洛——"

"这名字真好，兄弟，干净悦耳。你今天气色看起来真不错。"他像刚才一样降低声调，开口道，"但你根本不是H. P. D. 的人。那儿的人这么多年来我一个没见过。"他解开双手，懒散地指了指招牌，"这块牌子是二手货，兄弟，我买来充门面的。"

"那好吧。"我说。我靠着柜台，掏出一枚50美分的硬币，放到空空落落、斑痕累累的桌面上旋转起来。

"你今早听说弗洛里安的事了吗？"

---

1 指一种发源于欧洲的宽边领带，佩戴时将两端交叠，辅以别针固定。该领带于19世纪80年代左右在欧洲中上阶层男性中间大为流行。

“我忘了，兄弟。”他总算睁开了双眼，盯着硬币旋转的朦胧闪光。

“那儿的老板被人干掉了，”我说，“叫蒙哥马利。有人拧断了他的脖子。”

“愿上帝接纳他的灵魂，兄弟。”之后，他降下一些声调说，“你是警察？”

“私家侦探，要保密的那种。不论什么人，我一眼就能看出他能否保密。”

他仔细地打量了我一番，随后闭上眼睛思索了一阵子。这时，他再次谨慎地睁开双眼，盯着旋转的硬币。他控制不住自己的目光。

“是谁干的？”他弱弱地问，“是谁办了山姆？”

“某位刚出牢看到弗洛里安不再是白人地盘后变得很生气的狠角色。那里原来好像是白人的地方，这事情你或许还记得？”

他什么话都没说。硬币嗡鸣着倒下，陷入静止。

“接下来看你的了。”我说，“是要我给你朗诵一章《圣经》呢，还是要我请你喝杯酒呢？挑吧。”

“兄弟，我平时只在家人面前朗诵《圣经》。”他的目光明亮、坚定，像只蛤蟆。

“你吃过午饭了吧？”我说。

“午饭，”他说，“对于我这种体格和脾气的人来说，通常就免了。”这时，他又降低声调说道，“你到桌子这边来吧。”

我从兜里取出那瓶品脱装波本威士忌，把它放在柜台后的架子上，接着回到柜台正前方。他弯下腰看看酒，脸上流露出满意的神色。

“兄弟，这瓶酒是收买不了我的。”他说，“但我很愿意和你共饮一小杯。”

他打开瓶子，取出两个玻璃杯放到桌上，接着不动声色地倒了满满两杯酒。他端起其中一个杯子，仔细嗅嗅，跷起小拇指把酒灌进喉咙。

他用嘴巴品了品，用脑袋想了想，然后点点头说："这酒真不错，兄弟。要我怎样替你效劳呢？这片地方每一道砖头缝里是什么情况，我都了如指掌。说真的，先生，你很会挑酒。"说着，他又斟满了酒杯。

我把在弗洛里安发生的事情一五一十地告诉了他。他一脸严肃地瞧着我，不时摇摇光头。

"萨姆的小店是块净土，"他说道，"那里已经一个月没人挨刀子了。"

"六年到八年前左右，现在的弗洛里安还是白人地盘的时候，叫什么名字？"

"霓虹灯招牌一般都挂得挺高的，所以不好摘下来，兄弟。"

我点点头。"我就知道名字没变，如果变了的话马罗伊会吭声的。当时的老板是谁？"

"你这么问让我略感惊讶，兄弟。那个可怜的罪人名叫弗洛里安，麦克·弗洛里安。"

"这位麦克·弗洛里安后来怎么样了？"

黑人温和地摊开双手。他的声音洪亮而悲伤。"死了，兄弟，向上帝报到去啦。那是基督纪年一千九百三十四年或一千九百三十五年[1]发生的事情，我记不太清楚了。他这一生过得毫无意义，兄弟，我听人说又是喝酒喝死的。这个不信神的人和剃光毛的肉牛一样下地

1　即公元1934或1935年，此处"几千几百几十年"为宗教表达方式。

狱了，兄弟，但上帝的恩典一直在天国守候着他。”接着，他的声音又回到说正事的调子上，“天晓得是怎么回事。”

“他家里还有谁？你再来一杯吧。”

他紧紧摁上瓶塞，把酒瓶顺柜台推过来。“天黑之前只能喝两杯，兄弟。谢谢你的建议。你的说话方式很照顾别人的自尊心......他留下一个寡妇，名叫杰西。”

“杰西去哪里了？”

“求知，兄弟，始于频繁发问。我不知道，你可以到电话簿里找找看。”

旅馆大厅昏暗角落里有个电话间。我走进去关紧门打开灯。我在拴着链子、残破不堪的电话簿上找了找，没看到弗洛里安这个名字，于是又回到柜台前。

“没找到。”我说。

黑人懊悔地弯下腰，提起一本城市人名地址簿，放到桌上推过来。他闭上了眼睛，他开始不耐烦了。我在册子里找到了寡妇杰西·弗洛里安的名字，地址是西五十四街1644号。我好奇自己一直以来都是怎么用脑子的。

我在纸上抄下地址，把人名地址簿推回去。黑人把那本册子放回原处，和我握了握手，之后又把双手扣在一起，放到办公桌上，和我进来时一模一样。他的眼皮缓缓垂下来，貌似打起了盹儿。

这段插曲对他来说已经结束了。在向外走的路上，我回头望了他一眼。他的眼睛已经闭上了，呼吸轻柔、均匀，吐气时弱弱地吹拂着嘴皮，光头闪闪发亮。

我走出桑苏西旅馆，穿过马路，回到车上。这条线索来得太容易了，有点过于容易。

05

西五十四街1644号是一幢干巴巴的棕色房子，前面有一片干巴巴的棕色草坪。草坪上有块光秃的空地，中间种着一株粗犷的棕榈树。门廊上放着一把木质摇椅，午后微风吹拂着一整年都未修剪的一品红枝条，令其轻轻拍打着开裂的泥灰墙。侧院里有一根锈铁丝，上边一排洗到泛黄发硬的衣服在随风颤动。

我把车往前开了四分之一个街区，停在马路对面，再走回来。

门铃没响，于是我轻轻敲了敲纱门的木质边框。屋内响起一阵拖拖拉拉的脚步声，门打开了。我眼前的昏暗中，出现一个蓬头垢面的女人；她一边开门，一边擤着鼻子。她面容浮肿、灰暗，乱蓬蓬的头发说不清是金色还是棕色——既了无生气难以算作姜黄色，又脏乱不堪难以算作灰色。臃肿的身体裹在惨不成形、无论颜色还是款式都已过时的法兰绒浴袍中。她的脚趾肥大，而且明显搁在一双破旧的棕色男士皮拖鞋里。

我开口道："是弗洛里安太太吗？杰西·弗洛里安太太？"

"嗯——哼。"那声音拖着自己从她嗓子里挣扎而出，像病人下床。

"你丈夫原来在中央大街附近经营娱乐场所对吗？麦克·弗洛里安？"

她用拇指把一缕头发拨到大耳朵后方，眼里闪起惊讶之色。这时，她用厚重的嗓门和吞吐的口气说道："什——什么？我的老天爷啊，麦克已经走了五年了。你刚才说你是来干吗的来着？"

她既没拉开挂钩也没打开纱门。

“我是个侦探，”我说，“想了解一点情况。”

她令人厌烦地瞪了我整整一分钟。之后，她很不情愿地掀开挂钩，转身进了屋。

“那进来吧，不过我还没收拾屋子呢。”她满腹牢骚地说，“你是警察，对吧？”

我走进门，把纱门的挂钩搭上。门左边的角落里，有一台气派的柜式收音机在嗡嗡低吟。那是整间屋子里唯一像样的家具，似乎是刚买来的。剩下的地方都不堪入目：客厅里放着填充过度的脏沙发和一把木质摇椅（和门廊上那把是一对），方形拱门过去是放着脏桌子的餐厅，从餐厅走过满是脏手印的弹簧门是厨房。除此之外，客厅里还有几盏配以俗气灯罩的破旧罩灯，像退了休的站街女一样在搔首弄姿。

那女人坐进摇椅，双脚踩着拖鞋跺到地板上之后瞧着我。我看着收音机，在长沙发一头坐下来。她发现我在看收音机，于是一种如中国茶般淡薄的虚假热心肠钻到了她的面容和声音里。“我就剩这一个伴儿了。”说完，她干笑起来，“麦克没又闯下什么祸吧？警察很少来找我的。”

她的干笑声中带有散漫的醉意。我向后一靠，碰到了什么东西。我伸手一摸，拿起一个夸脱[1]装的金酒酒瓶。那女人再次干笑起来。

“刚才开了个玩笑。”她说，“希望老天爷现在安排了很多廉价金发女郎在他身边，否则他老嫌不够。”

“我倒是想起了一个红发的。”

1 1夸脱=2品脱=1.136公升。

“他大概也愿意要几个红发的吧。”她的目光，就我观察，没之前那么模糊不定了，“我记不清了，有哪个比较特别的红发女孩吗？”

“有，叫魏尔玛。我不清楚她姓什么，只知道那大概不是真名。我受她家人委托来找她。你们在中央大街上的店现在变成黑人的地方了，名字没变，那里必然没人听说过她，于是我就想到了你。”

“她家里人还挺放得下的，隔了这么久，才想起这回事——我是说找她。”那女人若有所思地说。

“这牵扯到一小笔钱——数额不多。根据我的猜测，他们只有先联系上魏尔玛，才能碰到这笔钱。有时候金钱能够增强记忆力。”

“酒精也一样。”那女人说，“今天有点热，是吧？那你就是警察啦？”她目光狡诈，神情警觉，踩在男士拖鞋里的双脚纹丝不动。

我拿起阵亡的空瓶子摇摇，把它扔到一边，又摸到裤子后兜，掏出那瓶之前我和黑人接待员没喝多少的品脱装波本威士忌。我把酒放到膝盖上。那女人难以置信地盯着酒瓶。狐疑之色开始在她的脸蛋上到处乱爬，像只小猫一样，只是没小猫那么顽皮。

“你根本不是警察。”她轻声道，“警察绝对不会买那种酒。你到底在耍什么把戏，先生？”

她又擤了一下鼻子，用的是我迄今为止见过最脏的一块手帕。她的目光滞留在酒瓶上。饥渴正在她脸上同猜忌交战，并且胜利在望。饥渴在此类角逐中从不落败。

“我提到的魏尔玛是个卖艺人或歌手。你恐怕不认识她吧？我猜你不常到店里去。”

那双海草色的眼睛依旧盯着酒瓶，那条舌苔很厚的舌头在嘴皮上蠕动。

“嘿，那可是好酒。”她赞叹道，“我才不管你是谁呢，先生，但你可要把酒瓶子拿好了，一滴都不能洒。”

她从摇椅里站起来，蹒跚走出房间，拿着两个又厚又脏的玻璃杯回来了。

“不掺别的，就喝你带来的。”她说。

我给她倒了能让我飘飘欲仙的一大杯。她猴急地端起杯子，像吞药片一样一口吞下酒水，随后又盯着酒瓶。我又给她满上一杯，给自己也倒了一点。她拿着酒杯坐到摇椅上。她的双眼已变得暗淡无光，而这把她的棕眼珠衬得更深邃了。

“嘿，这玩意儿口感太好了，”她边说边坐下，“一点顶口的感觉都没有。我们刚才在聊什么来着？”

“一个叫魏尔玛的红发女孩，原来在你们中央大街的店里上班。”

“对。”她喝起第二杯酒。我走过去，把酒瓶放到她身旁的摇椅扶手上。她伸手拿起酒瓶，“对。你是谁来着？”

我掏出名片递给她。她用舌头和嘴皮读读名片上的字，随后把名片放到身旁的桌子上，用空玻璃杯压住。

“噢，私家侦探。你刚才可没跟我提起这个，先生。”她冲我亮出一根摇晃的手指，用愉悦的口气数落着我，“但你带来的酒，说明你在行里算个好人。这杯敬罪犯！”她给自己倒了第三杯酒并一饮而尽。

我坐下来，在指间转动着香烟，耐心等了一阵子。她要么知道点什么，要么就什么都不知道。如果她知道点什么，她要么告诉我，要么就不告诉我。当时的情况就那么简单。

“可人的小红发女。”她大着舌头，用缓慢的口气说道，“对，我记得她，能歌善舞，腿很漂亮，而且乐意摆出来给人看。她跑别的地方去了，我怎么会了解这些盲流的习性？”

“行，我没假定你了解，”我说，“只是顺道过来问问，弗洛里安太太。这些酒水你自便。如果到时我们俩还嫌不够尽兴，那我就再买些回来。”

“你一口都没喝。”她警觉地说。

我拿起手边的酒杯，把酒慢慢咽下肚，慢到能让别人误以为我喝了很多的程度。

“她家里人现在在哪里？”她警觉地问。

“那很重要吗？”

“行，”她揶揄地说，“行，帅哥，你们查案子的人都一个样。反正谁给我买酒，谁就是我的朋友。”说完，她又伸出手，拿起瓶子，给自己倒上第四杯酒。“我不该多嘴的。不过，我只会在喜欢的人面前乱讲话。”她假笑了起来，样子跟洗衣盆一样可爱。“你乖乖坐在这儿，别乱跑，”她说，“我想起来了。”

她从摇椅里站起来，打了个喷嚏，差点把浴袍掉到地上，抵着肚子将浴袍一把拉回来穿上，随后冷冰冰地盯着我。

“不许偷看。”说着，她走出房间，在出门时肩膀撞了一下门框。

我听见她杂乱的脚步声移动到了屋子深处。

一品红的枝叶乒乓作响地拍打着正墙。晾衣绳隐约在屋子一侧吱嘎颤动。卖冰激凌的商贩摇着铃铛沿街路过。屋子角落里，那台气派的新收音机轻唱着莺莺燕燕的主题，颤动的音符低沉、柔和，仿佛伤心歌手悄然藏在歌声里的心绪。

这时，从屋子深处传来各种磕磕碰碰的声音：一把椅子似乎背部着地，一个书桌抽屉被拉得太猛掉到地上，一阵夹杂着抱怨的踉跄声。接着，响起钥匙慢慢开锁的声音，一个储物箱盖被吱嘎作响地打开，又是一阵踉跄声和磕碰声，一个烟灰缸掉到地板上。我从长沙发上站起来，潜入餐厅，途经一小段过道，透过一扇敞开的门边缘向内偷看。

她在储物箱跟前摇摇晃晃，胡乱抓起放在箱子里的东西，气愤地用手把扫在前额上的长发甩到脑后。她没想到自己会醉成这样。她靠到箱子上，稳了稳自己，一边咳嗽一边喘气。这时，她把厚实的膝盖跪到地板上，伸出双手探进箱子里摸索起来。

她哆嗦的双手拿起了什么东西——一个用褪色的粉红带子绑起来的包裹。她笨手笨脚地解开带子，从包裹里抽出一个信封，弯下腰，把信封放回储物箱右边看不到的地方，并用哆嗦的手指把带子重新系好。

我从原路悄悄返回，坐到长沙发上。那女人喘着粗气回到客厅，摇摇晃晃地站在门道上，手里拿着包裹。

她冲我得意笑笑，把包裹随手一扔。包裹落到了我脚边。她蹒跚走到摇椅旁坐下，又伸手去拿威士忌。

我弯腰捡起了那个用褪色的粉红带子绑起来的包裹。

“打开瞧瞧吧，”她满腹牢骚地说，“里面有相片和剪报照。这些盲流只能登在报纸的警情通告里，一帮混迹下流场所的乌合之众。这就是我那个丈夫留给我的家当，一堆旧衣服和一群混账东西。”

我翻了翻那堆花哨的照片，看着上头摆出专业造型的男男女女。照片上的男人长着一张张尖瘦、狡黠的脸庞，他们要么身穿赛马服，要么就面涂好似小丑的古怪妆容。这些家伙都是混迹汽车旅馆的卖艺人，大多数甚至终生难以在小地方建立稳固事业。他们活跃的场合是小镇杂耍舞台、执法部门的大清扫行动，以及廉价滑稽剧场，专门演出一些下流节目，跟法律打擦边球；有时表演实在不堪入目，便会引来一场突击检查和场面混乱的公诉庭审，之后他们又复出，重新拾起嬉皮笑脸、淫邪肮脏、馊汗般臭气熏天的表演生涯。照片上的女人多半有双美腿，展示私密曲线的尺度颇为大胆，超出了威尔·海思[1]的建议限制。不过，她们的样貌却世故老套，跟会计员上班时穿的上衣似的：金发女、深发女、土里土气的大牛眼、淘气贪婪的小细眼。某两张脸明显很歹毒；某两个人可能是红发，不过这从黑白照片上看不出来。我随意翻看了一遍，没提起什么兴趣，然后把带子重新绑好。

“一个都不认识。”我说，“干吗给我瞧他们？”

她的目光越过右手颤颤巍巍握住的酒瓶，阴险地看着我：“你没找到魏尔玛？”

“她在里边吗？”

浓重的奸诈之色攀上她的脸，开始一番嬉闹，没找到什么乐趣，因此又转移阵地了。“你不是有她的照片吗，她家里人给你的？”

这个问题让她感到困惑。每个女孩都会留下一张照片，哪怕是她穿短裙、头戴蝴蝶结的童年。我手里至少应该有这样一张照片。

“我不打算再喜欢你了。”那女人低声道。

我端着杯子站起来，走过去，把杯子放到她身边的桌沿上。

1　1879—1954，美国政治家、共和党员，曾任美国电影制片人暨发行人协会第一任主席。他在任期间，颁布了著名的电影制片法典，也即“海思法典”，主要用于限制和审查电影所表现的内容。该法典直到1968年才正式取消。

“你喝光那瓶酒之前，再给我倒一杯。”

她伸手去拿酒杯，这时，我一转身，快步穿过方形拱门，走进餐厅，穿过走道，步入那间储物箱敞开、烟缸落地、杂物乱放的卧室。我身后传来大喊大叫的声音。我把手伸进储物箱右边，摸到一个信封，然后飞快地抽出来。

我回到客厅的时候，那女人已经站起来了，不过她只迈出两三步。她的目光里有一种很特别的无神，一种充满杀意的无神。

“坐下！”我故意对她怒吼道，“我可没驼鹿马罗伊那么糊涂！”

这句话有点像黑暗中的枪击，没打中任何东西。她眨了两下眼睛，用上嘴唇掀起鼻子，透过兔子般诡异的神情露出几枚脏牙。

“驼鹿？你说那个驼鹿？他怎么样了？”她咽着气说。

“他出来了，”我说，“从牢里出来了，拿着一把点四五在外头乱逛。今早他在中央大街附近杀了个黑鬼，因为那人不肯告诉他魏尔玛在哪里。此时此刻，他正到处找那个害他蹲了八年号子的家伙。”

苍白的色泽占据了那女人的脸庞。她把瓶子举到嘴边咕咕灌酒，酒水顺着她的下巴流了下来。

“那现在警察也在找他啦！”说着，她大笑起来，“没错，就是警察！”

可爱的老女人，我喜欢和她相处，喜欢出于自己的险恶用心把她灌醉。我是个不错的家伙，我喜欢当我自己。干这一行，任何你经历过的事情都会被我碰上，但我已经开始对这种状况感到恶心了。

我打开信封，攥起一张光面相纸照片。这张照片和刚才那些一样，但又有些不同——它拍得精致多了。照片上的女孩上身穿皮埃罗丑角[1]服，头戴白色圆锥帽，帽顶有一颗黑色绒球，帽子下蓬松散落出来的头发呈深色——可能是红的。照片为侧身照，可见的那只眼睛里透出一丝活力。我不敢说这张脸蛋漂亮、大方，我不擅长评判相貌，但它称得上好看。一直以来，人们都对这种脸蛋比较友好，或在它所属的那个小圈子里算不错。不过，那张脸依旧非常平凡，它的美观是严格流水线化的，你午餐时间穿过任何一个城市街区，都能看见一打类似的脸。

照片中，女孩的下半身以腿，而且是一双美腿为重点。照片的右下角有一个签名："永远属于你的——魏尔玛·华伦托。"

我在那个叫弗洛里安的女人面前抬起照片，举到她够不着的地方。她扑过来抢，但没摸到。

"干吗把它藏起来？"我问。

她喘着粗气，一声不吭。我把照片塞回信封，装到衣服口袋里。

"干吗藏起来？"我又问了一遍，"这张照片和另外那些有什么不同？她现在人在哪里？"

"她死了。"那女人说，"她是个好孩子，但已经死了。你这个条子，快滚吧。"

女人黄褐色的眉毛绞在一起，上下耸动。她的手一松，酒瓶滑落到地毯上，酒水汩汩流出。我弯腰去捡酒瓶，她伸出脚想踢我的脸，

1　皮埃罗丑角最初是17世纪意大利喜剧中的一类角色，外形可概括为白色妆容、宽大衬衣、褶子领口、锥形帽或黑色包头帽。皮埃罗丑角的角色个性，最初被"天真""愚蠢""喜欢恶作剧"和"不值得信任"等概念定义，但是到了19世纪，欧洲的一些浪漫主义者开始赋予该形象以新的含义，如在安托尼·华铎（Antoine Watteau，1684—1721）的绘画中，皮埃罗丑角的形象变得脆弱而忧伤，在诗人泰奥格尔·戈蒂耶（Théophile Gautier，1811—1872）的笔下，皮埃罗丑角则成了后法国大革命时代资产阶级的精神写照，他们同命运斗争，滑稽的行为中略带悲剧色彩。总之，皮埃罗丑角和现代马戏表演中单纯逗乐的小丑，既相同，又有所不同——前者往往多了"悲伤"等含义。

于是我撤开几步。

“你还是没说为什么要把她的照片藏起来。”我对她说，“她什么时候死的？怎么死的？”

“我只是个又病又老的可怜女人。”她咕哝道，“别来招惹我，你这个狗娘养的！”

我站在原地看着她，什么话都没说，什么要说的话都没想。过了一会儿，我走到她旁边，捡起地上几乎已经流空的酒瓶，放到她身边的桌子上。

她一直低头盯着地毯。收音机在角落里欢快低吟。屋外一辆汽车经过。一只苍蝇在窗户后面嗡嗡作响。过了好长一段时间，她开始嚅动半片嘴皮，对着地板说话，吐出一堆毫无意义的零碎语句。她大笑起来，仰面朝天，呆呆流出一摊口水。她又伸出右手，拿起酒瓶，咯咯磕着牙齿喝光了剩下的酒。她举起空瓶子摇摇，然后朝我扔了过来。酒瓶飞落到房间一角，顺地毯滚动，最后砰一声撞到踢脚板上。

她再次阴险地看了我一眼，之后就闭上眼睛，打起了鼾。

她可能在演戏，但我不在乎。突然间，我感觉受够了这一幕，简直受够了，实在受够了。

我在长沙发上捡起帽子，走向门口，打开纱门，来到屋外。收音机还在角落里嗡嗡低吟，那女人还躺在椅子里，呼呼打着轻鼾。关上门之前，我回头看了她一眼，之后我关上门又悄悄打开，再次看了她一眼。

她的眼睛仍然闭着，只是眼皮下有什么东西在闪动。我走下台阶，沿开裂的走道回到主路。

隔壁家的窗帘掀起了一角。一张狭窄、专注的脸贴在窗户上，凝视着这边——是个白发尖鼻的老女人。

爱管闲事的老太太又在打探邻居了。每条街上都至少有一个像她这样的人。我朝她挥挥手。窗帘落了下来。

我回到停车的地方，钻进车，开回七十七街分局，爬上楼梯，来到纳尔蒂那间位于二楼的臭烘烘的狭小办公室。

06

纳尔蒂似乎就没动过，他带着一如既往的酸臭耐心坐在椅子上，只不过烟灰缸里多出来几个烟蒂，地板上的火柴棍铺得更密了。

我坐到那张空桌子上。纳尔蒂翻开一张扣在桌上的照片递给我。那是张罪犯档案照，正面像和侧面像，底下是指纹。这就是马罗伊没错了，照片是打着强光拍摄的，因此他的眉毛看上去也就法式小面包那么粗。

“就是这家伙。”我把照片递了回去。

“关他的俄勒冈州立监狱发过来一封电报。”纳尔蒂说，“刑满释放，在狱警脱离苦海前先解放了。不过，事情有了起色。他被我们包围了。巡警在七街电车线路终点站向售票员了解到一些情况，他提起一个体格、外形都和马罗伊相似的家伙，说那人是在三街和亚历山大里亚大道岔口下的车。马罗伊接下来肯定会躲进一栋没人住的大房子。那附近有很多这样的老房子——距离闹市区太远，所以很难租出去。只要他敢这么做，就会变成我们的瓮中之鳖。你刚才跑去干吗了？”

“他是不是戴着一顶花哨的帽子，外衣上缝着高尔夫球那么大的白扣子？”

纳尔蒂皱起眉头，搓搓放在膝盖上的双手。“不是，穿的是蓝色套装，或者也可能是褐色。”

“你确定他穿的不是纱笼？”

“什么？噢，没错，真有意思。我下班后确实该多笑笑。”

我说：“那人不是驼鹿。驼鹿可不会搭电车，他有钱。瞧瞧他那身行头。他的体格买不到成衣，只能订制。”

“行，你就逗我玩吧。”纳尔蒂不快地说，“你刚才跑去干吗了？”

“干你该干的事情。弗洛里安还是白人地盘的时候，也叫这名字。我跟一个熟悉周围情况的黑人旅馆接待员聊了一会儿。那块招牌不便宜，所以黑人接管后没摘下来。弗洛里安原来的老板叫麦克·弗洛里安，他前些年死了，留下一个遗孀。那女人住在西五十四街1644号，叫杰西·弗洛里安。电话簿里没她名字，可城市人名地址簿里有。”

“那么，我接下来该怎么办呢？找她约会吗？”纳尔蒂问道。

“我已经替你见过她了，拿着一瓶品脱装波本酒去的。弗洛里安太太是个迷人的中年女性，脸像一桶泥，而且假如她的头发在柯立芝[1]第二任期之后洗过，我就把自己的备胎带着轮毂一起吃掉。”

“省省那些俏皮话吧。”纳尔蒂说。

“我向弗洛里安太太问起过魏尔玛。你还记得吧，纳尔蒂先生，魏尔玛就是那个马罗伊正在找的红发女孩。我说这些没让你不耐烦

1　1872—1933，美国第30任总统。柯立芝曾于1921—1923年任美国副总统。1923年8月，总统沃伦·甘梅丽尔·哈丁在职期间过世，柯立芝递补为总统。1924年，柯立芝在大选中胜出，连任下届总统。

吧，纳尔蒂先生？”

“你怎么不高兴了？”

“你不会明白的。弗洛里安太太说她记不得魏尔玛了。她家里破烂不堪，除了那台价值70或80美元的新收音机。”

“你讲的这些事情好像不值得我大惊小怪。”

“弗洛里安太太——我叫她杰西——说她丈夫只留给她一堆旧衣服，还有一沓照片，拍的是当年在他们店里轮流上岗的混混。我给她灌了点酒，她是那种为了喝一盅恨不得把你撂倒抢瓶子的女人。三四杯下肚后，她走进自己端庄的卧室，一通翻箱倒柜，从旧储物箱底挖出一沓相片。我偷看到她抽出一张照片藏到了信封里，于是过了一会儿，我又悄悄溜回去拿走了信封。”

我把手伸进口袋，掏出穿着皮埃罗小丑服的女孩照片，放到纳尔蒂桌上。他拿起照片盯着看，嘴角突然怪异地一拧。

“可爱，”他说，“真可爱，我也该找个这样的来玩玩。呵呵。叫魏尔玛·华伦托，是吧？这美人儿后来怎么了？”

“弗洛里安太太说女孩死了，虽然这很难解释她干吗要把照片藏起来。”

“我不信她死了。她干吗把照片藏起来？”

“她没对我讲。不过，我最后把驼鹿放出来的消息告诉她时，她似乎突然变得不喜欢我了。这不大可能，你说是吧？”

“你继续说。”纳尔蒂说。

“说完了。就这些情况，照片也给你了。如果这些线索还帮不到你，那我也没辙了。”

“该怎么查？这案子到目前为止还是黑人命案。等我们先抓到驼鹿再说吧。见鬼，驼鹿已经八年没见过那女孩了，除非她探过监。”

“好吧。”我说，“不过别忘了，他在找魏尔玛，而且他还是那种执迷不悟的类型。对了，他以前不是抢过银行嘛，那意味着警方发过悬赏公告。这笔钱最后是谁领走的？”

“不知道，”纳尔蒂说，“我可以去查查。怎么了？”

“有人把他出卖了，也许他知道是谁干的。这是马罗伊会抽空办的另一件事情。”这时，我站了起来，“先这样吧，再见，顺祝好运。”

“你就这么把我打发了？”

我向门口走去：“我得回家去洗洗澡，漱漱口，剪剪指甲。”

“你没生病吧？”

“只是有点脏，”我说，“很脏很脏。”

“干吗那么着急走？再坐会儿。”他向后一靠，把两根拇指钩到马甲里——这让他更像警察了，但没增添魅力。

“我并不着急，”我说，“一点都不着急。我目前只能办到这些。看起来，这位魏尔玛已经死了，假设弗洛里安太太说的是实情的话。目前我还想不到任何她要撒谎的理由。追查魏尔玛的下落，是我此前仅有的兴趣。”

“没错。”纳尔蒂的声音里充满了怀疑——出于职业习惯。

“反正你们已经控制住驼鹿马罗伊了，事情差不多结了，我也得回家找点谋生的活儿干了。”

“万一我们扑了个空呢？”纳尔蒂说，“这种情况是有的，就算对方是个大块头。”他的目光里同样充满了怀疑（如果有什么神情的话），“她给了你多少？”

“多少什么？”

“那个老女人给了多少好处费让你罢手？”

“罢手什么？”

“你原本接下来打算办的事情。”他把两根拇指从马甲袖口抽出来，搁到胸前，顶在一起。这时，他堆起一副笑脸。

“噢，放过我吧。”说完，我离开了办公室，留下他一个人在我身后张着嘴巴。

我出门走了大概一码远，又转身回去，悄悄打开门，把目光向内探去。他还坐在原地，让两根拇指相互顶着，只是脸上的笑容不见了。他看起来很担心，嘴巴依旧张着。

他没挪动，也没抬眼。我不确定他有没有听到开门的动静。我又把门关上，离开了那里。

07

那年的挂历上印着一张伦勃朗的画，由于印刷套色不准，这幅自画像看起来脏兮兮的。画中的伦勃朗用脏手指捏着脏兮兮的调色盘，此外，他头上戴的黑色头巾帽也不算干净。他另一只手握着笔刷，悬在半空中，就好像谁预付一点订金，他就会为此忙活上一阵子似的。他的脸庞衰老、松弛，充满对生活的厌恶之情，以及酗酒导致的昏沉之色。尽管如此，这张脸还是流露出一种讨我喜欢的苦中作乐的神情，那对儿嵌在上面的眼睛就像露珠一般明亮。

下午四点半左右，我坐在办公桌后面，看着挂历上的伦勃朗。这时，电话突然响起，我听到一个冷酷、傲慢、有自我感觉良好嫌疑的声音。我接起电话之后，那声音慢吞吞地说：

“你是那个叫菲利普·马洛的私家侦探吗？”

“说得没错。”

“噢，你的意思是说，你就是。有人向我推荐了你，说你口风紧，值得信赖。我想让你今晚七点过来，谈点事情。我叫林赛·马略特，家住蒙特马·维斯塔区，卡布里洛街，4212号。你知道这地方吧？”

“我知道蒙特马·维斯塔区在哪里，马略特先生。”

“好的。不过，卡布里洛街不太好找。这里的街道错落不定，都是些别致而复杂的曲折小路。我建议你从人行道旁边的咖啡馆爬台阶上来。如果你愿意那么走的话，沿路碰到的第三条干道就是卡布里洛街。我家是那片街区唯一的一栋房子。那咱们七点见？”

“是什么性质的工作，马略特先生？”

“我不大愿意在电话上讨论这件事情。”

“能稍微透漏一点吗？蒙特马·维斯塔区挺远的。”

“如果咱们没谈成，我也会付给你花销的。你对工作性质有什么特殊要求吗？”

“只要不违法就行。”

那声音突然变得冷若冰霜：“如果违法的话，我就不会打电话给你了。”

估计是哈佛毕业的家伙，虚拟式[1]用得很好。我脚趾发麻，浑身不自在，但又囊中羞涩。我把蜜灌到嗓子眼儿里说道：“万分感激，马略特先生，我会准时到达的。”

他挂上电话，然后就没别的了。这时，我感觉伦勃朗先生脸上浮

1　英语虚拟式有两种用法，一是表示说话人对某件事情或行为的态度，二是表示说话人建议、命令和要求的口气。在后一种用法中，发言者会在口气上为听者留下同意或不同意的空间，以此表明发言者本人的礼貌态度。虚拟式语法较为复杂，因此常为“有教养人士”专用。

现出了一丝挖苦的神情。我打开办公桌深深的抽屉，取出一瓶办公室常备的酒，倒了浅浅一杯喝下去。这杯酒立马抹去了伦勃朗先生脸上的挖苦之色。

一束楔形阳光越过桌面，悄无声息地落在地毯上。交通灯在窗外的林荫大道上砰砰变换着颜色[1]，长途有轨电车[2]哐当路过，打字员在界墙外的律师办公室里噼啪作响地打着字。我装填好并点燃烟斗，电话铃又响了。

是纳尔蒂打来的。他吞吞吐吐，仿佛嘴巴里塞满了烤土豆，“呃，看来是我犯糊涂了。”他确认接电话的是我本人之后说道，“刚才忘了说一件事，马罗伊跑去找那个叫弗洛里安的女士了。”

我紧紧捏着话筒，就跟要把它捏碎一样。我的上嘴皮突感冰凉。“继续说，我还以为你们已经把他包围了呢。”

“那是别人跟我说的，马罗伊根本不在那儿。我们接到西四十四街一个喜欢从窗户偷窥的老人家的报警电话，说有两个人拜访过弗洛里安女士。一号人物把车放在街对面，在车里藏了一会儿。他进那间破房子之前，确认了一下周边情况。在屋里待了一个钟头左右。六英尺高，深色头发，结实中等身材。没闹出什么事情。”

“你忘了说那人嘴里还有股酒气。”我说。

“哦，没错。那人就是你，对吧？二号人物就是驼鹿，打扮扎眼，体格有栋房子那么大。他同样开着一辆车，不过老太太没看清车牌号，太远了。老人家说这是你离开一个钟头后发生的事情。他行色

1　早期的交通信号灯没有黄灯，因此只能用警报器提醒换灯。

2　20世纪初的美国城市里有两种电车：一种是市内有轨电车，主要用于市内交通；另一种是长途有轨电车，主要用于近郊长途交通。到1930年，美国大部分长途有轨电车消失，只有少数幸存到1950年以后。

匆匆，只在屋里待了五分钟，上车途中又掏出一把大手枪，套在手指上转了转。我猜老太太是因为看见了这一幕才报的警，她说没听到屋里有人开枪。”

“她肯定特别失望。”我说。

“对，俏皮话讲得不赖，我下班后该多笑笑。还有一件事情，老人家没说。巡警去了那地方，敲门没反应，于是他们进了屋子，大门没锁，屋里既没死人也没活人。弗洛里安太太当时已经溜出去了。他们走到隔壁，拜访了那位由于没看到弗洛里安太太外出而难过得跟得了溃疡一样的老太太。之后巡警打电话回来，汇报了有关情况。大约一个钟头或一个半钟头以后，老人家打给巡警，说弗洛里安太太回来了。巡警通知了我，于是我给弗洛里安太太打了个电话，问她干吗要出门，没想到她竟然当我面挂断了。”

纳尔蒂停下来，稍稍喘了几口气，等着我做出评论。我没什么可说的。过了一会儿，他又接着嘀咕。

“你怎么看？”

“没什么好说的。驼鹿很可能去了那地方，这是自然的。他肯定和弗洛里安太太很熟。但他自然也不会在那里逗留太久，因为他怕弗洛里安太太已经被警察盯上了。”

“我觉得啊，”纳尔蒂冷静地说，“我或许应该去找找她，问问她当时上哪里去了。”

“好主意，”我说，“如果你能找到人把你从座位上抬起来的话。”

“什么意思？噢，又一句俏皮话。不过就算知道她去了哪儿，也没多大意义，我还是省省力气吧。”

“也好，”我说，“你想说什么就说吧。”

他咯咯笑了出来。“我们替马罗伊安排好了，这回真能抓住他。他在吉拉德[1]附近，开着一辆租车北上。他在加油站加油的时候，被营业员认了出来——我们不久前刚在广播里播报过他的体貌特征。营业员说那家伙跟广播里的描述吻合，只是身上穿着深色套装。我们已经通知县警和州警了。要是他继续朝北边走，那我们就能在去文图拉县的路上逮到他。要是他转而走山岭公路，那他一定会在卡斯塔依克收费点停下。要是他不停车，警方就会通知前方封锁道路。我们不想让自己的人挨枪子儿，如果可以避免的话。怎么样，听上去不错吧？”

“听上去确实不错。”我说，“只要那人确实是马罗伊，而且他确实照你预料的那样行动。”

纳尔蒂仔细地清了清嗓子。“你打算做点什么呢，万一出事的话？”

“什么都不做。干吗那么问？”

“你和弗洛里安太太处得不错，或许她还知道点别的。”

“这只要你本人带着一瓶酒去就行了。”我说。

“你把她弄得服服帖帖，或许应该再多花点功夫在她身上。”

“这应该是警察的工作吧？”

“当然，但找那女孩是你的主意。”

“那条线索已经废了，除非那个叫弗洛里安的女人在撒谎。”

“女人不管对什么都撒谎，有时就为了练个手。”纳尔蒂专横地说，“你不是很忙吧？”

“我有活儿要干，来见你之前接的。能赚钱的活儿。抱歉了。”

---

1 洛杉矶市近郊地名，现已被“伍德兰山庄”取代。

“甩手脱身了，是吧？”

“别那么说，我只是得挣钱谋生。”

“行，老兄。既然你抱有这种态度，那就算了。”

“我什么态度都没有。”我几乎在喊了，“我只是没时间替你或别的什么警察跑腿。”

“那行，你继续发火吧。”说完，纳尔蒂挂上了电话。

我对着无声的话筒咆哮：“这座城市里有1750个警察，每一个都想让我帮他们跑腿！”

我把话筒放到话架上，又倒了一杯酒喝下。

过了一阵子，我到楼下大厅买了份晚报。纳尔蒂至少有一个判断是对的，蒙哥马利被杀的事情至今未登上悬赏专栏。

我再次离开办公室，抓紧时间去吃晚饭。

08

我在日落时分赶到了蒙特马・维斯塔区，当时水面仍波光粼粼，海浪拖着修长、柔滑的弧尾在远处拍打。波涛的乳白色边缘下，一群结成轰炸机队形的鹈鹕飞过。一艘孤单的游艇正朝自己位于湾城的港湾航行。在游艇远处，太平洋巨大而空虚的海面呈现出一派灰紫之色。

所谓蒙特马・维斯塔区，指的是几串大小形状各异的房子，沿山脊颤颤巍巍地垂挂下来——感觉那座山打个喷嚏，就能把它们震到海滩上的盒装午餐里。

海滩上方的高速公路，从一道实际上是步行天桥的宽阔水泥拱门之下穿行而过。桥洞内侧的尽头处，是一段单侧配有粗壮镀锌扶手、直通山顶的水泥阶梯。走过桥洞，就是我的委托人提到的路边咖啡厅。咖啡厅内灯光明亮，气氛欢快，但在室外的条纹遮篷下的数张铁腿瓷砖圆桌旁，却只空空落落地坐着一位穿宽松长裤的深色皮肤女人。她抽着香烟，若有所思地盯着大海的方向，跟前放着一瓶啤酒。一只猎狐犬拴在椅子铁腿上。我在那女人漫不经心地训斥小狗时开车驶过，并以借用停车位的方式，和咖啡厅建立了仅有的公务联系。

我往回走到桥洞，沿台阶走上去。如果你喜欢气喘吁吁的感觉，那走这条路是个不错的选择。到卡布里洛街总共要爬280级台阶。台阶上落满了风吹来的沙子，扶手又凉又湿，好似蛤蟆肚皮。

等我爬到顶时，海上的波光已经消失了，一只腿有伤的海鸥正迎着临近水面的微风飘摇。我在最后一级湿冷台阶上坐下，抖掉鞋中沙粒，等着心跳降到小一百。呼吸频率大概恢复正常之后，我松松贴在背上的衬衫，朝亮着灯的房子走去——那是呼喊声可及范围内的唯一一栋房子。

这栋小房子挺漂亮，一道被盐侵蚀的螺旋楼梯通往其正门，门廊上挂着仿车马灯的廊灯。房子下方是单侧车库。车库门开着，门廊上的灯光照了进来，斜射在一辆外形同战舰相仿的轿车上。轿车各处以合金包边，一个展开双翅的胜利女神站在引擎盖上，女神身后系着一条草原狼的尾巴，车标处镌刻着大写字母。车子的驾驶座设在右侧，光看样子，它比这栋房子还值钱[1]。

我顺螺旋楼梯爬上去，四处找门铃，最后用虎头形门环敲了门。敲门声被初夜的浓雾吞没了，屋内没有传来脚步声。潮湿的衬衣像冰

1　根据作家的描述，这应该是一辆从英国进口的劳斯莱斯。

袋一样贴在我背脊上。这时，门静悄悄地打开了，在我眼前出现的，是一个身穿法兰绒套装、脖围紫色缎面领巾的金发男子。

在他的白色外衣领口上，缀有一朵矢车菊；相比之下，他淡蓝色的眼珠就暗淡了许多。透过松垮垮围着的紫色领巾，看不到里边打有领带，但能瞧见他那又肉又软、好似强壮女人的棕色脖颈。从外形上说，他有一点点胖，不过样子挺英俊，身高比我多出一英寸，因此大概有六英尺一英寸[1]高。他的金发上——不知是人为，还是天然——有三处起伏，这让我想起了刚才爬的台阶，因此我对它们仨并不感冒。不管怎样，我都不喜欢谁的头发上有这三处起伏。除此之外，他就是那种身穿白色法兰绒套装、脖围紫色领巾、领口别矢车菊的家伙。

他稍微清了清嗓子，目光越过我的肩膀，看着我身后逐渐变暗的海面。这时，他用冷峻而傲慢的嗓音说："有事吗？"

"之前约的七点，"我说，"准时到了。"

"噢，对。让我想想，你的名字叫——"他停了下来，皱起眉头，努力回忆。那样子很假，像硬充门面的二手车。我任他在那里装了一会儿，然后说道：

"菲利普·马洛，叫的还是今天下午那个名字。"

他皱着眉头，飞快地瞟了我一眼，就跟我该找机会补偿一下他似的。他后退一步，冷冰冰地说：

"啊，没错，是这个名字。快进来吧，马洛。我家仆人今晚出去了。"

他用指尖推开门，就像亲自开门这一举动会多少脏了他的手。

1　约185厘米。

我从他身边走过，闻到了香水味。他关上门。进屋后首先映入眼帘的，是一座低矮楼厅，楼厅内侧立有铁栏杆，刚好把摄影棚规模的大客厅围住三面。剩下的一面，装有一个巨大的壁炉和两扇门。壁炉里的火正烧得噼啪作响。楼厅外侧放着一排排书架，一尊尊泛有金属光泽的底座雕塑摆放在旁。

我们走下三级台阶，来到客厅的主体部分。厅内地毯很厚，差一点就搔到我的脚踝；有一架演奏会上用的三角钢琴，盖子合着；钢琴一角放着一尊高挑银制花瓶，压在桃色丝绒垫上，瓶内有一朵孤零零的黄色玫瑰；不少样子美观、质地柔软的家具；到处都是脚垫，有的饰有金色流苏，有的没有。这间客厅看起来还不错，如果你没做出什么粗俗举动的话。幽暗的角落里摆着一张铺有大锦缎的躺椅，跟选角沙发[1]似的。这间客厅，就是那种人们在里面盘起单腿、小口啜饮搁了方糖的苦艾酒、讲起话来夸张喧哗、偶尔对彼此发出尖叫的地方。在这种地方，什么都可能发生，除了正经事。

林赛·马略特先生站到三角钢琴的凹弧处，探过身去闻闻黄玫瑰，接着打开法式搪瓷烟盒，点起一根金色过滤嘴棕色修长香烟。我心怀忐忑地坐到一张粉色椅子上，生怕会留下脏印子。我点燃一根骆驼烟，用鼻子喷出烟雾，看着一尊耀眼的金属雕塑。这东西拉出一道完整、平滑的弧线，中间浅浅凹下，两头凸起。我正盯着它瞧的时候，被马略特发现了。

"一件有趣的小玩意儿，"他漫不经心地说，"我前两天顺手买的。阿斯塔·戴尔的《拂晓之灵》。"

"我还以为是克洛普施坦因的《屁股上的两个瘤》呢。"我说。

1　在英语的日常用法中，该词还专门指以陪睡换取利益的"潜规则"。

林赛·马略特先生露出一副刚吞下蜜蜂的表情。之后，他奋力收起脸色。

“你的幽默感挺特别的。”他说。

“不是特别，”我说，“是不受拘束。”

“对，”他异常冰冷地说道，“对——没错。你讲得对……回到正题吧，我之所以把你请来，其实是为了一桩很小的事情——小到甚至不必让你大老远跑这一趟。我今晚要去见几个人，付点钱给他们，而我觉得，我这边也应该叫上一个人做伴。你带枪了吗？”

“有时会带。”我说。他宽厚脸蛋上的笑窝深得能藏下一颗珍珠。

“我不太想让你带着枪去。这件事只是单纯的商业交易，完全不涉及暴力。”

“我基本就没开过枪。”我说，“这事跟敲诈有关吗？”

他皱起眉头：“当然没有。我不是那种会干坏事引火烧身的人。”

“就是最本分的人，也有可能被敲诈。或按我的理解，最本分的人尤其容易被敲诈。”

他摆了摆香烟。他海蓝色的眼睛突然变得若有所思，但嘴巴依然在微笑——一副笑面虎的表情。

他仰起脖子，吐出一口烟。这个动作突出了他喉部线条的弹性和硬度。这时，他的目光缓缓垂下来，打量起了我。

“我很可能要在某个比较偏僻的地方和这帮人碰面，但还不知道具体在哪里，等下会有电话通知。我得时刻准备出发，约定地点不会距此太远。目前知道的就这些。”

“这笔交易已经谈了一段时间了？”

“其实已经有三四天了。”

“你把请保镖的事情耽搁了挺久的嘛。”

他抖下一缕深色烟灰，想了想该怎么接这句话：“你说得没错，我之前一直下不了决心。我一个人去赴约或许更好，不过，他们并没有明令禁止我带同伴。再说了，我也不是什么英雄人物。”

“他们肯定认得你吧？”

“这我——我不确定。我待会儿要带一大笔钱过去——是别人的钱，我是替朋友办事。出于道义上的考虑，我有责任管好这笔钱。”

我戳灭香烟，靠向椅背，绕起大拇指：“总共有多少钱？用来干吗的？”

“那个，说实在的——”他脸上的微笑变得老实多了，虽然我还是不喜欢那副表情，“我没法再透露更多了。”

“所以你只是让我去帮你拿帽子吗？”

他又抖了一下手，结果把烟灰弄到了白色袖口上。他拍掉烟灰，看着袖口上的污渍。

“我恐怕不大能接受你的态度。”他摆弄着腔调说。

“别人也跟我抱怨过这件事，”我说，“不过没多大用。让我们来稍微瞧瞧这份差事：你想找个保镖，但又不许他带枪；想找个帮手，但又不肯告诉他要帮什么；想让我出生入死，但又不让我知道此行的原因、目的、可能会碰到的危险。你打算为这份差事付多少报酬？”

“我确实没来得及考虑这个问题。”他的脸颊泛起一丝暗红色。

“那你觉得，这个问题该不该抽空考虑一下呢？”

他用优雅的姿势探过身来，在白牙之间挤出一丝微笑：“你想不想让我冲你鼻子来上一拳呢？”

我咧着嘴站起来，戴好帽子，踩着地毯朝正门走去，但走得并不快。

他的声音突然在我身后响起："我用100块买你几个钟头的时间。如果嫌价钱太低，请直说。没什么危险。我朋友被抢走了一些珠宝，我去代劳赎回来。坐下吧，请别那么冲动。"

我走回去重新坐到粉色椅子上。

"行，"我说，"那讲讲情况吧。"

我们对视了十秒钟。"你听说过翡翠吗？"他慢吞吞地说，同时又点起一支深色香烟。

"没有。"

"那是最值钱的玉石。翡翠的价值取决于自身，其他玉石主要看雕工。已知的翡翠矿源几百年前就已经被采空了。我朋友有一串项链，上面有60颗翡翠珠，每颗重六克拉，雕刻精细。中国政府也有一条这样的东西，只不过珠子大一些，价值12.5万美元。几天前的一个晚上，我朋友的项链被人抢走了。当时我也在场，不过没帮上什么忙。那晚，我驾车带着朋友去参加了一个宴会，之后又去了特罗卡德罗夜总会[1]。我们正开车走在从夜总会回她家的路上，一辆车突然冲出来，擦到了我的左侧翼子板。对方停了下来。一开始，我还以为是要向我道歉，谁知等来了一场利落的抢劫。对方有三到四个人，我只看到其中两个，但肯定有一个人坐在方向盘后等着，此外，我似乎瞥见后座上还坐着一个人。他们抢走了我朋友戴在身上的项链、两枚戒指和一个手镯。那个看起来像是团伙头目的人，不慌不忙地拿出小手电筒，照着抢来的东西看了看。之后，他还回一枚戒指，说这有助于

---

1 指一家位于洛杉矶市日落大道的高档娱乐场所。自1934年开张以来，该夜总会就受到了以电影明星为代表的洛杉矶名流的青睐，并成为多部好莱坞电影的取景地。如今，夜总会原址建筑已不复存在。

我们了解他们的行事风格。他让我们报警或上报保险公司前，先等他们来电话。我们遵照指示做了。当然了，这种事情时有发生，要么你保持缄默，乖乖付赎金，要么你就休想再见到自己的珠宝了。如果你给珠宝上的是全险，那倒不必在意，但如果你的珠宝恰好是珍品，那还是老实交赎金吧。”

我点点头：“而这条项链，不是那种可以随便买到的货色。”

他用一根手指划过钢琴一尘不染的表面，脸上带着梦幻般的表情，就好像抚摸光滑的东西能让他感到愉悦似的。

“一点没错，无可替代。我朋友不该戴着这条项链出门的，永远都不应该。但她是那种无所顾忌的女人。被抢走的其他东西同样很好，但并不罕见。”

“好吧。你要付多少赎金？”

“8000块，根本算不上什么。不过，劫匪没法出手项链，除非我朋友先得到一串差不多的。这个国家的内行人都认得它。”

“你的这位朋友——她有名字吗？”

“我不大愿意现在透露。”

“交易具体是怎么安排的？”

他透过淡蓝色的双眼看着我。我觉得他有点害怕，不过我不是很了解他，那可能只是宿醉的表现。他夹着香烟手有些颤抖。

“我们已经在电话里协商了好几天，我负责沟通。除了交易的时间和地点，所有事情都定下来了。今晚应该会来通知，所以我得守着电话。他们说交易地点不会太远，但我得做好随时出发的准备。这样做可能是为了防止我耍聪明——和警察打好招呼，我的意思是说。”

“嗯哼。钱做标记了没有？是用现金交易吧？”

“没错，现金交易，20元面额。没标记，为什么要标记？”

“标记能用黑光检测出来。没什么特别的理由，这么做只是方便警察破案。跟着那些钱，或许能追查到某位有案底的伙计。”

他若有所思地皱起了眉头：“抱歉，我不大清楚黑光是什么。”

“紫外线，能让含有特定金属的墨水在黑暗中发光。我有办法帮你做记号。”

“现在恐怕来不及了。”他干脆地答道。

“那也是我比较发愁的一件事情。”

“为什么？”

“为什么你到今天下午才联系我？为什么你偏偏要选我？是谁把我介绍给你的？”

他放声笑了出来，笑得像个孩子，只是这孩子年纪不小了。“好吧，这一点我得坦白，其实你只是我在电话簿里随便挑中的。你也知道，我原本打算一个人去。但到今天下午的时候，我突然想，干吗不再叫上一个人呢？”

我点燃另一根压扁的香烟，看着他喉头拉伸的肌肉：“你打算怎么办？”

他摊开双手：“无非就是前往指定地点，交出钱，拿回项链。”

“嗯哼。”

“你似乎比较偏爱这种表达方式。”

“什么表达方式？”

“嗯哼。”

“到时候我待在哪儿，车子里边吗？”

“我想是的。车子挺大，你可以藏到后头。”

“听好了，”我慢慢说道，“你的计划是，接到电话通知，把我藏到车子里前往交易地点，接着掏出8000块现金，去赎回一条价值比交易价格多出10到12倍的翡翠项链。一种可能是，你会接到一个不许当场打开的包裹——如果真的接到什么东西的话。还有一种可能，他们先拿走你的钱，到别的地方去数一数，之后再把项链寄给你——如果他们心情足够好的话。总之，没法排除他们使诈的可能。可以肯定的是，如果他们真那样做了，我也无能为力。这帮人是抢劫犯，心肠狠，他们甚至会在你脑袋上来那么一下——下手不会很重——用来争取逃跑时间。”

“好吧，说实在的，我也有点担心这个。”他轻声说道，同时眼神闪动了一下，“所以我才想找个人陪着。”

“之前他们抢劫的时候，有没有用手电照着你看过？”

他摇了摇头，没有。

“没关系。他们在那之后有一打机会熟悉你的长相，或者之前就已经了解过了。从他们的出牌套路上看，很多事情都事先调查过了——仔细调查过，就像牙医给你镶金牙之前要先检查一下你的口腔。你经常和这位女士结伴外出吗？”

“呃——不算经常吧。”他僵硬地说。

“她结婚没？”

“你瞧，那个，”他喝止道，“我们能不能不要把那位女士牵扯进来？”

“好吧，”我说，“但我知道的情况越多，就越不容易出差错。我真不该接这活儿的，马略特，真不该。如果那帮家伙按规矩出牌，那你根本用不着我；如果他们变卦了，那我也只能袖手旁观。”

“我只是想让你陪我去。”他着急地说。

我耸耸肩膀，摊开双手。“好吧，不过，得换我来开车和交易，你躲在后边。咱俩身高差不多。万一出了什么差错的话，我们就实话实说，他们不会怎么样的。”

“不行。”他咬着嘴唇说。

“我一分力气都没出就赚了100块钱，如果非得有个人脑袋上要挨一下，应该是我。”

他皱起眉头，摇摇脑袋，但不久之后，他的脸色逐渐清朗起来，露出一个微笑。

“那就这样定了，”他慢慢开口说道，“我看没多大关系，反正咱俩能相互照应。你想来点白兰地吗？”

“嗯哼。你可以顺便把100块先给我，我喜欢摸钱。”

他像舞者一样蹦出去了，上半身基本就没动。

他走出客厅的时候电话响了。电话距离客厅略远，放在楼厅的一个壁龛里。

不过这通电话不是我们刚才聊起的那个，他的声音听起来太热情了。

过了一阵子，他带着一瓶五星马爹利和五张新脆的20元钞票蹦回来了。今宵就此变得美好起来——至少目前为止是这样。

09

屋里非常安静。从远处传来某种声音，有可能是拍岸的海浪、高速路上呼啸的汽车，或被风吹拂的松树。是大海在远处低吼的声音，当然了。我坐在那里倾听着波涛，陷入了久久的沉思。

一个半钟头内，总共来了四通电话；我们等着的那个，于晚上十点零八分打了进来。马略特悄声同电话那头简单讲了几句，然后小心翼翼地放下听筒，悄无声息地站起来。他的脸色看起来很疲惫。此时他已换上一袭黑衣。他悄然走回房间，用之前盛白兰地的酒杯，给自己倒了点烈酒。他冲灯光举起酒杯，露出一个古怪的笑容，用手转转酒杯，接着仰头把酒灌下肚。

“好了，咱们出发吧，马洛。准备好了吗？”

“我今晚专程为这件事情来的。咱们上哪里去？”

“一个叫‘普瑞西玛峡谷’的地方。”

“没听说过。”

“我去拿一下地图。”他拿来张地图，快速铺开，他弯腰查看时，灯光将他的黄铜色头发照得闪闪发亮。那地方位于通往此地、与湾城北面的海岸高速路相连的山脚林荫道远端，是周围众多峡谷中的一处。我对那里有点印象，但仅仅是印象——应该是个叫“卡米诺·德·拉·科斯塔[1]”的地方，位于主干道的尽头。

“从这里开车过去顶多12分钟，”马略特着急地说，“我们最好现在就动身。对方只给了20分钟。”

他递给我一件浅色风衣，便于对方识别。衣服挺合身。我戴上自己的帽子，我没对他说我腋下还有支枪。

我穿风衣的时候，他继续用略显紧张的声音讲话，并把双手在装钱的吕宋纸厚信封上敲个不停。

“他们说，在普瑞西玛峡谷最里边，有一块比较平整的地方。那里和公路隔着一道白色栅栏，阻止卡车通行，不过小车可以从中间挤过去。之后我们沿弧形土路，走到一个浅坑里，关上灯等着。他们说

1　“科斯塔”即西班牙语的“Costa”，意为“海岸”。

那附近没有人烟。”

“我们？”

“不，我是说‘我’，严格上讲。”

他把吕宋纸信封递给我，我打开瞧了瞧，里边装的确实是钱。好大一摞钱，但我没点数额。我用橡皮筋把钱重新绑好，将信封塞进风衣口袋。那包东西都快戳到我的排骨里了。

我们走到门口，马略特关上了所有的灯。他小心翼翼地打开门，瞧着屋外的雾气。我们走下被盐侵蚀的螺旋楼梯，来到底层，进入车库。

周围泛起一点雾。这一带到晚上都这样。我被迫开了会儿雨刮器。

这辆进口大轿车自己开着自己，我握着方向盘坐在那里，不过是摆摆样子。

头两分钟，我们只是围着那座山转圈，之后才从路边咖啡厅旁绕出来。我现在明白马略特干吗要让我从台阶爬上来了，否则我肯定会像无头苍蝇一样，被这些曲折交错的道路绕晕。

高速公路上，双向车流射出的灯光几乎连成两道光束。沿途车辆的车身被黄色和绿色的灯光打亮，如爆米花机一般在低鸣声中向北翻滚。这样行驶了三分钟后，我们在一个大加油站旁转向内陆，沿山脚侧翼继续前行。周围霎时安静下来。我们孤单地行驶在海藻和山间鼠尾草的气味中，四周不时冒出一扇亮着黄光的窗户，看起来伶仃寂寞，像挂在树上的最后一颗橘子。偶尔有几辆轿车路过，道路被冰冷的白光打亮，接着视野又在车子远去的低吼声中黑下来。一缕缕雾气在低矮的天空中追逐着星星。

马略特从漆黑的后座上探出身子说：

“右边亮灯的地方是贝维德雷海滩俱乐部，下一个峡谷叫‘拉斯普尔加斯’，再下一个就是普瑞西玛了。我们在第二个斜坡开到顶的时候右转。”他的声音微弱而紧张。

我边开边嘀咕。“把头低下。”我朝肩膀后头说，“我们可能一路上都被人跟踪了，这辆车可跟爱荷华野餐会上的争吵一样惹眼。万一那帮人不乐意你带着个双胞胎兄弟呢？”

我们下到一座峡谷尽头的山谷中，又爬上一片高地，过了一会儿又下坡，然后又上坡。这时，马略特紧张的说话声在我耳畔响起：

“下条道右手边，有一幢带塔楼的房子，从那里转进去。”

“那地方不会是你和他们事先商量好的吧？”

“不算吧。”说完，他阴冷地笑了一声，“我只是刚好对这一带比较熟而已。”

我把车开向右边，在转弯处经过一幢带方形塔楼（塔顶以筒瓦覆盖）的房子。车灯扫过一块转瞬即逝的路牌，牌子上写着：卡米诺·德·拉·科斯塔。我们开进一条宽阔的大道，路两旁是未完工的路灯架和杂草丛生的人行道。很显然，某位房地产商的梦想在这里变成了陈芝麻烂谷子的往事。能听到蟋蟀和牛蛙在人行道后面的黑暗中叫唤——马略特的车开起来就这么安静[1]。

开始是一个街区一栋房子，后来是两个街区一栋房子，再后来就没房子了。远处有一两扇亮着灯的窗户，但估计屋里的人已经搂着鸡睡着了。过了一会儿，水泥马路突然中断，我们走上一条土路，路面受干燥天气的影响，硬得跟水泥一样。贝维德雷海滩俱乐部的灯光，悬在右边的半空中，再远处则是粼粼而动的水光。夜空中弥漫着鼠尾

1　在当时，有一款以低噪声闻名海外的劳斯莱斯汽车，即劳斯莱斯“幻影”。根据小说的写作时间背景，这辆车有可能是“幻影III”。

草辛辣的气味。又过了一会儿，土路正前方出现一道刷白漆的栅栏。马略特的声音再次从我肩膀后响起。

“我觉得你过不去，”他说，“地方不够宽。”

我熄掉那台安静的发动机，把车灯调暗，坐在车里听了听。什么动静也没有，我索性关上车灯走出来。蟋蟀不叫了。有那么一会儿，四周一片寂静，我甚至能听到一英里外山崖下汽车轮胎滚过路面的声音。之后，蟋蟀一只接一只地叫唤起来，直到填满整个夜空。

“坐着别动，我到下面看看。”我朝车子后方低声说道。

我摸摸风衣下的枪柄，往前走了几步。灌木和栅栏之间的实际距离，比从车上看过去要宽一些。灌木被人砍过，土路上有车胎印。有可能是年轻人趁着温暖的夜色来这里亲热。我翻过栅栏，眼前的弧形小道垂向下方，前头黢黑一片，只能听到模糊的涛声，看到远处高速路上的车灯。我继续往前走。小路尽头是一个被灌木围起来的坑地，坑里什么也没有。要从这里出去，只能走我来时走的那条路。我站在一片寂静中仔细听着。

时间一分一秒地过去了，我仍在等别的声音出现。没有。看来这片浅坑里只有我一个人。

我朝远处亮着灯的海滩俱乐部望去。如果有人在那栋建筑顶层拿着夜间望远镜的话，或许可以把周遭的情况尽收眼底。他可以看到哪辆车子进出，谁从里边下来，下来的是一个人还是一伙人。坐在黑暗的房间里，拿着一柄夜间望远镜，可以看到很多细节，比你想象的要多得多。

我转身朝山丘的方向走去。某株灌木下的蟋蟀大叫一声，把我吓了一跳。我沿蜿蜒的小路往回走，穿过栅栏。还是没有动静。那辆黑色轿车泛着半黑不亮的灰光。我走过去，把一只脚踩到驾驶座旁的踏板上。

“他们好像是在试探你，”我尽量压低声音，同时确保马略特能从车子里听到我，“想看看你是否听话。”

后座上有什么东西动了一下，但没人回答。我走到灌木丛旁边，想继续找找看。

不管躲在那里的是谁，都轻而易举地敲中了我的后脑勺。事后，我想起当时似乎听到了短棍甩动的声音。可能人们想起这类事情的时候，总是在“事后”。

10

“四分钟，”一个声音说道，“五分钟，或者六分钟。他们下手肯定够快也够轻，都没让他叫出声。”

我睁开眼睛，模模糊糊望着一颗寒星。我发现自己躺在地上。我很难受。

那声音说：“可能还要再久一些，也可能有整整八分钟。他们当时躲在灌木丛里，就在车子旁边。那家伙胆子小，他们肯定才用手电照了一下，他就吓昏了。这个娘娘腔。”

一片寂静。我从地上跪起来，疼痛感从我的后脑勺直抵膝盖。

“之后他们中的一个上了车，”那声音说，“等着你回来。剩下几个躲回灌木丛。他们早知道这家伙不敢一个人来，要么就是他接电话的口气引起他们的怀疑了。”

我头昏脑涨地用双手撑住自己，认真听着。

“对，就是这么回事。”那声音说。

这声音是我自己的，是我本人在自言自语中慢慢苏醒了过来。我想在潜意识里弄明白刚才到底发生了什么。

“闭嘴，你这个笨蛋。”说完，我就不再同自己讲话了。

远处传来一丝发动机轰鸣的声音，近一些是蟋蟀的叫声和树蛙特有的“咿咿”长鸣。我觉得我再也不想听到这些声音了。

我从地上抬起一只手，甩了甩鼠尾草黏糊糊的汁液，又在外衣上抹抹。按照100块酬劳的标准来说，这份差事还不错。那只手到风衣内侧口袋摸摸。信封不见了，这是自然的。那只手又到套装外衣口袋摸摸。钱包还在。我想知道那100块还在不在，但估计已经没了。有个重重的东西顶在我的左肋上，那原来是套在我腋下的手枪。

点睛之笔。把我和我的枪留在了一起。真是点睛之笔，就像拿刀把人捅死后顺便抹上眼睛。

我摸摸后脑勺，帽子还在。我略感不适地把它摘下来，摸摸脑袋。那颗让人留恋的大好头颅还在，它已和我患难与共很久了。现在它有点软，有点稀烂，非常娇嫩。它竟然被轻轻敲了一棍。幸好有帽子挡着。这颗脑袋还能用，至少还能再用一年。

我把右手放回地上，把左手抬起来一转，露出手表，把鼻子凑上去看了看，夜光刻度盘上的时间是十点五十六分。

电话是十点零八分打进来的。马略特和对方谈了两分钟。之后我们花了四分钟出门。当你干正事的时候，时间总是过得很慢。我的意思是说，你可以在几分钟内完成很多动作。我是这个意思吗？谁他妈在乎我什么意思？算了，表达能力比我强的才不需要解释深意。总之，我的意思是说，出发的时间大概是十点十五分。我们距离目的地有12分钟车程，那到达的时间就是十点二十七分。我从车里出来，走到浅坑傻站了一会儿，接着回来让脑袋挨了一棍，整个过程顶多花掉八分钟，所以这时应该是十点三十五分。就算我用了一分钟倒下然后把脸摔到地上吧。我说把脸摔到地上，是因为我的下巴擦伤了。那地方很疼，感觉起来像是擦伤的——我就是这么知道的。不，我看不见它，没那个必要。那是我自己的下巴，我当然知道它是不是擦伤的了，你可能会认为另有原因。行了，闭上嘴，让我想想，是因为什么呢……？

手表上的时间是晚上十点五十六分。这意味着，我昏迷了20分钟。

用20分钟打个小盹儿。在这段时间里，我干砸了一份差事，丢掉了8000块钱。好吧，为什么不可以呢？用20分钟，你可以击沉一艘军舰、打下三四架飞机、处决两个人，你可以死去、结婚、下岗再就业、拔一颗牙、切掉扁桃体。用20分钟，你甚至可以在早上爬起床，或在夜总会要到一杯水喝。

20分钟，眯了那么长时间，而且是在一个寒冷的夜晚，露天睡觉。这时，我不禁发起抖来。

我还跪在地上。鼠尾草的气味开始让我难受。这些黏糊糊的汁液是野蜂制作蜂蜜的原料。蜂蜜是甜的，有点太甜了。我的胃翻腾起来。我咬紧牙关，把肚子里的东西压在喉头。豆大的冷汗从前额冒出来，但我还在发抖。我用一只脚站起来，第二只脚跟上，站直，踉跄了几步。我感觉自己像一条截下来的腿。

我慢慢转过身。那辆车不见了，土路两头空荡荡的——背靠小山丘，面朝水泥路段即卡米诺·德·拉·科斯塔的终点。左边的白色栅栏，把一片漆黑挡在身后。在矮墙般的灌木丛远处的夜空中，有一抹苍白的亮光——那下边应该就是湾城。右边远近都被贝维德雷海滩俱乐部的灯光覆盖。

我走到车子原来停着的位置，掏出别在衣服口袋上的笔式手电，用微弱的光束照着地面。路面是红色的壤土，在干燥但又算不上干旱的天气中变硬。空气里泛着薄雾，路面刚好湿润到能留下车胎印的程度。我异常模糊地看到重型十层帘布[1]“金边[2]”轮胎的胎印。我拿手电照着它，弯下腰看了看，这时，一阵剧痛让我眩晕起来。我开始跟着胎印走。胎印向前笔直延伸了十几英尺，然后突然偏朝左侧——并没有左转，而是直奔白色栅栏左边的缺口。之后胎印就不见了。

我走到栅栏前，用小手电照照灌木丛，发现一些刚折断的树枝。我穿过缺口，走到那条弧形小道上。这里的地面还是略微松软，地上出现了更多的重型车胎印。我继续往下走，绕过那道弯，来到被灌木包围的浅坑旁边。

那辆车就停在那里，合金包边和光滑漆面——即便身处黑暗——仍在微微发亮，红色尾灯反射片在笔式手电的照射下反着光。车子就在那儿，安安静静，灯光熄灭，门窗紧闭。我慢慢走过去，每跨一步都咬着牙。我打开一扇后排车门，用手电向里照了照。空的。前排车门后也是空的。发动机关着，车钥匙用细链子挂在启动锁上。内饰没有损毁，玻璃没有开裂，没有血，没有尸体，一切都显得整洁而有序。我关上车门，绕着车身慢慢转了一圈，想找到点线索，但一无所获。

一个声音突然让我僵住了。

一阵车声贴着灌木丛的树梢颠簸而来。我吓了一小跳。电筒熄灭

1　指用强力股线做经，用中、细单纱做纬，织制的轮胎用骨架织物。经线排列紧密，纬纱排列稀疏，状似帘子，故名。

2　“金边轮胎橡胶联合有限公司”或“金边轮胎公司”成立于1914年，是一家专门供应高档定制轮胎和车轮等汽车配件的美国公司。

了，我手里自动多出来一把枪。车子的前灯射向天空，又扫下来。根据马达声判断，应该是辆小车。那车子含蓄的声音和周围的湿气显得很般配。

灯光越来越亮，而且照射的角度越来越低。一辆车转过那道弯，逐渐接近这里。它走到土路的三分之二时，停了下来。手电咔嗒一声亮起，灯光扫到侧面，在那里停住片刻又熄灭。车子从山顶继续开下来。我从兜里掏出手枪，蹲在马略特那辆车的发动机后。

一辆外形和颜色不明的小型双人座轿车驶入浅坑，它的车头一扭，用灯光把豪华轿车从头到尾扫了一遍。我赶紧低下头。光束像剑一样在我头顶掠过，小车停下了，发动机熄灭了，前灯关上了，一片寂静。这时，一道车门打开，一只脚轻轻踩到地上。又是一片寂静，就连蟋蟀也沉默了。这时，一道光束在距离地面只有几英寸的地方，把黑暗横向劈开。那道光扫来扫去，我的脚踝根本来不及躲闪。光束停在我的脚上，一片寂静。光束抬了起来，再次扫过豪华轿车的引擎盖。

响起一阵笑声。那是女人的笑声，声音绷得紧紧的，像曼陀林琴弦。那地方又传来一阵奇怪的动静。接着，白色光束再次从车子下方射过来，固定在我的双脚上。

一个不太尖的声音说道："好了，你，举起手，出来，别耍花招。我瞄准你了。"

我一动不动。

手电晃动了一下，应该是握着它的手在晃动。光束再次慢慢扫过引擎盖，这时，那声音再度刺向我。

"听着，陌生人，我现在手里拿着一把十连发自动手枪，随时都能打中你的双脚。你有什么要说的？"

“把枪拿稳了，不然我会把它打掉！”我咆哮道，听起来像有人正在拆鸡笼上的木板。

“噢，原来还是位硬汉先生。”那声音有点颤抖——悦耳的颤抖，接着它又绷了起来，“你不出来？我数到三，你自己掂量掂量，我有十二发家伙事儿，也可能是十六发。你的脚会受伤，踝骨得用很久很久才能复原，或者也可能你就从此残废了——”

我慢慢站直身子，正对着手电的光束。

“我害怕的时候话也会变多。”我说。

“别——别再动了！你是谁？”

我从车子前方朝她绕过去，等走到距离手电后的纤瘦黑影只有六英尺时，我停了下来。手电稳稳地照着我。

“就待在那儿别动。”我停下来后，那女孩突然生气地说，“你是谁？”

“先让我看看你的枪。”

她把枪伸到光下，那把枪正对着我的肚子。一把小手枪，看样子应该是柯尔特袖珍自动手枪。

“噢，就这个啊，”我说，“就这玩意儿啊。它不能十连发，只能六连发。这就是玩具枪，蝴蝶枪，人家拿来打蝴蝶的。你这个谎撒得可真丢人。”

“你疯了吗？”

“我？我刚被抢劫犯揍了一棍，所以现在可能有点傻。”

“这，这是你的车吗？”

“不是。”

“你是谁？”

“你拿着手电在那后面看什么？”

“我明白了，你是用问题来回答，男的都这样。我在看一个男人。”

“他是不是一头波浪金发？”

“现在不是了，”她轻声道，“原来可能是。”

我心里一惊。不知为何，我没料到会发生这出。“我刚才没看到他，”我生硬地说，“所以我才拿手电跟着胎印找到这里来了。他伤得严重吗？”我又向她跨出一步。小手枪猛地对准我，手电稳稳地照着我。

“别乱来，”她轻声道，“放轻松。你朋友死了。”

我沉默了一会儿，然后说道：“那好吧，让我瞧瞧他。”

“你还是待在原地别动，告诉我你是谁，再讲讲发生了什么事吧。”那声音很干脆，没有一丝恐惧，给人一种说到做到的感觉。

“马洛，菲利普·马洛。我是个侦探，私家侦探。”

“这是第一个问题。如果你没撒谎，拿出证据。”

“那我得把钱包拿出来。”

“那我看免了。把手举在原处别动，为了节省时间，我们先把这事放一放。说说发生了什么。”

“那人可能还没死。”

“绝对死了，一脸脑浆。事情的经过，先生，赶快交代。”

“我说了，他可能还没死，让我去瞧瞧他。”说完，我向前跨出一步。

“再动就开枪了！”她突然喊道。

我又往前跨了一步。手电筒晃了一下，我猜是她往后退了一步。

“你胆子可真够大的，先生。”她轻声道，“那好吧，你走前面，我跟在后头。要不是你看起来有点虚弱的话，我早就——”

“你早就开枪了。我刚才挨了一棍子，我这人挨了棍子后总是两眼发黑，什么都看不清。”

“你的幽默感真特别，像太平间管理员。”她的声音听起来几近哀号。

我转身背对手电筒，光束立即照到我前方的地面上。我经过那辆双人座轿车。一辆很普通的小车，干净的车身在雾蒙蒙的星光下闪着光。我继续往前走，上了土路，拐过弯道。脚步声紧跟在我身后，电筒照亮我前方。除了我们的脚步声和那女人的呼吸声之外，四周一片寂静。当然，我没听到自己的呼吸声。

11

顺山坡走到一半时，我向右一瞥，看到了他的脚。女孩晃了晃手电，让我看到了他的全身。刚才下坡的时候，我本来是可以找到他的，只是我光顾着弯腰用笔式手电检查地上的车胎印了，更何况当时手电能照亮的面积，不过25美分硬币那么大。

“把手电给我。”说着，我把手向背后伸过去。

她一声不吭，就把手电递到我手上。我单膝跪地，裤子外的地面又凉又湿。

他仰面朝天躺在一株灌木下，像包脏衣服那样瘫死在地。他的脸我已经认不出来了，头发被血染成黑色，金发上的优美起伏和血以及黏稠的灰色液体糊在一起，像原始丛林里的稀泥。

我身后的女孩喘着粗气，不过一言未发。我拿手电照照他的脸，他已经被打烂了。一只手僵硬地伸直，手指弯曲；风衣在身下压成半团，就跟人倒下时滚了几圈似的；双腿交叉在一起；嘴角淌出一丝污油般黢黑的鲜血。

“照着他别动，”说着，我把手电递给她，“如果你没犯恶心的话。”

她一声不吭地拿着手电，手稳得像老练的杀人犯。我又掏出自己的笔式手电，开始检查他的衣服口袋，尽量不去移动他。

“你不该碰他的，”她紧张地说，“应该先等警察过来。”

“没错，”我说，“巡警在刑警来之前不能碰他，而刑警在法医没检查完、摄影师没拍过照、采指纹的人没采完指纹之前也不能碰他。你知道这一般要用多久吗？好几个小时呢。”

“好，”她说，“你永远都对。我猜你就是那种人。把脑袋敲得那么碎，对方一定恨极了他。”

“我不认为这是私人恩怨，”我不快地说，“有人就是喜欢把别人的脑袋敲碎。”

“就像我什么都不懂似的，猜猜都不行。”她酸溜溜地说。

我翻了翻马略特的衣服。一边裤兜装着散钱、硬币和纸钞，另一边装着皮质钥匙包和一把小刀。左侧裤子后兜装着一个钱包，里面有更多的钞票、保险证、驾驶证以及几张收据。外衣口袋内有一盒用了不少的火柴、一把别在口袋上的金色钢笔、两块薄薄的细棉布手帕——质地和颜色都跟粉雪[1]似的。我又找到一个珐琅烟盒，就是之前他从中拿出棕色金嘴香烟的那个。香烟的产地是南美，蒙得维的

1　凝结核还未充分冰冻变大就落到地面上的细雪颗粒。细粉雪捧在手里，像捧着白色的面粉，雪可以从指缝滑落，故名。

亚[1]。另一边的外衣内口袋装着一个我之前没见过的烟盒，质地为锦缎，正反两面各绣着一条龙，边框是极细的仿玳瑁。我轻轻一摁钩锁，看到三支用橡皮筋绑在一起的超大号俄国香烟。我拿起一支来捏了捏，香烟又老又干又松，过滤嘴是中空的。

“他抽的是另外一盒烟，”我朝肩后说，“这盒烟肯定是为女性朋友准备的，他应该是那种女性朋友很多的家伙。”

女孩的身子探了过来，呼出来的气息吹在我的脖子上：“你不认识他吗？”

“今晚才第一次见面，他雇我当保镖。”

“雇你也就是壮壮胆。”

我未对此做出回应。

“抱歉，”她几近耳语道，“其实我也不了解当时的情况。你觉得这是大麻烟吗？可以给我看看吗？”

我把锦缎烟盒向后递给她。

“我原来认识一个抽大麻的，”她说，“三杯酒加三支烟后，就得用扳手把他从飘荡的枝形吊灯上打下来了。”

“稳住手电。”

身后传来一阵无言的沙沙声，接着她又开口了。

“对不起。”她把烟盒递回来，让我扔到口袋里。看来他身上就这些东西了，但那只能证明刚才不是抢劫。

我站起来，把钱包掏出来。五张20元钞票还在。

“高级罪犯，”我说，“只认大钱。”

这时，手电筒掉到了地上。我把钱包收起来，别好小手电，然后

---

1 蒙得维的亚，乌拉圭的首都。

突然伸出手，去抢她手上那把和手电握在一起的小手枪。她把手电掉到了地上，我抢到了枪。她快速后撤一步，我弯腰把手电捡起来。之后，我用手电往她脸上照了一会儿，又一下子关上开关。

“你没必要动真格，”说着，她把双手插进粗呢宽肩长风衣的口袋里，“我又没把你当成凶手。”

我喜欢她声音里透出来的冷静，我欣赏她的胆量。我们面对面在黑暗中沉默了一阵子，我能看到灌木丛和天空中的亮光。

我打开手电筒照着她的脸，她眨了眨眼睛。这是一张小巧、清秀、充满活力的脸庞，大大的眼睛，五官立体，线条优美仿佛克雷莫纳[1]小提琴。这是一张很好看的脸。

“你的头发是红色的，”我说，“像爱尔兰人。”

“我还姓赖尔登[2]呢，那又怎样？快把手电灭了。另外，我的头发不是红色，是棕红色。”

我关上手电，“那你叫什么名字？”

“安。不准叫我安妮[3]。”

“你到这里来干吗？”

“我晚上偶尔会出来兜兜风，在家里待不住。我一个人住，父母都不在了，对这一带很熟。刚才开车经过的时候，我看到浅坑那边闪着灯光。天气太冷了，不大可能是谈情说爱的。另外，亲热的时候也不需要有光，对吧？”

“反正我从来不需要。你胆子可真够大的，赖尔登小姐。”

1　克雷莫纳是意大利北部城市。从16世纪开始至今，克雷莫纳一直以弦乐器制作闻名世界。

2　“赖尔登”是常见的爱尔兰姓氏，含义是“皇家诗人”。

3　“安妮”是“安”的昵称。

“这话我好像对你也说过。我有枪，也不害怕，而且又没法律规定不许我来这里。”

“嗯哼。只有自保法则[1]是这么规定的。枪给你，今晚不适合我较真，我猜你是有持枪许可证的。”我把枪递给她，枪柄朝外。

她接过枪，塞到口袋里：“有的人就是好奇，这很奇怪吗？我平时写点东西，专栏文章。”

“挣钱吗？”

“少得可怜。你在他口袋里找什么？”

“没什么特别的。我是个爱管闲事的人，我们带着8000块来替一位女士赎回一件失窃的珠宝。我们被抢劫了，我不清楚他们为什么要杀他。他不像很能打的人，而且我也没听到打斗声。他出事的时候，我刚好在下面。他躲在车里，车在上边，离我很远。照理说，我们应该开车下来，但地方太窄了，车子会被刮到，所以我就走过来了。等我走到下面的时候，他们肯定偷袭了他，之后他们中的一个钻进汽车等着我，而我以为他还在车里。”

“这么说你也没想象中那么笨。”她说。

“这份差事从一开始就有问题，我能感觉到，但我需要钱。现在我得去警察那里受罪了。你能把我捎到蒙特马·维斯塔区吗？我把车停那儿了，他住那儿。”

“当然可以。但不应该留个人在这里吗？你可以把我的车开走，或者等我去报警。”

我看看手表的刻度盘，微微发亮的指针显示现在已经接近午夜了。

“不用。”

1　“法律”（law）和“法则”在英语里是同一个词。

“为什么？”

“不知道，只是感觉。这事我自己处理。”

她什么也没说。我们走下山丘，坐上她的小车。她发动车子，熄着灯绕过弯道，回到山丘上，缓缓驶过栅栏。车子开出一个街区的距离后，她打开了车灯。

我的头很疼。我们一直等到汽车行驶出山区，开上水泥路段，见到第一栋房子的时候，才开始交谈。她说：

“你需要喝一杯。不如上我家里去？你可以用我的电话报警。反正他们得从西洛杉矶过来，这附近什么都没有，除了一座消防站。”

“你就只管开到海边吧，我要单干。”

“为什么？我不怕警察，而且我的证词或许可以帮到你。”

“我不需要帮忙。我得想想，我要一个人待会儿。”

“我——那好吧。”她说。

她在喉间发出朦朦胧胧的声音，并把车转到林荫道上。我们经过海岸高速路上的加油站，向北一转，来到蒙特马·维斯塔区的路边咖啡厅旁。咖啡厅里像豪华客轮一样灯火通明。女孩把车子靠边，我走下车，从外面拉着门。

我从钱包里翻出一张名片递给她。“如果你将来需要靠得住的帮手，”我说，“找我。不过，纯脑力活儿就算了。”

她用指头敲打着握在方向盘上的卡片，慢声说道：“你可以在湾城的电话簿里找到我，地址是二十五街819号。哪天过来坐坐，顺便奖励一下我没多管闲事。我估计你的头现在还犯晕。”

她轻快地把车掉了个头，开上了高速公路。我看着车子的两个尾灯消失在黑夜中。

我步行穿过咖啡厅的拱门，来到停车场，上了我的车。我身上的寒意又泛了起来，而且面前正好出现一家酒吧。但此刻更明智的做法，是像我20分钟后浑身冰凉如青蛙、脸绿得像新钞票背面[1]那样，走进西洛杉矶警察局。

12

一个半钟头以后，尸体被搬走了，现场被勘查过了，我也把整件事情讲了三四遍。我们四个人待在西洛杉矶警察局日班警监办公室内。整栋建筑一片安静，只有一个关在牢房里的醉汉不断发出澳洲野人般的号叫，等着明天一早到市里出庭。

一道白色强光透过玻璃反射器射到平整的桌面上。桌上铺着林赛·马略特的随身物品，它们看起来和自己主人一样阴森瘆人、无家可归。坐在桌子对面的是洛杉矶总局刑事组一个叫兰德尔的家伙。他精瘦，话不多，50岁上下，一头油滑灰发，眼神冷静，喜欢端着态度。他系了一条深红色领带，领带上的黑点一直在晃我眼睛。在他身后，灯光的锥形范围外，两个肌肉发达的家伙像保镖一样稍息站着，

1　美国在南北战争时期曾短暂发行过一种“绿背纸币”。绿背纸币不能兑换金银，而只能用于支付除了关税和政府债券利息之外的公私债务。北方政府发行该纸币的初衷，是为了缓解国库空虚（当时林肯政府手上只有不到200万美元的黄金储备），也即用政府信用暂时充当货币发行的抵押物。后来，由于绿背纸币发行量太大，引发贬值，造成广大持有人（主要是农民）受到了极大的损失。南北战争结束后，银行家和工业资本家要求政府收回流通的绿背纸币，以金元偿债，而农民则坚持要用贬值的绿背纸币偿还债务（包括国债）。围绕着政府是否应该回收绿背纸币、是否可以用该纸币偿债等问题而展开的政治斗争运动被称为“绿背纸币运动”。在“绿背纸币运动”之后，美国人习惯把一般的流通纸币称为“绿背”。

俩人一人瞪着我的一只耳朵。

我在指间转动着香烟，又把它点起来，但觉得一点都不好抽。我坐在那里看着手里的香烟燃烧，感觉自己已经80岁了，而且时光还在飞速流逝。

兰德尔冷冰冰地说："这事情你越说越蹊跷。那个叫马略特的人，毫无疑问，已经和劫匪就赎金问题交涉好几天了，但临到交易的节骨眼上，他又突然叫来一个自己完全不了解的人当保镖。"

"也不算保镖吧，"我说，"我又没告诉他我还带着枪。他只是想找个人陪着。"

"他从哪里打听到你的？"

"一开始说是通过一位共同的朋友，后来又说是在电话簿里随便挑的。"

兰德尔把手指戳到那堆东西中间，嫌脏似的捻起一张白色卡片，顺木质桌面推过来。

"他有你的名片，业务名片。"

我扫了一眼名片。那是从他的钱包里拿出来的，之前和其他卡片放在一起，我在普瑞西玛峡谷坑地的时候没顾上细看。这的确是我的名片，但对于马略特那种人而言，它有点太脏了。名片的一角有摊圆形污渍。

"是我的，"我说，"我一有机会就往外发名片，这是当然的。"

"马略特让你拿着那笔钱，"兰德尔说，"8000块。他可真容易相信别人哪。"

我吸了一口烟，朝天花板吹出去。头顶的灯光刺得我眼睛难受。这时，我的后脑勺又疼了起来。

"那8000块不在我身上，"我说，"抱歉了。"

“那当然。如果钱在你身上，你就不会到这里来了，对吧？”他脸上一副冰冷的鄙夷之情，不过好像是装出来的。

“为了8000块钱，我愿意做很多事情，”我说，“但如果要用棍子把人打死，那我最多只会在那人后脑勺上敲两下。”

他略微点点头。其中一个站在他身后的警探往垃圾桶里啐了一口。

“那是疑点之一。作案手法看起来像外行，但也可能是故意的。钱不是马略特的，对吧？”

“这我不知道。我觉得不是，但仅仅是觉得。他不肯告诉我那位涉案的女士是谁。”

“到目前为止，我们对马略特的身份仍一无所知，”兰德尔慢慢说道，“我认为至少存在一种可能：他想自己吞掉那8000块钱。”

“啊？”我对此感到惊讶，我的惊讶之情可能流露到了脸上。兰德尔平静的面容丝毫没有变化。

“钱你数过没有？”

“当然没有，他只递给我一个包裹，里边装的是钱，看起来很多，他说有8000块。不过，既然我出现之前，钱就一直在他手上，那他干吗还要把钱从我手里抢走呢？”

兰德尔看着天花板的一角，嘴角撇下来。他耸了耸肩膀。

“让我们稍微回顾一下，”他说，“有人抢劫了马略特和一位女士，拿走了项链和其他一些东西，之后劫匪打算让他们把项链赎回去，开出的价码远低于项链的实际价值。马略特负责交付赎金。他打算一个人前往交付地点，虽然我们并不清楚对方是否做出了这样的要求，或是否提到了这一点。通常而言，劫匪在这种情况下会变得很挑剔，但马略特显然觉得，带着你去无伤大雅。你们两个人都明白，你们面对的是一帮有组织的罪犯，而且他们可能会在交易过程中使诈。

马略特很害怕。这个理由从常识角度说足够了。他想找个人陪着，你就是那个人。然而，你对他而言是个彻底的陌生人，或名片上的一个名字，而名片又只是一个身份不明的人——据他说是你们共同的朋友——给他的。之后，临到交易的时候，马略特突然决定换你拿着钱去跟他们交涉，他自己躲在车里。你说这是你的主意，但也有可能他当时正盼着你提这个主意，或者如果你不提，他自己也会主动提。”

“他一开始并不喜欢这主意。”我说。

兰德尔又耸了耸肩：“他假装不喜欢这主意，但又同意了。他接到一个电话，之后你们俩就去了他提到的那个地方。这一切都是马略特单方面告诉你的，具体情况你也不知道。你们到达交易地点之后，发现附近没有人。你们本来应该把车开到浅坑里的，但缝隙看起来太窄，车子又太宽，确实过不去，因为车子左侧的刮痕很深。接下来，你下车走到浅坑，在那里什么都没听到、看到，并等了几分钟。最后，你回到车子旁边，被埋伏在车内的人袭击了后脑勺。如果我们假定，马略特想要以你为牺牲品吞掉这笔钱，那他不正得这么做吗？”

“分析得不错，”我说，“马略特袭击了我，拿走了钱，等他把钱埋到某株灌木下面后，又突然觉得很抱歉，于是就把自己脑袋敲碎了。”

兰德尔面无表情地看着我：“他肯定还有个同伙。按计划，你们俩都应该被打晕的，之后让同伙把钱带走。只是那个人突然反水，把马略特杀了。你不认识那个人，所以他没必要杀你。”

我崇拜地看着兰德尔，同时在木制烟灰缸里把烟戳灭。那烟灰缸原本是镶着一层搪玻璃的，但现在看不见了。

“这种解释符合所有已知事实，”兰德尔冷静地说，“其他解释不见得比它好到哪里去。”

“但这不符合一个事实——有人从车里偷袭了我，对吧？按道理说，我应该怀疑是马略特干的，其他事情也一样。但是，在发现他的尸体后，我就打消了这种念头。”

“你被偷袭的方式恰恰最支持这种解释，”兰德尔说，“你没告诉马略特你带着枪，但他可能看到你腋下有凸起，或至少一直怀疑你带着枪。在这种情况下，他最好的选择，就是趁你毫无防备的时候偷袭你——而你恰好对藏在车子里的人毫无防备。”

“好吧，”我说，“你赢了。这个故事不错，只是它得同时假设三点：钱不是马略特本人的、他想吞掉这笔钱、他还有个同伙。所以他的计划是我俩脑袋上都挨一棍，一同醒来后发现钱不翼而飞，相互致歉后我乖乖回家，把这一切都忘了。这案子就那么结束了？我是说他希望事情那么结束吗？结局总得对他有点好处吧？”

兰德尔挖苦地笑了笑：“我也不喜欢这种解释，我只是在努力解决问题。但它至少符合所有已知事实——虽然我们知道的并不多。”

“目前掌握的事实还不足以展开任何假设，”我说，“为什么不假设他讲的都是实话，而且他认出了其中一个劫匪呢？”

“你不是说你没听到反抗声或喊叫声吗？”

“是没有。但他可能被人一下子卡住了脖子，或被偷袭时吓得不敢叫出声。比方说，他们躲在灌木丛里看着我走下山包，我走了挺远的，知道吗？足足有100英尺[1]。他们检查车子的时候看到了马略特。有人用枪指着马略特的脸，让他小声走出来，然后他就被人用棍子撂倒了。只是他当时说的话或做出的表情，让那帮家伙以为他认出了他们中的某个人。”

---

1 约30米。

“你说周围漆黑一片的时候？”

“没错，”我说，“肯定是那样。有些声音你很难忘记，就算周围漆黑一片也能认出来。”

兰德尔摇了摇头。“如果对方是个有组织的珠宝盗窃团伙，那他们是不会轻易杀人的。”突然，他的话音停下了，眼里泛起一丝光泽。他异常缓慢地紧紧闭上嘴巴，他想到了什么。“是抢劫。”他说。

我点点头：“这个想法我同意。”

“还有一件事情，”他说，“你怎么过来的？”

“开自己的车来的。”

“车停在哪儿？”

“蒙特马·维斯塔区一个路边咖啡厅旁。”

他异常谨慎地看着我，他身后那两个警探狐疑地看着我。牢房里的醉汉想用假嗓唱歌，但声音劈了，这让他很沮丧，于是他哭了出来。

“我走到高速公路上，”我说，“拦下一辆车——某个女孩独自驾驶的。她停下来，让我搭了便车。”

“这女孩真了不得，”兰德尔说，“当时已经是深夜了，路上没多少人，她居然还敢停下来。”

“对，有些女孩就这样。我不是很了解她，但我觉得她人还不错。”我盯着他们看，意识到他们并不相信我，同时也在纳闷自己干吗要撒谎。

“那是辆小车，”我说，“雪佛兰双人座。我没记下她的驾驶证号码。”

“呵呵，他没记下驾驶证号码。”一个警探说完，往垃圾桶里啐了一口。

兰德尔向前探身，仔细地瞧着我："如果你瞒着什么线索，想趁机靠这案子出点风头的话，那我不会饶了你的，马洛。从任何一个角度讲，我都不喜欢你的解释，所以你今晚回去的时候最好再想想。明天我可能会让你过来留一份正式的口供。另外，我要提醒你一点：这是一桩谋杀案，归警察管，所以我们不需要你帮忙，即便那有用。我们只需要你交代事实。听明白了吗？"

"当然。我现在可以回家了吗？我感觉不大舒服。"

"可以了。"他的眼神冰冷。

我在一片死寂中起身走向门口。我刚走出四步，兰德尔就清清嗓子，漫不经心地说：

"噢，还有一件事，你还记得马略特抽的是什么烟吗？"

我转过身："记得，棕色南美烟，装在法式珐琅烟盒里。"

他探着身子，把那个锦缎烟盒从桌上的垃圾堆挑出来，拉到自己跟前。

"之前见过这个吗？"

"见过，刚才放桌子上的时候。"

"我是说今晚稍早的时候。"

"我觉得见过，"我说，"好像是放在哪儿的吧。怎么了？"

"你没搜过他的身？"

"好吧，"我说，"我搜过。我翻了他的口袋，那烟盒也在里边。抱歉，我这么做只是出于职业习惯。我没破坏现场，而且不管怎么说他也是我的委托人。"

兰德尔用双手拿起烟盒，打开了它。他坐在那里看着烟盒内，烟盒是空的，那三根烟都不见了。

我紧紧咬着牙，同时奋力维持住疲惫的神情。做到这点并不容易。

“你看到他抽这里边的烟了吗？”

“没有。”

兰德尔冷漠地点点头：“里边是空的，你也看到了，但这烟盒也在他口袋里。烟盒里有点碎屑，我会让他们化验一下的。我不太确定，但我觉得像大麻。”

我说：“如果他真有那玩意儿的话，我会认为，他今晚肯定抽了两根。他需要来点兴奋剂。”

兰德尔小心关上烟盒，把它推到一边。

“就这些了，”他说，“记着别惹麻烦。”

我走了出去。

外面的雾已经散了，天上的星星明亮得像黑色丝绒上镶着的金属假星星。我迫切想要喝到一杯酒，但这时候酒吧都已经关门了。

13

我九点起床，喝掉三杯黑咖啡，用冰水冲了一下后脑勺，读了两份丢到公寓门口的晨报。报纸第二版登了马罗伊的一小段消息和一张照片，但上边没提到纳尔蒂。我没看到林赛·马略特的消息，除非那登在社交版[1]。

我穿上衣服，吃了两枚煮得很嫩的蛋，喝下第四杯咖啡，照了照

1 美国报纸的社交版主要报道的是社会名流的社交生活，进入20世纪，美国绝大多数报纸的社会版都并入了妇女版。妇女版的目标读者是典型的美国家庭妇女，其报道涵盖的内容包括上流社会社交新闻、时尚、食物、健康和家庭生活等方面。

镜子。我的眼睛下面还是有点黑。我正开门要出去的时候，电话响了。

是纳尔蒂，他好像心情不大好。

“马洛？”

“对，你抓到他了？”

“噢，当然，抓到了。”吼完后他说，“就像我之前说的，人在文图拉线上。老天，可真够刺激的！身高六英尺六，壮得像围堰，当时正驾车走在去旧金山找乐子的路上。车是租来的，前座位上放了五夸脱烈酒。他边开边喝，车速轻松到了70迈。当时我们的警力不足，只有两个配手枪和警棍的县警。”

他停顿了一下，这时，我脑袋里冒出好几句俏皮话，但都不怎么有趣。纳尔蒂接着说：

“于是他就跟警察练了几手，直到那俩人都累得不省人事。他扯下警车门，把对讲机扔到水沟里，之后又开了一瓶烈酒，把自己也灌到不省人事。过了一会儿，那两个县警睡醒后，用警棍敲了那家伙脑袋十分钟才被发现。那家伙正要发作的时候，县警给他戴上了手铐。过程就这么简单。目前我们已经把他关起来了，罪名是酒后驾驶、驾车喝酒、袭警、在羁押期间企图逃跑、故意伤害、扰乱治安、在州高速路上违章停车。怎么样，有意思吧？”

“要什么把戏呢？”我问，“你讲这么多难道只是为了跟我显摆？”

“抓错人啦，”纳尔蒂粗鲁地说，“这家伙叫斯托亚诺夫斯基[1]，家住赫米特市[2]，刚在圣杰克隧道做完挖掘工，已婚，有四个孩

---

1 东欧裔人名。

2 赫米特市是位于南加州的一座小城。

子。老天，他老婆可气坏了。你那边有马罗伊的消息吗？”

“没有。我头疼。”

“你有时间的话——”

“恐怕没有，”我说，“不过还是谢谢。打算什么时候给那个黑鬼验尸？”

“操心这个干吗？”纳尔蒂挖苦地说，随后便挂上了电话。

我驱车前往好莱坞大道，把车停到大楼旁边的停车场，之后爬到了我办公室所在的那层。我打开小接待室的门——这扇门我通常不锁，以防有顾客愿意先上门等着。

安·赖尔登小姐从一份杂志上方微笑着看我。

她外边穿着烟草色棕套装，里边穿白色高领毛衣；头发在白天是很纯的棕红色；头上戴了一顶帽子，帽冠跟威士忌酒杯差不多大，帽檐宽到能把一周的换洗衣服包起来。帽子倾斜了45度左右，刚好避开肩膀。除此之外，那顶帽子显得很体面——也可能是因为这样戴才显得体面。

她28岁上下，前额略窄，显得高了点，因此不够优雅；鼻子小巧，显得灵敏；上唇略长，整张嘴巴过宽；眼睛是灰蓝色，闪着金色的光；微笑起来很好看。她昨晚似乎休息得挺好。这张脸很好看，挺讨人喜欢，它算得上漂亮，但又没漂亮到你每次带出来亮相都得戴上指节铜套[1]的程度。

“我不清楚你的营业时间，”她说，“所以就过来等着了。我看你秘书今天没来。”

“我没秘书。”

1　斗殴时套在拳头上用的一种武器。

我穿过接待室，推开私人办公室的门，打开事务所大门的电铃开关。“到我的私人沉思空间里来吧。”

她从我眼前走过，留下一阵又干又淡的檀香味，站在那里看着眼前的五个绿色文件柜、破兮兮的锈红色地毯、沾上灰尘的家具，以及不那么干净的网眼窗帘。

“我觉得你应该雇个人帮你接电话，”她说，“还有，时不时帮你把窗帘送出去洗洗。”

“等到圣斯威逊节[1]的时候我会送出去洗的。坐下吧。我可能会错过一些无关紧要的案子，还有电话推销低俗刊物的人。我要省钱。”

“好吧，”她识趣地说，并把一个大山羊皮皮包小心搁到办公桌玻璃板的一角。她向后一靠，拿了我的一根香烟。我用手指擦燃[2]一根纸梗火柴替她点火。

她吹出一扇烟，透过烟雾微笑起来。她的牙齿很好看，牙形挺大。

“估计你没想到会这么快就再次见到我。你的头怎么样了？”

“糟透了。是的，没想到。”

“警察对你还好吧？”

“和以前差不多。”

“我没妨碍你干正事吧？”

1　圣斯威逊节是英国和挪威的传统节日，在每年的7月15日（英）或7月2日（挪）。圣斯威逊节纪念的是中世纪天主教会温彻斯特主教斯威逊，流行的民间传说称，这一天的天气会持续到未来40天。这里，马洛一方面是把“洗窗帘”和对于新教移民国家（美国）而言的“冷门”或“保守”节日相关联，来表达自己对于洗窗帘这种事情的无所谓态度，另一方面则是拿赖尔登的身份打趣，因为赖尔登是爱尔兰裔，而爱尔兰人普遍信天主教。

2　那时用的可能是白磷火柴，该种火柴燃点较低，摩擦即燃。

“没有。”

“不过你好像不怎么高兴见到我。”

我填好烟斗，伸手去拿纸火柴，我小心点燃烟斗。她用赞赏的目光看着我。抽烟斗的男人是踏实的。不过，她马上就要对我失望了。

“我没把你供出来，”我说，“我也不清楚自己为什么要这样做。总之，那事情现在与我无关了。昨天晚上我吃尽了苦头，灌下一瓶酒才睡着，可那现在已经变成警察的案子了，他们警告我不要多管闲事。”

“你之所以这样做，”她冷静地说，“是因为你觉得，警察不会相信我昨晚只是出于好奇才到那里去的。你认为，他们会怀疑我也涉案，然后会拷打我，逼着我招供。”

“你怎么知道我没别的想法？”

“警察也是人啊。”她答非所问。

“他们刚开始当警察的时候都是人，我听说。”

“噢！一大清早就愤世嫉俗！”她漫无目的地扫视了一圈屋内，“你在这儿做得不错吧？我是说财务上。我是说，你靠这副门脸能赚到大钱吗？”

我哼了一声。

“或者我是不是该闭上嘴，不要问这么尴尬的问题？”

“如果有用的话，你能别问吗？”

“怎么和我斗上嘴了？你老实跟我说，昨晚为什么替我打掩护，是不是因为我的红发跟美貌？”

我什么都没说。

“这么说吧，”她愉悦地说，“你想不想知道那条项链的主人是谁？”

我当时能感觉到自己的脸僵住了。我努力回想，但记不大清了。之后我突然想起来了，我没跟她提过翡翠项链的事情。

我拿起一根火柴重新点燃烟斗。“不太想，”我说，“我为什么想知道。”

“因为我认识她。”

“嗯哼。”

“你愿意跟别人说话的时候会干什么呢，扭脚趾吗？”

“行了，”我吼道，“有话快说。”

她的蓝眼睛睁得大大的，有那么一阵子，我觉得眼眶似乎湿润了一点。她咬着下嘴唇，低头瞧着办公桌。之后她耸了耸肩，放开嘴唇，冲我露出一个率真的微笑。

“噢，我知道我像个好奇的小丫头，但这应该是遗传吧。我爸是名警察，他在湾城当了八年警察局长，叫克里夫·赖尔登。我想应该是这个原因吧。”

“我有点印象。他怎么了？”

“被解雇了。他为此心都碎了。一帮赌场老板为自己选了个市长，他们的头头叫莱尔德·布鲁内特。后来他们把我爸调到了档案管理处——一个在湾城不足挂齿的小部门。我爸辞了工作，在家待了两年就去世了，我妈不久后也随他而去。那以后我一个人过了两年。”

“抱歉。”我说。

她戳灭香烟，烟蒂上没有唇膏。“我来只是想让你知道，如果由我跟警察沟通，就能免去一些不必要的麻烦。我想我昨晚已经跟你表达过这个意思了。我今早查了下谁在办这案子，之后又去见了他一面。他一开始还对你有点恼火。”

“没关系，”我说，“就算我当时把真相全盘托出，他也不一定会买账。他只会把我的一只耳朵咬下来。”

她看起来有点委屈。我站起来打开另一扇窗户，大街上的车流声一下子涌了上来，像呕吐一样。我感觉很糟。我打开桌子内侧抽屉，取出办公室常备的酒，给自己倒了一杯。

赖尔登小姐用非难的眼神看着我，我不再是个踏实男人了，她什么都没说。我喝下那杯酒，把瓶子放回去，坐了下来。

“你也不请我喝一杯。”她冷冷地说。

“抱歉，现在才不到十一点，我还以为你不是那种人。”

她的眼角一皱：“这是在夸我吗？”

“在我的圈子里是的。”

她想了想我的回答，那对她没有多大意义。我想了想，那其实对我也没多大意义。但喝下这杯酒让我舒服多了。

她向前探身，用手套轻轻擦着桌子上的玻璃板：“你应该不想雇一个助手吧，哪怕是偶尔讲一句贴心话就肯满足的那种？”

“不想。”

她点点头：“我想也是。那我最好还是把线索告诉你就乖乖回家吧。”

我什么话都没说，并再次点燃烟斗——这能让别人在你什么都没思考的时候以为你在思考。

“我首先想到的是，那样一条翡翠项链，应该是非常稀有而且知名度很高的。”她说。

我把一根燃烧的火柴举到半空中，看着火焰慢慢爬向我的手指。之后，我轻轻吹灭火苗，把火柴扔到烟灰缸里，说道：

“我没跟你说过什么翡翠项链。”

“是没有，但兰德尔警督跟我说了。”

“真应该在他嘴上缝一排扣子。”

“他认识我父亲。我答应了他不说出去。”

“你现在就跟我说了。”

“你早就知道了，傻瓜。”

她眼睛睁得大大的，突然抬起一只手作势要遮住嘴巴，但到飞至半空又慢慢放了下来。这出演得不错，不过还是露了馅，因为我对她已经有了一些了解。

“这事你是知道的，对吧？”她把要讲的话轻呼了出来。

“我以为是钻石。比如一只手镯、一对耳环、一个挂坠、三枚戒指，其中一枚戒指上还镶着绿宝石。”

“一点都不好笑，”她说，“反应快都说不上。”

“项链是翡翠做的，非常稀有，每颗珠子有六克拉重，总共60颗，价值八万美元。”

“你的棕眼睛真漂亮，”她说，“而且你还很自以为是。”

“好吧，这条项链是谁的？你是怎么查出来的？”

“很简单，我觉得城里最大的珠宝商应该会了解情况，于是我就跑去布洛克珠宝店问了他们的经理。我对他说，我是个作家，想写一篇关于珍稀珠宝的文章——你也知道套路。”

“所以他因为你的红发和美貌相信了你。”

她的脸红到了耳根：“总之，他把情况告诉了我。项链的主人是一位阔太太，她住在湾城峡谷区的一座庄园里，名叫鲁温·洛克里奇·格雷尔。她丈夫是投资银行家之类的人，极其有钱，身家大概有2000万。格雷尔先生原先在比佛利山庄有个广播电台，叫K.F.D.K.，格雷尔太太当时就在那里工作。五年前，格雷尔先生娶了这个金发尤物。格雷尔先生年纪大了，患有肝病，当他成天待在家服用甘汞[1]的时候，他太太则出去寻欢作乐。”

“这位布洛克珠宝店的经理，”我说，“还真是消息灵通啊。”

“噢，这些情况当然不是从他一个人那里打听来的，傻瓜。他只说了项链的事情，剩下的都是吉迪·格迪·亚伯贾斯特告诉我的。”

我拉开抽屉，再次把酒瓶取了出来。

“你是打算把自己变成那种醉醺醺的侦探是吧？”她不安地问。

“为什么不行呢？醉醺醺的侦探总破得了案，还不费吹灰之力。你继续说吧。”

“吉迪·格迪是《纪事报》社交版的一名编辑，和我认识很多年了，他有200磅[2]重，蓄着希特勒式的小胡子。他在资料室里找到了格雷尔的资料。给你瞧瞧。”

她从皮包里掏出一张照片滑了过来，这是一张五比三尺寸光面相纸照片。

照片上是个金发女郎，一个美得能让主教在大教堂花窗玻璃上踢出个洞的金发女郎。[3]她穿着一套便服，在黑白照片上看不出颜色，帽子搭配过，神态傲慢，但又不过分。你渴望拥有的一切，你有幸拥有的一切，她都有了。这女人在30岁上下。

我赶快倒了一杯酒，忍着烧灼感灌下肚。“把照片拿开，”我说，“不然我要跳起来了。”

---

1 一种观点认为，甘汞具有清泻作用，可用于肝胆病的治疗。长期服用甘汞，会产生重金属中毒的副作用，如头痛、记忆力下降、震颤、牙齿脱落、食欲不振等。

2 约91公斤。

3 花窗玻璃是天主教大教堂的常见装饰，假设一个清心寡欲的主教想在什么对他而言尚有价值的东西上踢个洞以示惊叹的话，那花窗玻璃似乎是个不错的选择。

“干吗？我拿过来就是要交给你的。你是想见她的，对吧？”

我又看了一眼照片，然后把它放到记事本下面：“那今晚十一点怎么样？”

“听着，我不是来跟你说笑的，马洛先生。我跟她通过电话了，她同意见你——为了谈正经事。”

“我们可以从正经事谈起。”

她做了个不耐烦的手势，于是我停止玩笑，皱起眉头，换上一副身经百战的表情：“她想见我干吗？”

“当然是项链的事情。过程是这样的，我打电话过去，费了好大力气才和她通上话。之后，我把之前用在布洛克珠宝店那位好心人身上的谎话又对她讲了一遍，不过没收到效果。她说话的声音听起来就跟还在宿醉似的。她的意思，大概是让我有什么事跟她的秘书说去，但我想办法把她留住了，问她有没有一串翡翠项链。过了一会儿她说有，我问她能不能拿给我瞧瞧，她问为什么，我又扯了一遍谎话，但还是没用。我能听到她打着哈欠，责备外面的某个人不该把我的电话接通。于是我就说，我替菲利普·马洛工作，她说‘那又怎样’。就这些。”

“真不可思议，不过现在的名媛说话都像婊子了。”

“那个我不清楚，”赖尔登小姐甜甜地说，“可能有些是吧。于是我问她，她那里有没有无分机电话，她说这关我什么事，有趣的是她一直没挂断电话。”

“她心里惦记着项链的事，而且不清楚你打的什么主意。另外她可能已经从兰德尔那里了解到了一些情况。”

赖尔登小姐摇了摇头。“不，我打电话给兰德尔了，项链主人的身份是我告诉他的。他知道我已经查到这些情况的时候，还挺惊讶的。”

“他会习惯你的，”我说，“恐怕必须习惯。然后呢？”

“于是我就问格雷尔太太：‘项链你还是想找回来的，对吧？’差不多就这样。我不知道还有什么别的办法，但我得讲点能打动她的话。我的话起作用了，她马上给了我另一个号码。我打过去说想和她见见，她好像很吃惊，于是我就把事情都告诉她了。她听了之后并不高兴，但又很奇怪为什么马略特没对她讲。估计她还以为马略特已经卷款跑路了呢。我跟她约了下午两点见面，到时我就会跟她讲讲你人有多好、心思有多缜密、你能帮她找回项链、愿不愿意雇你啊之类的事情。她现在已经有点动心了。”

我一声不吭地盯着她，她看起来有点委屈：“又怎么了？我做得不对吗？”

“你就是不明白这事现在已经归警察管了，是吧？他们警告过我别多管闲事。”

“格雷尔太太有权雇你，如果她本人愿意的话。”

“雇我干吗？”

她不耐烦地反复开合着自己的皮包。“噢，我的天哪——那样一个女人——长得那么美——你难道看不出——”说完，她突然闭上嘴，咬起了嘴唇，“马略特是个什么样的人？”

“我不太了解他，但我觉得他有点娘娘腔。我不怎么喜欢他。”

“他对异性而言有吸引力吗？”

“对某些女的有，剩下的只会反感。”

“好吧，不过看起来他对格雷尔太太来说挺有吸引力的，毕竟他们经常在一起约会。

“她可能在和上百个男人约会。另外，现在想要找回项链已经很难了。”

“为什么？”

我走到办公室一头，用手掌使劲拍打墙壁。隔壁房间的打字机消停了一会儿，但很快又噼里啪啦响了起来。我望望窗外我这栋楼和豪宅酒店之间的井道，咖啡店的气味浓得能在上面盖车库。我回到桌子旁边，把威士忌酒瓶放进抽屉，然后关上抽屉坐下来。我第八次或第九次点燃烟斗，从沾着灰尘的玻璃板上方，看着赖尔登小姐严肃而诚恳的小脸。

你会很喜欢这张脸的。妩媚的金发女郎千千万，唯有这张脸蛋最耐看。我对它露出一个微笑。

“听着，安，杀死马略特是个愚蠢的错误，在背后策划这一切的罪犯是绝对不会那么干的。我猜，那可能是团伙里某个毒虫昏了头闯下的祸，当时马略特肯定是做错了什么，惹得那家伙把他打翻在地，而这一切发生在一瞬间，谁都来不及阻止。对方是一个有组织的团伙，了解珠宝的情况和女主人平时的行踪。他们索要的赎金数额不算过分，而且愿意合作。可是，这桩陋巷谋杀毁了这一切。我的看法是，无论凶手是谁，都在几个钟头以前石沉太平洋海底了。所以一种可能是，项链和凶手一起沉入海底了。另一种可能是，他们意识到项链的价值，然后把它藏到了某个地方，等着多年以后再找机会拿出来兑现。或者还有一种可能：这个团伙势力很大，能让项链在世界的另一头出现。如果他们知道项链的真实价值的话，那8000块赎金就太少了。但是，项链现在很难出手。总之，有一件事我很确定：他们一开始并不想杀人。”

安·赖尔登全神贯注地听着我说话，嘴巴微张，就像看着西藏活佛似的。

她慢慢闭上嘴巴，点了一下头。“你真棒，”她轻声说，“但你是个疯子。”

她站起来，拿上皮包："你会不会见她？"

"如果邀请是她本人发出的，兰德尔也没办法。"

"好的，我过会儿要去见另一个社交版编辑，看能不能再挖出点格雷尔家的料。关于她的感情生活，你觉得她是有恋爱对象的吧？"

她那棕红色头发裹着的脸庞上一副惆怅的表情。

"谁还没有呢？"我不屑地说。

"我就没有过，没真正有过。"

我抬起手捂住嘴巴。她狠狠瞪了我一眼，朝门口走去。

"你忘了东西了。"我说。

她停下来转过身。"什么东西？"她扫视着办公桌的桌面。

"你自己知道。"

她走回来，诚恳地探过桌子："既然他们不打算杀人，那为什么还要把杀死马略特的人干掉呢？"

"因为那个人日后肯定要被抓进局子，而且到时候肯定管不住自己的嘴巴——假如警方没收了他的毒品的话。总之，我的意思是说，这帮人不会杀自己的顾客。"

"你为什么那么确定凶手吸毒？"

"我并不确定，只是随便说说。大部分混混都吸毒。"

"噢，"她直起身子，点了点头，微微一笑，"我猜你指的是这个。"说完她迅速把手伸进皮包，拿出一个纸巾小包裹放在桌上。

我把包裹拿过来，小心翼翼地取下橡皮筋，把它铺开。放在里边的是三根带纸质过滤嘴的粗长俄国香烟。我瞧着她一声不吭。

"我知道不该擅自把它们拿走的，"她几乎屏着呼吸说，"但我知道这是大麻烟。之前大麻烟都是用最普通的纸来卷，只是最近在湾城才出现这样的包装，我见过几次。我觉得让别人在可怜的死者兜里发现大麻烟，对他而言也太残酷了点。”

“你应该把烟盒也拿走的，”我平静地说，“不然里面留下的碎屑会引起怀疑。”

“我不能啊，因为当时你也在场嘛。我——我后来差点就回现场把它拿走了，但我不敢。这给你惹麻烦了吗？”

“没有，”我撒谎道，“为什么会惹麻烦？”

“那就好。”她惆怅地说。

“你干吗不把这三根烟扔掉？”

她一边想，一边紧紧抓着身侧的皮包。那顶滑稽的宽边帽子朝一侧倾斜，遮住了她的一只眼睛。

“我猜一定是因为我是警察的女儿，”她终于开口说，“我不能把证据随便丢掉。”她露出一个勉强而心虚的微笑，脸上红彤彤的。我耸了耸肩。

“那么——”这个字眼悬在了空中，就像密室里的烟雾。她开口之后嘴巴一直没合上，我没有接话，她的脸变得更红了。

“真是太抱歉了，我不该这样做的。”

我还是没说话。

这时，她打开门迅速离开了。

14

我用手指拨弄着其中一根俄国香烟，又把它们摆成一排，弄得椅子吱嘎作响。你不能把证据随便丢掉，所以它们是证据，证明了什么呢？证明了有个人会偶尔吸吸大麻，喜欢新奇事物。可是不少狠角色都抽大麻呀，还有爵士乐队的人、高中生、自暴自弃的好姑娘。美洲大麻，在哪里都能长起来，可现在法律规定不准种大麻了——对美利坚合众国这样的大国来说，此中意义非同小可。

我坐在那里抽着烟斗，听着隔壁噼噼啪啪的打字声、好莱坞大道上交通灯变换颜色时发出的砰砰声，以及春风像纸袋在人行道上翻滚的沙沙声。

这三根烟可真大，不过很多俄国烟都这样，此外，卷在烟体里的麻叶也没怎么加工过。印第安麻叶、美洲大麻，证据。老天，那女人戴的是顶什么帽子？我的脑袋突然疼了起来。真让人头大。

我掏出折叠小刀，露出并非用来清理烟斗的锋利小刀刃，切向其中一支烟。警方的化验员一般会这么做：切开香烟，把里边的东西放到显微镜下检查一下，接下来，可能会碰巧发现一些不寻常的东西。这只是小概率事件，但那又怎样，他们总要给化验员发工资的。

我从中间切开一支烟，过滤嘴还挺硬的。管他呢，我也是条硬汉，切就切了，有本事叫人来拦着我。

过滤嘴切开后，冒出几块卷起来的薄卡纸碎片；在半铺开的纸片上，印着一些字。我坐直身子，拨弄着碎片，想在桌子上拼起来，但它们一直在到处滑。我拿起另一支香烟，透过中空的过滤嘴往里瞄了瞄，然后换了个方式操作刀。我先把烟身和过滤嘴切开，烟纸很薄，切的时候有颗粒感。之后我把过滤嘴单独拿过来，更加小心地沿纵向切开，生怕用力过度。剥开过滤嘴后，又出现了一张卷起来的卡片，但这回是完好无缺的一整张。

我兴奋地翻开它，是一张电话名片，象牙色，比白色略深。名片上压印着精致的渐变字体，左下角写着“斯蒂尔伍德山庄”的一个电话号码，右下角的铭文写着“只接受预约”，中间用字号较大但印刷同样讲究的字写着“朱尔斯·安托尔”，名字正下方用稍小的字写着“心理咨询师”。

我拿来第三支香烟。这回我花了很大功夫把卡片抽出来，没用上刀。里面的名片还是一样的，我把它塞了回去。

我看了看手表，把烟斗放到烟灰缸里，然后又看了看手表——刚才忘了看时间。我撕下一部分纸巾，把两支切开的香烟和碎卡纸包起来，用剩下的纸巾把过滤嘴塞着名片的香烟包起来，之后把这两小包东西一起放进了抽屉。

我坐在那里看着眼前的名片。朱尔斯·安托尔，心理咨询师，只接受预约，斯蒂尔伍德山庄的电话号码，没有详细地址。三根卷着大麻的香烟，装在一个中式或日式的仿玳瑁框锦缎烟盒里。这种烟盒你花35到75美分，可以在任何东方商店里买到，商店名不外乎“胡福生”或“龙生堂”一类，里面总有个彬彬有礼的小日本告诫你别太招摇，听你讲起“阿拉伯之月”香薰的气味闻起来很像旧金山“群芳阁”的姑娘们时，笑得总是很殷勤。

这玩意儿出现在一个死人兜里，而他抽的烟又装在另一个货真价实的烟盒里。

他肯定忘了这件事，不然解释不通。烟盒可能不是他的，比如可能只是他在旅馆大厅随便捡到的。他可能忘了烟盒还在自己身上，忘了把它转交旅馆管理人员。朱尔斯·安托尔，心理咨询师。

这时候电话响了，我心不在焉地接起来。对方有着一副又冷又硬、自以为是的警察嗓音。是兰德尔。他没有朝我吼。他是那种冷冰冰的人。

“你说你不知道昨晚那女孩是谁，还说你是走到大路边才搭上她的车的？这谎撒得可以啊，马洛。”

“如果你有个女儿，大概不想让一帮摄影记者从灌木丛里跳出来对着她的脸闪灯泡吧？”

“你骗了我。”

“深感荣幸。”

他沉默了一会儿，就跟在下决心似的。“这事先不提了，”他说，“我见过她了。她到我这里来讲了一遍经过，她刚好是一位我敬重的人的女儿。”

“她把事情告诉你了，”我说，“你也告诉她了。”

“我的确对她讲了一点，”他冷冰冰地说，“但我有自己的考虑，现在打给你原因也是一样的。这案子不会公开调查。抓获该团伙的机会已经出现，我们要动真格了。”

“噢，所以今早这事就变成了团伙谋杀案了，那好啊。”

“顺便问一句，那个有大麻碎屑的怪烟盒——就是绣着龙的那个，你确定没看到马略特从里面拿烟，是吧？”

“非常确定，我在场的时候——虽然我并不是每时每刻都在场——他只抽过另一个烟盒里的烟。”

“我明白了，那就这样吧。记着我昨晚跟你说的话，别打这案子的主意，我们只需要你保持沉默，不然的话——”

他停顿了一下。这时，我朝话筒打了个哈欠。

“我听到了，”他突然开口道，“也许你认为我的权力没那么大，不敢把你怎么样。但告诉你，那种权力我有。只要你迈错一步，我就会把你当重要证人关起来。”

“你是说报纸不会知道这个案子？”

“他们只会知道谋杀，不会知道隐情。”

“你也不知道啊。”我说。

“我已经警告过你两次了，”他说，“不会再有第三次。”

“你话太多了，”我说，“对于掌握主动权的人来说。”

这句话让他直接挂断了电话。那好吧，去他的，让他忙活吧。

我在办公室里踱了几步以稳定情绪，给自己倒了一小杯酒喝，看了一眼手表但没看清几点，最后再次坐到办公桌后。

朱尔斯·安托尔，心理咨询师，只接受预约。只要给他足够的时间和金钱，什么毛病都能治好，从丈夫的抑郁到蝗灾。对于失恋、讨厌一个人睡觉的独居女人、不写信回家的浪荡少年、“现在出手房产，还是再等一年”或“这种资质会损害我的公众形象，还是能让我显得多面”之类的问题，他都是专家。男人也会偷偷去见他，那些家伙又高又壮，在办公室里吼声如雷，但实际上内心脆弱无比。不过多半去找他的还是女人，有气喘吁吁的胖女人、激情散尽的瘦女人、幻想联翩的老女人、自以为有厄勒克特拉情结[1]的年轻女人，这些女人身材不同、长相各异、年龄不等，但都有一个共同点——有钱。朱尔斯·安托尔先生可不会去县医院值星期四的班。钱排着队给他送来，有钱娘们儿就算不过日子也不敢耽误付款。

一个冒牌艺术家、吹牛大王、死人身上的大麻烟里卷着他名片的臭小子。

这就有意思了。我拿起电话，让接线员转接那个斯蒂尔伍德山庄的号码。

1　“厄勒克特拉情结”，奥地利心理学家西格蒙德·弗洛伊德（1856—1939）提出的精神分析学术语，指女孩恋父仇母的复合情绪，和恋母仇父的“俄狄浦斯情结”相对。

15

接电话的是个女人，她用干涩的异国口音说道：“啊（哈）喽。”

“我能和安托尔先生说两句吗？”

“啊，不行，抱歉，真的恨（很）薄（抱）歉，安托尔先生从来不接电话。我日（是）他秘书，有什么我可以傍（帮）你转达的吗？”

“你们的地址在哪儿？我想见见他。”

“啊，你是相（想）找安托尔进行专业咨询吗？他恨（很）乐意提供服务，可日（是）他现在很忙。你相（想）什么时候见他呢？”

“马上，今天。”

“啊，”对方懊恼地说，“今天不行，下星期也许克（可）以，容我查查日程表。”

“听着，”我说，“别管日程表了。你有铅笔吗？”

“当然又（有），我——”

“记下这个，我叫菲利普·马洛，地址是好莱坞卡汉加大厦615室，好莱坞大道近埃瓦尔街，电话号码是戈伦夫7537。”我把难写的词都拼了出来，等着对方记下。

“好的，马洛先壬（生），我鸡（记）下了。”

“我想和安托尔先生聊聊一个叫马略特的人。”我把马略特拼了出来，“是要紧事，关乎生死，我想尽快见到他，积—印—尽，科—乌—爱—快，尽快，就是‘立刻’的意思。我表达得够清楚了吧？”

“你讲话恨（很）奇怪。”那个异国口音说道。

“不，”我拿起电话座摇了摇，“一点不奇怪，我平常就这么讲话的。我碰到一件怪事，安托尔先生肯定会见我的。我是个私家侦探，想在去找警察之前先见一见他。”

“啊，”那声音冷得就像食堂里的饭，“那你是警察不是？”

“听好了，”我说，“我不是警察，是私家侦探，工作要保密的那种。总之这是急事。你会给我回电话不会？你有我的号码了是吧？”

“Si[1]，又（有）了。马略特先壬（生），他壬（生）病了吗。”

“呃，他躺着不能动了，”我说，“你认识他？”

“但我不认识。你说这事关乎生死，可安托尔他治好过很多人——”

“这回他无能为力了，”我说，“我会等你电话。”

我挂上电话，赶快取出酒瓶，感觉跟过了一遍绞肉机似的。十分钟后，电话响了。对方说：

“安托尔克（可）以在六点钟见你。”

“好，在哪里？”

“他回（会）派车过来接你。”

“我自己有车，让他把——”

“他回（会）派车来接你。”对方冷冰冰地说，随后便压下了话筒。

我又看了看手表，午餐时间已经过了。喝下刚才那杯酒以后，我的胃一直在烧灼，一点饥饿感都没有。我点起一根烟，抽出一股水管工手帕的味道。我朝办公室对面的伦勃朗点点头，随后就拿上帽子出去了。在前往电梯途中，一个念头突然冒出来击中了我，没有任何原因就冒了出来，就跟一块砖头突然掉下来砸在我脑袋上一样。我停下脚步，靠在大理石墙壁上，转转头上的帽子，突然放声大笑。

1 西班牙语，和英语的“yes”一样，意为“是”“对”。

一个女孩从电梯里出来，正要回办公室，她瞅了我一眼，那种目光就像要让你的脊背产生长筒袜脱丝般的感觉。我冲她挥挥手，回到办公室，拿起电话打给一个在产权公司做登记工作的熟人。

“你可以从地址上查到产权吗？”我问他。

“当然，我们有交叉索引。怎么了？”

“西五十四街1644号，我想了解一下这里的情况。”

“等会儿我打过来吧。你号码是多少？”

三分钟后，他打了回来。

“拿笔记着，”他说，“梅普尔伍德四区卡拉德加建地十一街区八号地，业主叫杰西·皮尔斯·弗洛里安，孀居，房产和其他一些条款绑定。”

“嗯。什么条款？”

“下半期房产税、两份十年期街道建设基金、一份十年期排水道评估基金，款项全都没有拖欠，另外还有一份价值2600块的第一信托契约。”

“你说的契约，指的是发出通知十分钟后就能把房子卖掉、让你无家可归的那种吗？”

“也没那么快，不过比抵押契约快多了。这里面没什么特别的，只是款项的数额有点问题。对于那一带而言，这笔钱太多了，除非房子是新盖的。”

“那栋房子很旧，维护得也不好，”我说，“我认为花1500块就能把它买下来。”

“那就不一般了，因为这笔钱是四年前才付的。”

“好吧，是谁掏的钱，某家投资公司吗？”

“不是，是个人行为。那人叫林赛·马略特，未婚。这些消息够了吗？”

我忘了我跟他说了什么或谢了什么，总之就是客套话。我坐在那里盯着墙壁。

我的胃突然不烧了，饥饿感袭来。我下楼到豪宅酒店的咖啡馆吃了午餐，又从办公楼旁边的停车位上把车子开出来。

我向南再向东行驶，直奔西五十街的那个地方。这次我身上没有带酒。

16

这片街区和那天看起来一样，主路上只有一辆送冰块的卡车，车道上有两辆福特车，街角翻扬起一片灰尘。我把车慢慢开过1644号，停在房子不远处，观察了一下车窗两旁的建筑。我往回走到房子跟前，看着眼前粗犷的棕榈树和干枯的褐色草坪。屋内好像没人，但也可能有。它看起来就那样。那把孤单的摇椅依然放在门廊上，和昨天一样。便道上有一份扔掉的报纸。我把报纸捡起来，拍打着自己的腿。这时，我发现隔壁屋子的窗帘动了一下，就是离我最近的那扇窗子。

爱管闲事的老太太又来了。我打着哈欠，把帽檐压低。那只尖鼻子都快在玻璃上压瘪了，鼻子上方是白头发和一双从这里看过去毫无特点眼睛。那双眼睛跟着我在便道上前行的身影移动。我转身向她的房子走去，爬上木头台阶，摁下门铃。

门一下子打开了，就跟装了弹簧似的。对方是个高个子老女人，下巴生得像兔子。从近处看，她的眼睛亮得像死水上的反光。我把帽子摘了下来。

“你就是那位替弗洛里安太太报警的女士吧？”

她用冷冰冰的目光打量着我，没放过任何一处细节，估计连我右肩胛上的痣都看见了。

“你既甭指望我承认，也甭指望我否认，年轻人。你是谁？”她的声音又高又尖，都能在一条八户电话共线[1]上和别人通话了。

“我是一名侦探。”

“老天爷啊，你怎么不早说？她又干什么了？我一直瞧着呢，可什么都没瞧见。我需要买什么，都是亨利去跑腿。那栋房子里一丁点儿动静都没有。”

她打开纱门挂钩，让我进了屋。我先闻到一股上过油的家具味，又看到廊厅放着很多时髦一时的老木质家具——镶嵌着花板，各角饰有贝壳。我们走进前厅，里边但凡能装按钉的东西，都钉上了棉布蕾丝边小罩巾。

“你说我以前见过你没有？”她突然开口问道，声音里攙着一丝疑虑，“肯定见过，你就是那个——”

“没错，不过我还是名侦探。亨利是谁？”

“噢，他是个替我跑腿儿的黑人小男孩。说要紧的吧，你想了解什么情况，年轻人？”她拍着一块干净的红白相间围裙，小眼睛圆溜溜地瞪着我。这时，她咯咯咬了几下假牙，为开口做准备。

1 “电话共线”对应于“电话私线”，指的是多部电话机共用一条电话线的电话线路系统。电话共线的工作原理和分机电话相似，一通电话打入，各分机都能接听，因此在通话中没有隐私可言。电话共线在20世纪中叶，特别在二次世界大战的物资短缺时期，是美国民众主要使用的公共电话线路系统，它通常被人们用来在邻里间传递紧急信息、新闻和八卦。

“警官昨天离开弗洛里安太太的房子后，来找过你没有？”

“什么官？”

“穿制服的警官。”我耐心地说。

“来过，在这里待了一小会儿。他们什么都不知道。”

“跟我描述一下那个大块头——就那个带着枪让你报警的。”

她跟我描述了他的样子，分毫不差。那人就是马罗伊。

“他开的是什么车？”

“一辆小车，感觉都装不下他。”

“你就知道这么多吗？他可是杀人犯！”

她的嘴巴张开了一点，但眼神很得意。“老天爷啊，我真希望能帮到你，年轻人，但我对汽车实在不太了解。杀人犯，是吧？外面真是越来越不安全了，22年前，我刚搬到这里来的时候，周围的人都不怎么爱锁门。我听说现在到处都有帮派、坏警察和政客用机关枪斗来斗去。这当真太可耻了，年轻人。”

“是啊。你对弗洛里安太太有多少了解？”

她的小嘴巴努了起来。“她对邻居不太友善，半夜里经常把收音机声音开得老大，还跟着唱歌。她也不怎么和别人说话。”她向前略微探身，“我不敢肯定，但我觉得她经常喝酒。”

“来找她的人多吗？”

“一个也没有。”

“这你当然也知道，你叫——”

“莫里森太太。老天爷啊，当然知道啦，我除了往窗户外边看也没别的事情可干哪！”

“对，我敢说那一定很有意思。弗洛里安太太在这里住了——”

“有十年了吧，我印象中。她原来有个丈夫，但在我眼里也不是个好东西，那人后来死了。”她停下来想了想，“我估计是正常死亡，”她又加了一句，“反正我没听到有别的说法。”

“他给他太太留下一笔钱？”

她的下巴跟着眼神缩了回去。她使劲嗅嗅，“你喝过酒。”她冷冰冰地说。

“我刚才去拔了一颗牙，牙医让我喝的。”

“那东西我从来不沾。”

“那玩意儿确实不好，除了药用的。”我说。

“药用酒我也不沾。”

“我觉得你是对的，”我说，“他给他太太留下钱没有？”

“我不清楚。”她把嘴噘得跟干梅子似的，又小又皱。我没机会了。

“警官离开以后还有人去找过她吗？”

“没看到。”

“非常感谢你，莫里森太太。我就不打扰你了，你很热心，帮了我很大忙。”

我走出前厅，打开房子的正门。她跟在我后面，清了清嗓子，再一次咯咯咬起牙齿。

“你的电话号码是多少？”她问道，态度稍微温和了一些。

“大学区4-5000，就说找纳尔蒂警督。她的生活来源是什么，救济金吗？”

“我们这儿可不是救济金社区。”她冷冰冰地说。

“我敢说，那东西在苏福尔斯市[1]曾一度非常让人眼红。”我一

1 美国中西部南达科他州最大的城市。

边说，一边盯着廊厅里的一个雕花餐柜，那显然是因为餐厅搁不下才放到此处的。柜子各角都是翘头，柜腿上有雕花，到处镶着花板，正面画了一篮水果。

“是梅森城[1]，”她轻声说，“是的，先生，我们——我和乔治——原来有个很漂亮的家，是那里最棒的。”

我打开纱门走出去，再次向她道谢。她终于微笑了起来，那笑容和她的眼神一样尖锐。

“她每个月一号都会收到一封挂号信。”她突然说道。

我转过身，等着她继续开口。她向我凑了过来：“我看到邮差敲她门，让她签字。每个月一号，她都会打扮好出门，到很晚才回家。她半夜到家后会唱歌，吵得很，我有几次都想报警了。”

我拍了拍她那条不甘示弱的瘦胳膊。

“你这种人真是千里挑一，莫里森太太。”说完，我戴上帽子，点了一下帽子向她致意，然后就离开了。走在便道上时，我突然想起什么，于是又回过头去。她依然站在纱门后，没有进屋。我朝她走过去并爬上了台阶。

“明天就是一号，”我说，“四月一号，愚人节，能帮我留意一下她有没有收到挂号信吗，莫里森太太？”

她瞧着我，眼神一亮，接着放声笑了出来——老太太的尖笑。“愚人节，”她傻笑着说，“那可能她收不到信了。”

我走了，留下她一个人在原地大笑，那声音听起来就像母鸡在打嗝。

1　美国中东部俄亥俄州的一座小城市。

17

我在隔壁摁摁门铃敲敲门，都没反应。我又摁摁门铃敲敲门，纱门没上挂钩。我推推房门，房门没锁，于是我走了进去。

屋里什么都没变，还是弥漫着一股金酒气味。地上还是没有尸体，一个玻璃杯放在弗洛里安太太昨天坐的那把椅子旁边，收音机是关着的。我走到长沙发旁边，把手伸到垫子下面摸了摸，那只阵亡的空酒瓶还待在原处，只是多出了一个伴儿。

我喊了几声，但没人回答。这时，我隐约听到一阵绵长、缓慢、痛苦、半带喃喃的喘息声。我穿过拱门，悄悄走进那条廊道。卧室的门半开着，可以听到里面传来喃喃的低语声。我把脑袋从门缝里戳进去瞧了瞧。

弗洛里安太太平躺在床上，棉被拉到下巴，被子上结起的棉球几乎就戳到她的嘴巴里。她长长的黄脸上一副疲惫松弛、半死不活的神情，脏头发摊在枕头上。她慢慢睁开眼睛，面无表情地看着我。房间里一股起居、酒精和脏衣服混合的怪味。一个廉价闹钟在油漆剥落的灰白色梳妆台上嘀嗒作响，声音大得能把墙震塌。梳妆台上的镜子扭曲地映着她的脸。那个她从里面拿过照片的储物箱的盖子依旧开着。

我说："下午好，弗洛里安太太，你生病了吗？"

她慢慢活动嘴皮，搓了搓上下唇，伸出舌头润滑一下，又顺便活动活动了下巴。声音从她嘴巴里传出来，听起来像旧唱片。她的眼里有了神志，但不包含任何悦色。

"你抓到他了？"

“你说驼鹿？”

“对。”

“还没呢。我希望尽快。”

她用力眨了一下眼睛，就跟要把眼前的雾气挤干净似的。

“你应该把门锁上，”我说，“他可能还会回来。”

“你觉得我怕驼鹿，是吧？”

“昨天我们聊起他的时候，你好像挺怕的。”

她思考了片刻，那对她而言是件苦差事。“有酒吗？”

“没有，今天没带，弗洛里安太太。我手头有点紧。”

“金酒便宜[1]，劲儿也够大。”

“我等会儿可以出去买点。那这么说，你其实并不怕马罗伊？”

“我怕他干吗？”

“好吧，你不怕。那你到底在怕什么呢？”

她的眼睛里突然闪起一丝亮光，但很快又消失了。“噢，快滚吧，一看到你们这些警察就让我屁股难受！”

我什么都没说，只是靠在门框上，放了一根烟在嘴里。我想把香烟撬起来碰到鼻子，但发现这比想象中要难。

“条子，”她慢慢说道，就好像在自言自语，“永远别想抓住那小子。他有的是钱，有的是朋友。你们这是在浪费自己的时间，条子！”

“我这只是例行公事，”我说，“相当于为自己找个开脱吧。他会去哪里呢？”

她偷偷笑了一下，接着在棉被上揩揩嘴。

---

1 金酒几乎是当时美国最便宜的烈酒。

“耍滑头了，”她说，“来软的，条子的小机灵。你们觉得那一套还管用吗？”

“我个人还挺喜欢驼鹿的。”我说。

她的眼神里闪出一丝好奇：“你认识他？”

“昨天我们俩一起进的弗洛里安，之后他杀了个黑鬼。”

她大张开嘴，仰头笑起来，那笑声比掰断一条面包棍大不了多少，眼泪从她的脸颊上流淌下来。

“大块头铁汉，”我说，“但心肠也软，正到处找魏尔玛。”

她垂下了眼帘。“我还以为是她家里人要找她呢。”她轻声说。

“他们也在找，但你说魏尔玛死了，没机会了。她在哪里死的？”

“得克萨斯州，达哈尔特市。感冒引发肺部感染死的。”

“你当时在场？”

“不在，见鬼。听说的。”

“噢，那是谁告诉你的，弗洛里安太太？”

“是哪个跳舞的跟我讲的吧，我忘了那人叫什么名字了，也许喝点酒能想起来。我现在难受得像死谷[1]。”

“你的模样还像死骡子呢。”我心想，但没把这话说出口。“还有一件事情，”我说，“说完我就去给你买金酒。我查过你房子的产权了，我也不清楚自己为什么要这样做。”

她的身子在被窝下面僵住了，像一尊木雕，就连那对半盖在浑浊虹膜上的眼皮也不动了。她屏住了呼吸。

---

1 死谷位于美国加利福尼亚州东部内华达山脉东麓沙漠地区。该地自然条件极度恶劣，故名。

“这房子绑着一笔数额挺大的信托契约，”我说，“和这一带的房价不太相称。持有者叫林赛·马略特。”

她的眼睛快速眨了眨，身体其余部分一动不动。她盯着我。

“我原来替他工作，”她终于开口说，“我在他家当过用人，他一直挺照顾我的。”

我把没点燃的香烟从嘴巴里拿出来，漫无目的地瞧了瞧，随后又把它放回嘴里。

“昨天下午，我们俩见面几小时后，马略特打电话到我办公室，给了我一份差事。”

“什么差事？”她的声音现在哑得厉害。

我耸了耸肩：“签过保密协议，不能对你说。昨晚我去见了他。”

“你这个机灵的狗杂种！”她大着舌头说，一只手在被窝下面动了动。

我看着她一言不发。

“条子的小机灵。”她挖苦道。

我伸出一只手在门框上摸了摸。门框黏糊糊的，手刚放上去就让人想洗澡。

“就这些，”我轻松地说，“我也不知道怎么回事，也许没什么，只是巧合。不过这事情看上去有点不寻常。”

“条子的小机灵，”她空洞地说，“还不是真正的条子，只是个廉价的私家侦探。”

“我想也是，”我说，“那么，再见，弗洛里安太太。顺便说一句，我觉得你明天收不到挂号信了。”

她掀开被窝，猛地坐起来，眼里满是怒火。她右手攥着什么东西，是一把小型邦克特质左轮手枪[1]。手枪又老又旧，不过好像还能用。

“交代！”她吼道，“快交代！”

我看着枪，枪指着我——只是不太稳。她的右手一直在颤抖，眼神依旧愤怒，唾液在两个嘴角附近冒着泡泡。

“我们俩今后可以一起干。”我说。

枪口和她的下巴在同一时间落了下来。我距离房门不太远，趁着枪口下落的时机，我穿过那扇门，跑到了开火范围之外。

“你考虑考虑吧。”我回头喊道。

没有回音，什么声音都没有。

我快速穿过廊厅和厨房，离开了那栋房子。走在便道去往主路的途中，我的后背感觉怪怪的。肌肉贴在骨头上爬。

什么事情都没发生。我沿主路找到我的车，驱车离开了那里。

今天是三月三十一号，热得跟夏天似的。开车走在路上时，我很想把外衣脱下来。七十七街分局门前，两名巡警怒视着一辆车上撞弯的翼子板。我穿过弹簧门走进去，看到一个穿制服的警督坐在铁栏杆后面，翻阅着案件记录。我问他纳尔蒂在不在楼上。他说可能在，然后问我是不是他朋友。我说是。他说好，那上去吧，于是我就爬上破旧的楼梯，穿过走廊，敲了敲门。屋里有人嚷了一声，我走了进去。

纳尔蒂坐在椅子上剔着牙，脚搭在另一张椅子上。他伸直左胳膊，瞧着自己的大拇指。那根拇指在我看来没什么毛病，但从纳尔蒂沮丧的眼神看来，它似乎没救了。

他把手放到大腿上，又把脚放到地上，将目光投向我。他穿了一套深灰色套装。一支被压得乱七八糟的雪茄搁在桌子上，等着他用牙

---

1 柯尔特制造公司于1926—1940年间量产的一款小型左轮手枪。

签开洞[1]。

我摸到另一张椅子上的椅套——绑带没系，把它翻了个面，坐下，掏出一根烟放到嘴里。

“是你啊。”说完，纳尔蒂望望手里的牙签，检查了一下是否还有嚼头。

“有进展吗？”

“你是说马罗伊？那案子已经不归我管了。”

“那归谁管？”

“不归谁管。知道为什么吗？因为那家伙跑了。我们把他的情况用电报发到其他地方了，他们也派人去查过了。见鬼，马罗伊估计早就跑到墨西哥去了。”

“是啊，他不过就杀了个黑人嘛，”我说，“我猜那只是一项轻罪。”

“怎么还在关心这案子？你不是有别的活儿要干吗？”暗淡的双眼在他脸上疑惑地转了转。

“我昨晚是有活儿干，但没干多久。那张丑角照还在你手里吧？”

他伸手摸到记事本下面，把照片翻了出来。照片上的人还是那么好看，我盯着她的脸在瞧。

“这照片对我来说很重要，”我说，“如果你不打算存档的话，我想要回来。”

“本来应该拿去存档的，”纳尔蒂说，“但我把这事儿给忘了。

1　抽雪茄前先要用开孔器或签状物把密封的雪茄头切开或钻孔，以确保透气，否则雪茄无法点燃，开的洞越多或越大，吸入的烟就越多，口感也越强烈。

拿去吧，藏到你帽子下面，存不存档什么的就算了。”

我把照片搁到前胸口袋里，然后站了起来。“那么，就这样了。”我说道，但口气太随意了点。

“有点不对劲啊[1]？”纳尔蒂冷冰冰地说。

我瞧了瞧放在桌子边缘的雪茄。他跟着我的视线看过去，接着把牙签一扔，拿起雪茄戳到自己嘴里。

“说的不是这个。”他说。

“只是点模糊的预感，如果能查出什么的话，我不会忘了你的。”

“日子不好过啊，我的业绩需要提升提升，伙计。”

“你平时工作那么勤恳，小菜一碟。”我说。

他在拇指指甲上划了根火柴，因为一擦就着，脸上流露出一副欣喜的神情，然后抽起雪茄喷出烟雾。

“你可真会开玩笑。”我出去的时候，纳尔蒂难过地说。

大厅里一片寂静，整栋楼里都一片寂静。外面那两个巡警还在瞧撞弯的翼子板。我开车回到好莱坞。

我走进办公室时，电话刚好响起。我探过桌子说道：“你好？”

“请问说话的是菲利普·马洛先生吗？”

“对，我就是。”

“这里是格雷尔太太的住所，鲁温·洛克里奇·格雷尔。格雷尔太太想尽快见到你，如果你有空的话。”

“在哪儿？”

“地址是湾城阿斯特道862号。我能向她转告你答应会在一个钟

1　原文直译为“什么味儿”。

头内赶到吗？”

“你是格雷尔先生吗？”

“当然不是，先生。我是管家。”

“待会儿听到门铃响就是我。”我说。

18

这地方靠近大海，可以闻到海的气息，却看不见水面。阿斯特道在此处弯成一道弧形，内陆一侧盖了不少漂亮房子，但临海的峡谷一侧才是富丽堂皇的宅院——12英尺高的围墙、雕饰铁门、装饰性树篱；进到宅院里边（如果进得去的话），你能看到一种特别的阳光，非常安静，像是装在特供上流阶层的隔音容器里。

一位身穿俄式短上衣、喇叭马裤，系黑色绑腿的男人站在半开的大门旁。这人是个小伙子，他皮肤黝黑、相貌英俊、身形伟岸、头发油亮，头顶潇洒的军帽帽檐在眼部投下一层淡淡的影子；嘴角叼着一根香烟并略微歪头，好像怕吸到二手烟；一只手戴着黑色长手套，另一只手光着，中指上戴了枚大戒指。

我没看到门牌号，不过这里应该就是862号。我停下车，探出身询问。他过了好久才回答，并在此之前把我和我的车子瞧了个遍。他向我走过来，随意地（是那种有意引人注目的随意）把光手搁在臀部。

他停在距我车子几英尺远的地方，又把我瞧了一遍。

“我在找格雷尔家的宅子。”我说。

“这里就是。没人在家。”

“有人让我来的。”

他点点头，眼睛像水面一样闪着光：“叫什么名字？”

“菲利普·马洛。”

“在这里等着。”他不慌不忙地踱回大门，打开一扇嵌在巨大门柱上的铁门。铁门内有台电话，他对着话筒简短地说了几句，然后把门关上走回来。

“证件。”

我拿出驾照，放在方向盘上让他看了看。“那不能证明什么，”他说，“我怎么知道这辆车就是你的？”

我拔出车钥匙，推开车门走了出来，这让我们之间的距离缩小到一英尺左右。他的口气闻起来还不错，喝得最起码也是“Haig & Haig[1]”。

“你又到酒吧里混了吧？”

他淡淡一笑，用眼睛打量着我。我说：

“听着，这样总可以吧，你让我和管家通话，他知道我是谁，还是我必须骑到你背上才准进去。”

“我只是在照章办事，”他轻声说，“如果我不——”他故意没把话说完，继续看着我微笑。

“你是个好小子，”说着，我拍了拍他的肩膀，“达特茅斯还是丹尼莫拉[2]出来的？”

“哎哟，”他说，“你怎么不早说你原来当过警察呢？”

我俩会心一笑。他招招手，让我把车从半敞开的大门中间开进

1　一般而言，海格公司的兑和威士忌酒须陈酿12年以上，属于中高档酒。

2　“丹尼莫拉”指的是一间名为“克林顿感化院”的监狱。

去。弧形车道被修剪过的高大深绿色树篱完全遮住了，既看不见院子外面的街道，也看不见里面的房子。透过一扇绿门，我瞧见一个小日本园丁在巨大的草坪上除草，他正把杂草拔出来，脸上挂着一副典型的小日本园丁式苦笑。之后，树篱又把视线挡住了，我往前开了100英尺以上，什么都没瞧见。树篱在终点处围成一个大圆圈，里面停了六七辆车。

其中一辆是小型双人座轿车；有几辆最新款的别克双色轿车，样子很漂亮，让人忍不住想给商家汇款；一辆黑色加长轿车，车上的合金天窗漆色低调，光轮毂就有自行车轮那么大；还有一辆车身修长的旅行跑车，顶篷是盖着的。一条短而宽的全天候水泥车道直通房子侧门。

左边的停车位远处，建有一座整体低于地面的花园；花园四角各有一个喷泉，入口被一扇中间铸有飞翔丘比特的雕饰铁门拦住。园内有几根小石柱，上面都放着半身雕塑；一把石凳子，两头各蹲着一头石狮鹫；一个椭圆形水池，池内漂着数朵石睡莲，其中一片石头叶子上坐着一只大石头牛蛙；远处是一条种满玫瑰花的石柱廊，走廊通向一个像圣坛的地方，沿途两旁都挡着树篱，但又没把走廊本身完全遮住，因为能看到阳光在通往圣坛的台阶上洒下的光斑。再远处是一座野趣园，规模不算大，里面有一堵故意砌出来的颓墙，墙角附近放着一座日晷。此外，园子里还种着花，无数的花。

宅子本身没什么了不起的，规模比白金汉宫小一点吧，楼体颜色放在加州显得过于灰暗了，窗子也没有克莱斯勒大厦上的多。

我悄声走到侧门，摁下门铃，听见一串低沉、圆润，好似教堂钟鸣的铃声。

一个身穿条纹马甲、到处都是镀金纽扣的男人打开门，鞠了一躬，接过我的帽子，完成了当天的工作。在他身后的昏暗中，还有一个穿裤褶锋利的条纹西裤、黑色外衣、翼领衬衣，戴灰色条纹领带的家伙，他把灰脑袋向前探出大约半英寸，开口说道："是马洛先生吗？从这边走，有请——"

我们走进一个廊厅，里头异常安静，一只飞虫都没瞧见。走廊里铺着东方式地毯，挂着一幅幅油画。我们在拐角处一转，又走进一个廊厅。透过一扇落地窗，能看到远处蓝色海水的波光，这让我突然想起自己距离太平洋并不遥远，而且这栋房子就建在海岸峡谷边沿。

管家伸手打开一扇隔着人声的门，往旁边一站，让我走了进去。房间里很漂亮，壁炉周围摆着淡黄色切斯菲尔德沙发和配套的安乐椅；光洁但不滑溜的地板上，铺着一块质地细腻如丝绸、样子老得像伊索[1]姑妈的地毯；角落里放着一束幽香的鲜花，某张矮桌子上还有一束；墙上贴着印花羊皮纸。这间屋子舒适、宽敞、惬意，既有一点现代色彩，也有一点古色古香，除此之外，还有三个突然陷入沉默的人坐在对面瞧着我。

其中一位是安·赖尔登，模样扮相和上次见面时一样，只不过现在手里多出来一个盛琥珀色液体的杯子。另一位是个高瘦、忧伤的男人，他下巴僵硬，双眼塌陷，脸上一片蜡黄，正处在昂首阔步，或不如说是垂头丧气迈向70岁的大好年龄。他身穿深色套装，胸前别着红色康乃馨，样子看起来很随和。

剩下一位便是那个金发女郎了。她身上穿着能随时外出的连衣裙，颜色是浅碧蓝色。我没怎么注意她的衣着，反正那都是专门为她这种人设计的，而她也会去找合适的设计师。总之，那身衣服显得她特别年轻，同时把她天青石色的眼睛衬得更蓝了。她的头发是那种古

1　伊索（公元前620—前560），古希腊文学家，著有《伊索寓言》。

画里的金黄色，发式精心打理过，但又不过分；身体曲线无可挑剔；裙子显得过于平淡，只是脖颈处有个钻石扣环；手不算小，但很有形状；指甲以寻常的方式宣告着自己，涂着接近紫红色的指甲油。她朝我莞尔一笑，万千选择中的一种。她的笑容表面上很轻松，但眼神却若有所思，保持着静止。此外，她的双唇也很丰腴。

“你能来真是太好了，”她说，“这位是我丈夫。去帮马洛先生调杯酒吧，亲爱的。”

格雷尔先生和我握了握手。他的手很凉，还有一点点湿，眼神里透着悲哀。他调了一杯威士忌加苏打水递给我。

格雷尔先生坐到角落里，陷入了沉默。我喝下半杯饮料，冲赖尔登小姐咧嘴笑笑。赖尔登小姐心不在焉地瞧着我，就好像她又找到了一条新线索似的。

“你看你能帮上忙吗？”金发女郎低头瞧着杯子，慢慢说道，“如果你觉得能，那我就放心了。我这点损失其实算不上什么，同还要和那帮黑道分子或坏人纠缠相比的话。”

“我对这件事情也不太了解。”我说。

“噢，我希望你能帮帮我。”她冲我抛出一个让我感觉自己财力有限的微笑。

我喝光剩下的半杯酒，心情才算平复下来。格雷尔太太摁下装在切斯菲尔德沙发扶手上的电铃，召来一个侍者。她似是而非地指指托盘。侍者到处看看，然后调了两杯酒。赖尔登小姐在做样子，手里仍拿着先前那杯酒。格雷尔先生显然滴酒不沾。侍者递完酒之后就出去了。

格雷尔太太和我端着酒杯。这时，格雷尔太太交叉起双腿，不过姿势有点粗心大意。

“我不确定自己能否帮上忙，”我说，“恐怕有点难吧。你说我该怎么帮你呢？”

“你一定可以帮上忙的，我敢肯定。”她用另一种方式朝我笑了一下，“林恩[1]·马略特对你有多信任？”

她瞥了一眼赖尔登小姐。赖尔登小姐并没有察觉到此，她只是坐在那里，眼睛瞧着别处。格雷尔太太看着她丈夫说：“你非得操这个心吗，亲爱的？”

格雷尔先生站了起来，说很高兴见到我，但他不太舒服，要去躺一会儿，希望我能谅解。他实在太有礼貌了，我恨不得扶着他出去以示感激。

格雷尔先生出去了。他轻轻关上门，就跟怕吵醒谁似的。格雷尔太太盯着门瞧了一阵子，随后又堆起笑脸看着我。

“赖尔登小姐已经完全获得你的信任了，这是当然的。”

“没人能完全获得我的信任，格雷尔太太。她只是碰巧知道这案子，了解到了该她了解的部分。”

“好吧。”她抿了两口酒，然后一饮而尽，把杯子放到一旁。

“去他的饮酒礼节，”她突然说，“咱们都别端着了吧。你在你那行里算难得的美男子。”

“我这行脏得很。”我说。

“我其实也不是那个意思。做这行能挣到钱吗？还是这么问太失礼了？”

“挣得不多，烦心事倒是不少。当然，乐趣也很多，偶尔还会接到大案子。”

“一个人怎么会当上私家侦探？你不介意我稍微打探你一下吧？

1　“林恩”是“林赛”的昵称。

另外，能把那张桌子推过来一点吗？这样我可以够到酒水。”

我站起来，把带底座的银质托盘沿光洁的地板朝她推了过去。她又调了两杯酒，可我手里那杯还有一半。

“干我们这行的，原来大多是警察，”我说，“我原来在地方检察官手下干过一阵子，后来被解雇了。”

她露出一个友善的微笑：“不是因为能力问题，我敢肯定。”

“对，因为我喜欢顶嘴。你还接到过别的电话吗？”

“呃——”她看着安·赖尔登，没继续往下说，但在用目光传达信息。

安·赖尔登站了起来。她端着杯子（里头的酒还是满的），走到托盘旁边放下来。“你们大概还得再聊上一阵子。”她说，“但如果没聊下去的话——总之，很感谢你愿意和我谈谈，格雷尔太太，我什么都不会写的，请你放心。”

“哎呀，你不是要走了吧？”格雷尔太太面带她特有的微笑说。

安·赖尔登咬着下嘴唇，在原地愣了一段时间，就好像在下决心到底是应该把嘴唇咬掉，吐出来，还是继续这么咬着。

“抱歉，我恐怕必须走了。你也知道，我不替马洛先生工作，我们只是朋友。再见，格雷尔太太。”

金发女郎眷恋地瞧着她。“希望你有空再来，随时都可以。”她摁了两下电铃，把管家召来了。管家守在门口让门一直开着。

赖尔登快步走出去后，门就关上了。格雷尔太太面带若有似无的微笑，盯着关上的门看了好久。“这样好多了，你说是吧？”她沉默了片刻说道。

我点点头。“你大概在想，既然赖尔登小姐跟我只是朋友，她怎么会知道这么多。”我说，“她是个好奇的小丫头，有些事情是她自己查出来的，比如你的身份，以及翡翠项链的主人是谁。另外，还有些事情是她碰巧撞上的，比如她昨晚之所以会出现在马略特死的地方，是因为她兜风时瞧见了灯光，然后就把车开过去了。”

“噢，”格雷尔太太赶快端起酒杯，做了个表情，“这事情想起来就可怕。可怜的林恩，他确实是个坏蛋，很多人们所谓的朋友都是坏蛋，但他那个死法真可怕。”她打了个寒战，眼睛睁得大大的，目光空洞。

“赖尔登小姐那边你可以放心，她不会说出去的。她父亲原来当过很长一段时间警察局长。”我说。

“对，她跟我说了。你怎么不喝酒？”

“我在按我自己的方式喝。”

“我们俩应该能合得来。林恩，也就是马略特先生，跟你说过我们被抢劫的事情吗？”

“那发生在从特罗卡德罗夜总会到这里的路上，更具体的地点他没讲，对方有三到四个人。”

她点点头，金发泛着亮光：“没错。而且你知道，这次抢劫中有件事情很奇怪。他们还了一枚戒指给我，那枚戒指还挺好的呢。”

“这个他提到了。”

“我其实很少戴它，那毕竟是博物馆收藏级别的珍品，非常稀有。不过，他们还是把它抢走了。我想他们应该不会认为那值多少钱吧，你说呢？”

“对，否则他们也会知道你很少戴它。有谁知道这串项链的真实价值？”

她陷入了思考，看着她思考是件享受的事情。她的双腿依旧交叉在一起，姿势还是那么粗心大意。

“有好多人都知道吧，我觉得。”

“但他们应该不知道你那晚会戴它吧？有谁知道这件事？”

她耸耸遮在淡蓝色连衣裙下的肩膀。我努力控制着自己，没让眼睛乱动。

“我的女佣知道。但她有很多机会下手呀，而且我一直很信任她——”

“为什么？”

“我也不知道，我就是会信任别人，比如我现在就信任你。”

“你信任马略特吗？”

她的面容略微僵硬了一些，眼神略微谨慎了一些。“有些事情上不信任，有些事情上又信任，程度不一样。”她说话很中听，有点冷酷，有点愤世嫉俗，但又至于不绝情。她很会遣词。

“好吧，除了女佣呢，比方说司机？”

她摇摇头以表示否定：“那晚是林恩开的车，车子也是他自己的。乔治当时并不在场。那天不是星期四吗？”

“我不在场，所以不知道。马略特跟我说那是四到五天之前发生的事情，但如果是星期四的话，从昨晚算起已经过去整整一个礼拜了。”

“好吧，但那天就是星期四。”她伸手去拿杯子的时候，手指碰到了我，感觉软软的，“乔治周四晚上例行休息，这你也知道。”她又给我倒了量很足的一份威士忌，并往杯子喷了点汽水。这是那种你以为自己能一直喝下去，但到最后只会以酩酊大醉收场的饮料。她给自己调了杯一样的。

“林恩对你说我的名字了吗？”她弱弱地问，眼神里依旧带着谨慎。

“他很小心，没告诉我。”

“嗯，那他大概也略微误导了一些你对时间的看法。看看现在有什么能确定下来吧。首先，女佣和司机可以排除掉。我是说，他们肯定不是同谋。”

“在我看来可不一定。”

“好吧，但至少我现在在思考啊，”她笑了起来，“然后就是牛顿了，我们的管家。那晚他可能看到了我戴着项链，可是当时项链挂得很低呀，而且我外边还罩了一件白色狐裘披风——不，我觉得他肯定没看到。”

“我敢说你当时肯定美极了。”我说。

“你该不会喝醉了吧？”

“我只在特定场合说胡话。”

她仰起头，发出一串银铃般的笑声。我这辈子只见过四个女人这样笑起来仍然很美，她是其中之一。

“牛顿没问题，”我说，“他那种人不会和混混有瓜葛。不过，这也只是猜测。还有那位侍者呢？”

她回想了一下，然后摇摇头：“他那天没见着我。”

“那天有人向你提议戴翡翠项链了吗？”

她的目光变得更加谨慎了。“你不是在捉弄我吧？”她说。

她拿起我的杯子，又添上一些酒。我没有阻止她，虽然我杯里的水位还有一英寸高。我欣赏着她脖子上的优美线条。

等到她倒完酒，我们又拿起酒杯开始切磋的时候，我说：“我们先把这件事情捋一下，然后我再跟你讲另一件事情。跟我说说那晚的情况。”

她瞧了瞧腕表，但撸起了整条袖子：“我得去——”

“让他等着。”

她的眼神因此亮了一下。我喜欢那眼神。“直接说出来会不会太直白了？”她说。

“不存在，对我的职业而言。说说那晚的情况，或者揪着耳朵把我轰出去，二选一，用你迷人的小脑袋想清楚。”

“那你最好坐到我身边来。”

“我早就想坐过去了，”我说，“确切地说，从你开始交叉双腿的时候就开始了。”

她往下拽拽连衣裙：“这条该死的裙子总往脖子上缩。”

我坐到黄色切斯菲尔德沙发上，挨在她身边。“你平时是个猴急的讨厌鬼是吧？”她轻声问道。

我没有回答。

“你是不是经常这样坐到女人身边？”她斜眼瞧着我问。

“一般不会。我闲下来的时候是个和尚。”

“你恐怕就没闲下来的时候。”

“打住，”我说，“先用我们或我仅存的一点理智来聊聊正经事吧。你打算给我多少报酬？”

“噢，这就是你说的正经事呀，我还以为你是想要帮我把项链找回来呢。”

“我得用我自己的风格办案。这就是我的风格。”我仰头慢慢喝下一口酒，杯子几乎就立在我脑袋上。我吞下几小口空气。

“而且我还得调查一桩谋杀案。”我说。

“那跟这事情无关吧。我是说，谋杀案好像是归警察管的呀？”

“没错，只是那个可怜的家伙付给我100块让我保护他，而我没有做到。这让我很内疚，有点想哭。你觉得我该哭吗？”

“喝杯酒吧。”她又给我们倒了一些威士忌。这些酒对她的影响似乎和水流对顽石坝[1]一样微乎其微。

“好吧，我们说到哪里了？”我一边说，一边尽量把杯子拿稳，不让酒洒出来，“不谈女佣、司机、管家和侍者，接下来我们该自己洗衣服了。抢劫是怎么发生的？你的陈述里或许会包含一些马略特没提到的细节。”

她向前探身，用一只手托着下巴，样子看起来很严肃，但又不是那种可笑的严肃。

“我们一开始在布伦特伍德山庄参加一场派对，之后林恩提议去特罗卡德罗夜总会喝酒跳舞，于是我们就动身了。等我们把车开到日落大道的时候，发现前方正在施工，脏得很，林恩见状改走圣莫尼卡大道，随后，我们路过一个看起来很破的旅馆，叫‘印地欧’，我也不知道为什么就记住它了。在旅馆正对面，有一家喝啤酒的地方，前面停了一辆车。”

“只有一辆车，在一家啤酒屋前？”

“对，只有一辆，那地方很低档。总之，那辆车子突然发动起来，跟在我们后头。同样，我对那丝毫都没在意，因为没理由啊。我们走到圣莫尼卡大道转阿圭罗大道的地方，林恩说了句‘走另一条道吧’，于是我们就拐进一条弯曲的住宅区街道。那辆车子突然冲上来，擦到我们的翼子板，又靠边停了下来。一个穿风衣、戴领巾、帽子压得很低的男人走过来向我们道歉。他的白色领巾堆在脖子上，这点我留意到了。除此之外，我只记得他又高又瘦。他刚一走到——我

1　又称胡佛水坝，是一座位于美国亚利桑那州与内华达州交界处的混凝土拱坝，横跨著名的科罗拉多河。顽石坝是美国最大的水坝。

之后才想起，他压根就没走进前灯的照射范围——”

“那很自然，没人喜欢被前灯照着。喝一杯吧，换我来倒。”

她向前探身，一副天然秀丽的眉毛因思考而皱到一起。我调了两杯酒。她继续说道：

“他刚一走到林恩的驾驶座旁边，就把领巾拉到鼻子上，掏出一把枪对着我们。‘抢劫。’他说，‘别轻举妄动，这样对大家都好。’与此同时，另一个人走过来，站到副驾驶座外。”

“而这一切都发生在比佛利山庄，”我说，“加州治安最好的四平方英里范围之内。”

她耸耸肩膀：“那我们还不是一样被抢了。他们让我交出珠宝和皮包，全程都是那个戴领巾的人在开口，站在我这边的人一句话都没说。我伸手越过林恩，把东西递给他，之后，他把皮包和一枚戒指还给了我。他让我们先别报警或上报保险公司，说接下来会和我们做一笔轻松愉快的交易。他说他们喜欢按规矩来，那人看上去一点都不紧张。他还说，他们不怕和保险公司的人打交道，不过他们并不愿意事情发展到这一步，因为那意味着钱要让恶讼师赚走一部分。从讲话方式上判断，他应该受过一些教育。”

“这人听着像‘变装’艾迪，”我说，“只是他已经在芝加哥被干掉了。”

她耸耸肩膀，我们喝了一杯酒，她继续讲下去：

“之后他们就走了，我们也回到了家。我让林恩别把这件事情声张出去。第二天，我接到一通电话。我们家有两部电话机，一部配分机，一部没配，后者放在我卧室里。电话直接打到了我房间，而那部电话的号码从来没在电话簿上登记过。”

我点点头：“他们可以用钱打听到这个号码，大家都这么干，有些电影界人士每个月都要换一次号码。”

我们又喝了一杯酒。

“我对电话里的人说，去和林恩谈这件事情，他可以代表我，另外，只要他们提的要求不过分，交易什么的可以慢慢谈。他同意了。之后他们把这事拖了一段时间，我猜是想试探一下我们的反应。最后，你也知道，我们在8000美金上达成了一致，此外还定下了别的一些事情。”

“你能指认他们吗？”

“当然不能。”

“兰德尔知道这些事情吗？”

“当然知道了。我们还要继续往下说吗？真烦人。”她冲我露出了那种可爱的微笑。

“兰德尔说什么了吗？”

她打了个哈欠：“可能说了吧，我忘记了。”

我坐在那里手握空杯，陷入了思考。她把杯子从我手里拿走，又倒上了酒。

我从她手里接过酒杯，换到左手，同时用右手握着她的左手。她的手光滑、柔软、温暖，摸起来很舒服。她捏了捏我的手，手劲儿不小。这可是个结实的女人，不像纸花那么脆弱。

“我觉得马略特肯定有自己的想法，”她说，“可他没对我说。”

“面对这种事情谁不会有点想法？”我说。

她慢慢转头瞧着我，接着点点头：“这些细节你都不会放过的，对吧？”

“你们认识多久了？”

“噢，好多年了，他原来在我丈夫的电台当播音员。K.F.D.K.，我们就是在那里认识的，我也是在那里认识我丈夫的。”

“这些我知道了。不过从马略特的生活方式看，他好像很有钱，不算大富大贵，但也算阔绰。”

“他继承了一笔钱，然后辞了电台的工作。”

“你是确切知道他继承了一笔钱，还是听他自己说的？”

她耸耸肩，随后又捏捏我的手。

“或者有可能他继承的财产并不多，而他花钱又没有节制。”我也捏捏她的手，“他向你借过钱吗？”

“你这个人还挺保守的嘛？”她低头看看被我握住的那只手。

“我还在跟你说正事呢。你的酒不错，到现在都没让我倒下，要是换成别的酒，我早就不行了。”

“你说得对。”她把手从我手里抽出来揉了揉，“你闲下来的时候肯定经常练手劲儿。林恩是个高级敲诈犯，这很明显，他靠女人过活。”

“他抓到你什么把柄了吗？”

“我应该告诉你吗？”

“告诉我似乎不太明智。”

她放声笑了出来。“不管怎样我都要告诉你。有一次，我在他家喝了不少酒，醉到不省人事。这种事很少发生在我身上。他趁机把我衣服掀到脖子上，拍下了一些照片。”

“这个人渣。”我说，“那些照片你手上还有吗？”

她掴了一下我的手腕，轻声说道：

“你叫什么名字？”

“菲尔。你呢？”

“海伦。快吻我！”

她瘫倒在我膝盖上，我俯身靠近她的脸庞啄了起来。她眨着眼睛，让睫毛在我面颊上刷来刷去。我亲到她的嘴时，发现炽热的双唇早已开启，齿间的舌头灵敏如蛇。

这时，门打开了，格雷尔先生悄无声息地走入房间。我怀里抱着格雷尔太太，根本来不及松手。我抬起头，望着格雷尔先生，浑身冰冷得仿佛芬尼根[1]下葬那天的双脚。

躺在我臂弯里的金发女郎纹丝不动，就连嘴唇都没合上，脸上一副半痴梦半嘲讽的表情。

格雷尔先生弱弱地清了清喉咙，说道：“打扰了，真的！”他悄悄走了出去，眼神里的悲哀深不见底。

我把她推开，站起来掏出手帕擦擦脸。

她保持先前的姿势半躺在长沙发上，一只长袜上方露出一大片肌肤。

“是谁呀？”她口齿不清地说。

“格雷尔先生。”

“别管他。”

我从她身边走开，坐回到刚进屋时坐的那把椅子上。

过了一会儿，她伸个懒腰坐起来，稳稳地瞧着我。

“没关系的，他能理解。不然他想怎么样？”

“他好像都知道了。”

“好了，跟你说了没关系的，这难道还不够吗？他一个病人，还

1 《为芬尼根守灵》是爱尔兰作家詹姆斯·乔伊斯（1882—1941）创作的小说，里面讲到了一位搬运砖瓦的工人芬尼根下葬后死而复生的故事。该作品以晦涩难懂、博大精深著称。

想——”

“别对我尖着嗓子，我不喜欢乱尖嗓子的女人。”

她打开放在身边的皮包，掏出一块手帕擦擦嘴，又对着镜子照了照脸。“你说得对，”她说，“我喝多了。今天晚上十点，贝维德雷俱乐部见。”说完，她呼吸急促地瞧着我。

“那地方好吗？”

“那地方是莱尔德·布鲁内特的，我跟他很熟。”

“行。”我说，依旧觉得浑身冰冷。我感觉很不自在，就跟刚扒了穷人口袋似的。

她掏出一支口红，轻轻涂了涂嘴，然后用眼睛直勾勾地瞧着我。她把镜子扔过来，我接住后也照了照脸。我用手帕擦擦嘴，之后站起来把镜子还给她。

她向后一仰，让整个脖颈露在外面，低头用慵懒的眼神瞧着我。

“怎么了？”

“没怎么。那十点贝维德雷海滩俱乐部见。别穿得太隆重，我只有一套晚礼服。那酒吧见？”

她点了点头，眼神依旧很慵懒。

我穿过房间走出去，没有回头。侍者在走廊里碰见我并递上了我的帽子，他面无表情，看起来像长了一张巨石脸[1]。

1 此处的“巨石脸”（又译“人面巨石”）暗指美国作家纳撒尼尔·霍桑（1804—1864）的同名短篇小说。

19

我顺车道往外走，在修剪整齐的高大树篱的阴影下迷失了会儿方向，之后来到宅院正门。门口站岗的人换成一个穿便服的壮汉，一看就知道是保镖。他点点头，让我开了出去。

响起一阵车喇叭声，是赖尔登小姐的双人座轿车跟在我后面。我走过去看着车里面。她一脸冷淡和不屑。

她坐在那里，握着方向盘，纤细的双手戴着手套。她微微一笑。

“我一直在等着呢，虽然这不关我的事。你觉得她人怎么样？”

“我觉得她是那种没事儿就爱解开吊带袜的货色。”

“你非得说得那么难听吗？”她的脸难堪得红了，“有时候我真讨厌男人。老男人、年轻男人、橄榄球运动员、男高音歌唱家、精明的百万富翁、漂亮的小白脸，还有几乎就是流氓的——私家侦探。”

我朝她咧开嘴，为难地笑了笑：“我知道自己说话有时太刻薄了，但世风如此。谁跟你说他是个小白脸的？”

“你指的是谁？”

“别装傻，马略特。”

“噢，那很容易就能猜出来呀。抱歉，我不是故意那么失礼的。我想你可以不费吹灰之力就解开她的吊袜带，只要你愿意的话。不过要记住一点，干这种事你肯定不是头一个。”

宽阔的弧形街道在阳光下打盹儿。一辆漆着美丽图案的厢式小货车悄无声息地停到街对面的一栋房子跟前，它向后退了一点，开上便道，来到房子的侧门。货车上写着“湾城婴幼儿服务”。

安·赖尔登向我探过身来，她灰蓝色的泪眼透着委屈。她那略显过长的上嘴唇噘了起来，又缩回去顶着牙齿。她喘着气，用尖细的声音说道：“你不想让我多管闲事了，对吧？而且你还嫌我什么都先你一步，其实我只是想稍微帮你一把。”

“我不需要帮忙，警察那边也不想让我帮忙。格雷尔太太的事情我无能为力。她说他们路过某家啤酒屋时一辆车子跟了上来，但这又能说明什么呢？那地方是圣莫尼卡大道上的一家低级消费场所。依我看，这帮人是高级抢劫犯，因为他们当中甚至有人认得翡翠是什么东西。”

“也可能是有人事先告诉他们的。”

“那也有可能，”说完，我从烟盒里抽出一支香烟，“无论是这两种情况中的哪一种，都轮不上我插手。”

“那么那个心理医生呢？”

我略显茫然地盯着她：“心理医生？”

“我的天哪，”她轻轻地说，“我还真以为你是个侦探呢！”

“这件事情背后有鬼，”我说，“所以我得步步为营。这位格雷尔兜里有很多钱，而在这座城市里，钱能买到法律。你瞧瞧警察有多奇怪吧，不搜集情报、没让报纸登消息、不让无辜的陌生人提供细微的重要线索，除了警告我不要插手之外，对外界守口如瓶。我可一点不喜欢这种状况。”

“你脸上还有点口红没擦干净，”安·赖尔登说，“我只是随口提一下那个心理医生而已。那么，再见了。很高兴认识你，从某个角度说。”

她摁下启动钮，拉起变速杆，掀起一阵灰尘离开了。

我看着她远去。车子消失后，我又看了看街对面。那个开厢式小货车的男人从屋子侧门走出来，他身上的制服洁白硬挺，光看一看都让我感觉自己变干净了。他抱着一个纸盒钻到车里，把车开走了。

估计他刚才去换了一块尿布。

我钻进车子，看看手表，发动汽车。当时已经接近五点了。

刚才喝下的那些威士忌酒，像所有好酒一样，陪着我一路回到好莱坞。我在酒劲的刺激之下闯过好几个红灯。

“她是个好姑娘，”我在车里对自己大声说道，“对喜欢好姑娘的男人来说。”没人回答。“但我不是那种人。”我说。还是没人回答。“十点钟在贝维德雷海滩俱乐部见。”我说。有人答道：“呸！”

那听上去好像是我自己的声音。

我回到办公室的时候是五点四十五分。楼里非常安静，就连隔壁的打字机也没声了。我点燃烟斗，坐下来等着。

20

那个印第安人身上很臭。他身上的味道从我听到电铃响起，打开办公室的门，从门缝中间看到他站在小接待室里开始算起，就飘过来了。他站在通往走廊的门内，看起来像尊青铜像。他下身短小，上身魁梧，胸膛厚实，跟个流浪汉似的。

他穿了一身棕色套装，外衣肩部太窄，裤腰似乎有点紧。头上的帽子小了至少两号，上面满是汗渍，应该是原来被尺寸更合适的人戴过。那顶帽子戴在他头上，就像风向标架在屋顶；衣领像马颈轭一样紧紧勒在脖子上，颜色也是马颈轭那种脏兮兮的棕色；一条黑色领带悬挂在系着扣子的上衣外边，领结打得只有豌豆那么大——估计是用钳子捏出来的；在脏衣领上方，光秃秃的大片脖颈上，还系了一条宽边黑色缎带，就像老太太想要修饰自己的脖子时常做的那样。

他的脸又大又扁，肉肉的高鼻子像舰艇的船头一样硬挺。他长着没有眼睑的眼睛、下垂的双颊、铁匠的肩膀，以及黑猩猩那样又短又笨的双腿。不过后来我发现，他的腿只是有点短。

如果他梳洗一下，换上白色睡袍，倒挺像个邪恶的古罗马元老院议员的。

他身上的味道是那种原始人的膻臭，而不是城市里的浊臭。

"哈，"他说，"快点来，现在就来。"

我转身回到办公室，朝他勾勾手指，他悄然无声地跟着走进来，像苍蝇在墙上爬。我坐到桌子后面，像专业人士那样调调转椅，指了指另外一边的客座。他并没有坐下来，那对小小的黑色眼睛里充满了敌意。

"走去哪里？"我说。

"哈。我，普兰庭第二。我，好莱坞印第安人。"

"请坐，普兰庭先生。"

他用鼻子哼了一声，鼻孔张得非常大。那对鼻孔本来就大得能钻进老鼠了。

"叫普兰庭第二，不叫普兰庭先生。"

"我有什么能为你效劳的吗？"

他抬高嗓门，从胸膛里发出咏唱般洪亮的声音。"他说快来，大白人父亲说快来。他说要用喷火战车接你来。他说——"

"好，少讲两句黑话[1]吧，"我说，"我又不是蛇舞神祭会[2]上的

---

1 "黑话"直译为"蹩脚拉丁语"，指一种英语语言游戏，形式是英语加上一些前缀或后缀改变发音规则。"蹩脚拉丁语"的意思就是"黑话"，和拉丁文化无关，"拉丁语"暗示的是这种语言游戏相对于规范英语的奇怪特征。

2 "蛇舞神祭会"，指北美洲原住民（印第安人）的一种宗教献祭仪式。

老学究。”

“神经病。”那个印第安人说。

我们站在桌子两头相互鄙视了一会儿，但他表现得比我更出色。他满脸不屑地摘下帽子，把它翻了个个儿，之后伸出一根指头，放到汗衬下面绕了一圈。汗衬露了出来。说那是“汗衬”可真恰当。他取下汗衬上的回形针，把一个面巾纸小包裹扔到桌子上。他生气地指了指包裹，手指上的指甲咬得很短。他油腻的头发上有一圈凹纹，在头顶附近，先前被帽子箍住的地方。

我打开包裹，看到里面有张名片。没什么值得大惊小怪的，这张名片和之前我在烟嘴里发现的那三张一模一样。

我装模作样地抽着烟斗，用力瞪着印第安人，想吓唬吓唬他，但他镇定得像堵墙。

“那好吧，他想怎样。”

“他想让你快来，现在就来，坐着喷火——”

“神经病。”我说。

印第安人似乎很喜欢我这样答话。他慢慢闭上嘴巴，严肃地眨着一只眼睛，几乎就咧开嘴笑起来了。

“他还得付我100块钱聘用费。”我加了一句，尽量把100块钱说得像五美分。

“哈？”他起了疑心，并坚持使用着最基本的英语词汇。

“100块，”我说，“壮汉。钓鱼。100张一块钱。不给钱，不上钩。明白了？”我开始用两只手上的手指数数。

“哈，大人物。”印第安人嘲弄地说。

他在油腻的汗衬下面摸摸，把另一个面巾纸小包裹扔到桌上。我把它拿起来打开，看到里面装着一张全新的百元美钞。

印第安人把帽子戴回去，但没有卷起汗衬，这让他看起来更滑稽了。我坐下来瞪着百元钞票，大张着嘴。

“心理医生猜到了，”我终于开口说，“我很怕这么聪明的家伙。”

“没空跟你耗。”印第安人娴熟地提醒道。

我打开抽屉，拿出那把被称为“超级大赛”的柯尔特点三八口径半自动手枪[1]。之前去见鲁温·洛克里奇·格雷尔太太的时候，我没带上这把枪。我脱下外衣，搭上皮枪套，把枪塞进去，系好下面的带子，最后穿上外衣。

印第安人看上去无动于衷，就好像我只是挠了挠自己的脖子。

“上车，”他说，“大车。”

“我，已经不喜欢大车了，”我说，“我，上自己的车。”

“你，来我的车。”印第安人用胁迫的口吻说。

“我，来你的车。”我说。

我关上抽屉，锁上办公室的门，关了门铃开关，离开时照旧没锁接待室的门。

我们从走廊一路来到电梯。这个印第安人可真臭，连电梯操作员都闻到了。

1　“超级大赛”手枪的原型是1929年开始量产的柯尔特“超级”点三八口径半自动手枪。1935年，该系列手枪正式更名为“超级大赛”，其中“大赛”指的应该是首次举办于1872年的“全美射击大赛”，原因是柯尔特“超级”手枪是在1928年俄亥俄州举办的大赛上首次亮相的。“超级大赛”手枪从20世纪30年代开始，逐渐在美国的执法人员和帮派分子中间流行起来。

21

那是一辆深蓝色七人座厢式大轿车，最新型号的派卡德[1]定制款。平时要坐这种车子，你得戴上自己的珍珠项链。车停在一个消防栓旁边，驾驶座后坐着一位肤色较深、外国人模样的司机，他的脸就像用木头雕刻出来的一样。车内到处铺着厚厚的绳绒垫。印第安人把我安排到后座。我单独坐在那里，感觉自己就像一具高级尸体，正被一个很有品位的殡仪馆工作人员摆弄着。

等印第安人坐上副驾驶座后，车子在马路中央掉了个头。这时，街对面有个警察喊了一声“喂”，声音轻得就跟发现自己喊错了似的，之后他赶快弯下腰，系起了鞋带。

我们向西进发，开上日落大道，悄无声息地沿道路行驶。印第安人坐在司机旁边，一动不动，只是他身上特有的气味会不时飘到后座来。那位司机表面上像在打瞌睡，却驾车超过了一个又一个开敞篷跑车的追风小子，就跟他们都是被拖车吊着走似的。一路上我们都没碰见红灯。有些司机就这样，逮到的都是绿灯。

我们在日落地带行驶了一两英里，经过了招牌经常出现在电影里的古董店，经过了一扇扇由蕾丝花边点缀、摆满古代锡器的橱窗，经过了那些拥有知名厨师和知名赌场、由人模狗样的前紫帮[2]成

1　派卡德汽车公司是一家创立于美国底特律市，红极一时，但如今已经倒闭的高级汽车制造商。

2　“紫帮”又名“糖厂帮”，一个于20世纪20年代在美国底特律市猖獗一时的传奇犯罪团伙，成员主要是犹太人，主业为贩卖私酒和抢劫。20世纪30年代，“紫帮”因内讧等原因而走向覆灭。

员经营的新派夜总会，经过了风光一时的乔治殖民时代老建筑[1]，经过了一栋栋好莱坞皮条客在里面张口闭口都是钱的气派现代建筑，还经过了一家派头与周边设施大相径庭的汽车餐厅[2]——尽管里面的姑娘都穿着白色丝质衬衣、头戴圆筒军鼓手礼帽、臀部以下只穿着闪闪发亮的小山羊皮黑森佣兵靴[3]。经过了这一切之后，我们转过一个大弯，开上比佛利山庄的跑马径。我看到南边有一片灯光，看到光谱中的所有颜色，看到四周在没有雾气的夜晚里一片澄澈。之后，我们经过北面山丘上的阴暗宅邸，驶出比佛利山庄，走上一条蜿蜒的山间林荫道。我突然感觉到了夜晚的凉意，以及海上袭来的阵阵的微风。

下午的时候还挺热，但此时热气已经散去。我们快速驶过远处一片亮着光的房子，以及一栋栋接踵而至、距离道路仍有一段距离的灯火通明的宅邸。我们绕过一个巨大的马球场和一个同等规模大小的练习场，随后再次轰鸣转向山顶方向，开上一条陡峭的水泥山路。山路两旁是橘园。这肯定是某个阔佬的癖好，因为美国不产橘子。渐渐地，一扇扇亮着灯的富豪家的窗户消失了，道路变窄了，我们终于进入了斯蒂尔伍德山庄的势力范围。

鼠尾草的气味从一道峡谷中飘了上来，这让我想起了某个没有月光的夜晚和某个死人。几栋泥灰房零星平铺在山的一侧，像山体上的

---

1 “乔治殖民时代建筑”，指1714—1830年英国国王乔治一世、乔治二世、乔治三世和乔治四世在位时期的英属殖民地建筑风格。

2 汽车餐厅，指汽车直接沿餐厅周围停靠的圆形建筑餐厅。在这类餐厅用餐时，顾客从点菜到用餐都不必下车——点菜通过固定对讲机，上菜由服务员送到餐厅外。

3 黑森佣兵靴是一种于19世纪初开始流行的皮质军靴。黑森佣兵，指18世纪服役于英国军队的德国团。在美国独立战争期间，以黑森-卡塞尔地区的腓特烈二世（1712—1786）为代表的德国领主，募集了上万名士兵派往北美援助英军作战。

浮雕。再后来就看不见房子了，只有几座静谧的小丘、山丘上方一两颗提早亮起的星星、一条窄窄的水泥路，以及道路一旁的山谷——里面长满了胭脂栎，还有你静候一旁能听到鹌鹑叫的常绿灌木。山路的另一侧是一道未加防护的土坡，上面几朵顽强的野花像不肯睡觉的顽皮孩子那样挺立着。

曲折的道路慢慢变窄，几乎拧成一片发卡，巨大的轮胎悄悄碾过石子。这时，车子稍稍加大动静，擦着地面，拐上一条两边长满野生天竺葵的长长车道。在道路的尽头，微弱的灯光点亮了一座孤单如灯塔的山巅城堡——那是一座鹰巢，一栋嵌有玻璃砖块的尖角泥灰建筑。这房子粗犷、现代，但又不算丑陋，可认为是心理咨询师挂牌营业的理想场所，因为没人能听到里面传来的任何尖叫声。

车子转到房子旁边停下。在某扇厚墙上的黑门后，亮起一盏灯。印第安人嘟囔着爬下车，打开后排车门。司机用电子打火机点起一根烟，一股呛人的烟草气味驾着夜色轻轻飘了过来。我下了车。

我们走到黑门旁边。门缓缓地自动打开了，透出一丝凶兆。门后是一条直通房子深处的狭长廊厅，玻璃砖墙后隐隐亮着灯光。

印第安人喊道："哈。你，进去，大人物。"

"你先请，普兰庭先生。"

他满脸不快地走了进去。我们身后的门再次静悄悄地关上了，就像先前打开时一样诡异。在狭长廊厅的尽头，我们钻进一个小电梯，随后印第安人摁下按钮。电梯安静地爬升，没发出一点声响。我再次闻到了印第安人身上的臭味，此前的味道与之相比，简直像月光下的影子那样淡雅。

电梯停下来，门打开了。我走进光明，来到一间位于塔楼的房间内，从这里能看到白天的最后一丝光线正依依不舍地走向消逝。房间四面都有窗户，远处是波光粼粼的海面，黑暗之色在一座座山丘上方不慌不忙地巡查。屋内没有窗户的地方镶着板墙，地上铺着色调柔和的老式波斯地毯，还摆着一张怪异的接待办公桌，看起来就像用失窃的古代教堂雕刻木板组装起来的一样。在桌子后面，坐着一个面带微笑的女人，她的笑容又干又老，就好像你碰一下就会变成粉末似的。

她长着一头顺滑的卷发，以及一张暗淡、消瘦、憔悴的亚洲人面孔。她耳朵上戴着厚重、浮夸的宝石耳环，手上戴着几枚大戒指，其中有一枚镶着月长石，另一枚用银质戒座镶着绿宝石，这颗石头可能是真的，但看起来总跟分元店[1]里的手链一样廉价。她的双手干枯、黑暗、苍老，并不适合戴戒指。

她开口说话了，声音听来很熟悉。“啊，马洛先壬（生），你能来恨（很）好，安托尔会恨（很）高兴的。”

我把印第安人给我的那张百元钞票放到桌子上。我回头看了看，印第安人已经坐着电梯下去了。

“抱歉，好意我领了，但钱不能收。”

“安托尔，他——他相（想）雇你，不是吗？”她又摆出一副笑脸，嘴唇皱得像面纸。

“我得先知道是份什么差事。”

她点点头，在桌后慢慢站起来。她摆动着身子，小号连衣裙紧贴在屁股上，就像美人鱼尾巴上的鳞片，这显示出了她的好身材——如果你能接受腰部以下尺寸比一般人大上四号的话。

“我赖（来）引荐你。”

1　“分元店”，在美国指店内货品统一售价五到十美分的廉价日用品商店。

她摁下镶板上的电钮，一道门静悄悄地打开了。门后透出一道柔和的光，我进门之前回头看了一眼那女人的笑脸——它现在变得比古埃及还要老。门在我身后悄无声息地关上了。

房间里空无一人。

这是个八角形房间，到处都覆盖着从天花板垂到地面的黑色丝绒布，就连高高的天花板也不例外。在毫无光泽的煤黑色地毯中央，摆着一张八角形白桌，刚好够放下两副胳膊肘和中间那颗黑底乳白色圆球。白球是屋里唯一的光源，至于这是怎么做到的，我也不清楚。桌子两边各放着一把白色八角高脚凳，外形为桌子的缩小版。靠墙的地方还放着一把同样的凳子。没有窗户。除了这些，屋里就没别的东西了，什么都没有。墙上连照明设备都没有。就算有门，我也没看到。我回头看了看进来的那扇门，但什么都没看到。

我在那里坐了大概有15秒，模模糊糊地感到自己被监视着。在房间某处应该有个监视孔，但我没找到。我干脆放弃，静下来倾听自己的呼吸声。房间里什么动静都没有，我能听到气息在我的鼻孔中穿梭，蹑手蹑脚，就像薄窗帘在拂动。

这时，房间对面的一扇隐形门打开，一个男人走了进来。门在他身后关上。那人低着头，径直走到桌子旁边，坐到一把高脚凳上，用我迄今为止见过最美的一双手轻轻一挥。

“请在我对面坐下。不要抽烟，也别紧张，尽量放松。我能为你做些什么吗？”

我坐下来把一支烟放到嘴里，搁在嘴唇上滚动，但没有点燃。我把眼前的人仔细瞧了个遍。他又瘦又高，像根铁签，长着一头我见过的最白、最光滑的白发，一根根发丝像从纱网里抽出来似的。他的皮肤像玫瑰花瓣一样娇嫩。年龄既有可能是35岁，也有可能是65岁——

他压根儿就没有年龄。他的背头像巴里摩尔[1]那样紧紧贴在脑袋上，眉毛是煤黑色，跟墙壁、天花板和地板的颜色一样。他的目光深邃，简直深不见底，就像服了安眠药的梦游者的眼睛。这对眼睛让我想起一口故事里的井。它有900年历史，坐落在一座古老的城堡里。你可以扔一枚石子进去，站在旁边等着听声音。正当你准备放弃，放声大笑，要转身离开时，一个微弱的溅水声从井底传来，那声音是如此渺小和遥远，让你简直不敢相信世上竟然有这么深的井。

他的目光就那么深邃，而且那双眼睛没有神采，没有灵魂，它可以麻木不仁地看着狮子把人撕成碎片，也可以看着割掉眼皮的人在烈日下被穿刺[2]、发出哀号而无动于衷。

他穿着一身双排扣公务套装，剪裁极其讲究。他漫无目的地看了看自己的手指。

“请别紧张，”他说，“那会打破平静，让我无法集中注意力。”

“那还会让冰块融化，让黄油变软，让猫咪惊叫。”我说。

他极为勉强地笑了笑：“你肯定不是来这里捣乱的，我猜。”

“你好像忘记了我为什么要过来。顺便说一句，我把那100块钱还给你的秘书了。或许你还有点印象，我到这里来是为了几根香烟的事情。俄国大麻烟，中空过滤嘴里卷着你的名片。”

“你到这里来，是想弄明白那是怎么一回事吗？”

1　巴里摩尔家族是美国著名的演艺世家，当时活跃在好莱坞大荧幕上的男性巴里摩尔有两位：哥哥莱昂纳尔（1878—1954）和弟弟约翰（1882—1942）。这里应该指的是知名度更高的约翰·巴里摩尔。

2　一种古代酷刑，即用一根固定在地上的木棒，插入人体的特定部位，如直肠、阴道、口腔等。

“没错，而且应该是我付你100块钱才对。”

“那倒不必，因为答案很简单：有些事我不知道，你说的就是其中之一。”

有那么一段时间，我几乎就相信他了。他面容就跟天使的翅膀一样平静。

“那你干吗要给我100块钱，还派了辆车子和一个臭烘烘的印第安硬汉来接我呢？顺便问一句，那个印第安人非得那么臭吗？既然他为你工作，你就不能让他去洗个澡吗？”

“他是自然介质，这种人太稀有了，就像钻石；和钻石一样，这种人的出身有时很肮脏。在我的印象中，你是个私家侦探？”

“对。”

“我觉得你是个非常愚蠢的人，你看起来就很愚蠢。你从事一个愚蠢的行业，来执行一项愚蠢的任务。”

“明白了，”我说，“我很愚蠢。待会儿‘愚蠢’就要写进我的大脑了。”

“看来我没必要让你在此耽搁了。”

“不是你耽搁我，”我说，“是我耽搁你。我想知道你的名片是怎么跑到香烟里去的。”

他极为勉强地耸了耸肩：“任何人手上都可能有我的名片，而且我也不会把大麻烟交给我的朋友。你的问题还是很愚蠢。”

“这么说或许能让你明白一点：那些香烟装在一个廉价中式或日式仿玳瑁框烟盒里。你见过这种烟盒吧？”

“没有，想不起来了。”

“再说明白一点吧，烟盒是在一个叫林赛·马略特的人身上找到的。你听说过这个人吗？”

他想了想："听说过，我曾治过他的摄影机恐惧症。他当时想进军电影行业，但那完全是浪费时间，因为电影行业并不需要他。"

"我想也是，"我说，"他在大荧幕上肯定会像伊莎多拉·邓肯[1]。我还有一个疑问，你为什么要给我100块钱？"

"亲爱的马洛先生，"他冷冰冰地说，"我可不是笨蛋。我投身的是一个敏感行业，我是个江湖医生，也就是说，普通医生做不到的事情，我能做到，因为我没把自己关在胆小自私的职业规范里。正因如此，我时时刻刻都处在危险之中，得提防着像你这样的人。我所做的，只不过是在危险发生之前，事先评估一下它的危险程度罢了。"

"我的危险程度好像有点低啊？"

"几乎没有。"他礼貌地说，同时抬起左手做了个奇怪的动作，把我的注意力引开一下。他异常缓慢地把那只手放到白桌上，用眼睛瞧着它。最后，他抬起那双深不见底的眼睛，抱起双臂。

"你的听觉——"

"我已经闻到了，"我说，"但脑袋里没想着他。"

我把脑袋向左一转，看到印第安人正坐在靠墙的第三把白色高脚凳上。

他身上罩上了一件白色工作服，坐在那里一动不动，双眼紧闭，脑袋微微前倾，就好像已经睡了一个钟头似的。他那张黝黑、强硬的脸上覆满了阴影。

我又回头看了看安托尔，他脸上仍带着难以察觉的微笑。

"我敢说那能把老太太的假牙吓得掉地上，"我说，"他平时干

1　伊莎多拉·邓肯（1878—1927），美国著名舞蹈家，现代舞的创始者之一。邓肯终身都未涉足如电影之类的"大众艺术"领域。

什么工作，坐在你腿上唱法语歌吗？”

他摆出一个不耐烦的手势：“麻烦你说重点。”

“昨天晚上马略特雇我一起出去，到指定地点付钱给一帮歹徒。我被人打晕了，醒来时发现马略特被杀了。”

安托尔脸上没太多变化，他既没有尖叫，也没有跳上墙，但对他而言，那反应已经足够剧烈了。他解开双手，换个姿势盘起来。他的嘴巴看起来很严峻。之后，他就坐在座位上一动不动了，像图书馆门口的石狮子。

“香烟就是在他身上找到的。”我说。

他冷冷地看着我：“但不是警察找到的，是你，因为警察那时还没赶到现场。”

“没错。”

“100块，”他异常温和地说，“看来不够啊。”

“那得看你想用它买什么了。”

“你身上带着那些烟吗？”

“只带了一根。不过这说明不了什么，就像你说的，谁手上都可能有你的名片，我只是好奇它们是怎么出现在马略特身上的。你有什么想法吗？”

“你跟马略特先生很熟吗？”他轻轻地问。

“一点也不熟，可我对他已经有了些判断，很容易做出的判断。”

安托尔用手指在白桌上轻轻敲打。印第安人还在打盹儿，下巴沉在壮硕的胸脯上，厚厚的眼皮紧紧闭着。

“顺便问一句，你见过格雷尔太太没有，一位住在湾城的阔太太？”

他心不在焉地点点头："见过，我矫正过她的说话习惯，她原来有点口吃。"

"你的治疗卓有成效啊，"我说，"她现在都和我一样能说会道了。"

他对这个玩笑并不感冒，仍在用手指敲打桌面。我听着敲打声。我不太喜欢那声音里的某种东西，因为它听起来像暗号。这时，他停下来，盘起手向身后的空气一靠。

"这份差事里大家相互都认识，我喜欢这一点。"我说，"格雷尔太太也认识马略特。"

"这你是怎么知道的？"他慢慢地说。

我一言不发。

"你肯定得把香烟的事情告诉警察吧？"他说。

我耸了耸肩。

"你肯定在纳闷，我为什么没把你扔出去，"安托尔用愉悦的口气说，"普兰庭第二随时都能把你的脖子折断，就像折断芹菜秆一样。我自己也在纳闷，不过你好像做过些推理。敲诈对我是没用的，我不吃那套，而且我认识很多朋友。但很自然，这件事里肯定有什么对我不利。心理学家、性学专家、神经病学家，还有手里拿着橡胶锤、书架上摆着充斥专业术语的书籍的肮脏小人物，他们都是所谓的医生，而我呢，只是个江湖医生。你的判断是什么？"

我想用眼神吓吓他，但发现那根本不可能，我自己倒是先舔起了嘴唇。

他稍稍耸了耸肩，说道："我不能怪你不肯说出来，这件事情我自己也得琢磨一下。也许你没想象中那么愚蠢，我也会犯错误，而且——"他向前探身，把两只手都放到了白球上。

“我认为马略特是个专门勒索女人的家伙，”我说，“与此同时还是个抢劫团伙的眼线。但是，究竟是谁告诉他应该对哪种女人下手呢？这样，他才会进一步了解她们的习惯，和她们接近，跟她们谈情说爱，让她们外出时穿金戴银，然后偷偷打电话告诉同伙在哪里动手。”

“原来，”安托尔谨慎地说，“这就是你对马略特和我的判断。我有点犯恶心了。”

我凑到离他的脸不足一英尺的地方：“你有麻烦了，无论你怎样辩解，都无法改变这一点。这不只是名片的问题，安托尔，就像你说的，谁手上都可能有你的名片。同样，这也不是大麻的问题，因为你没必要冒险做出那样不堪的事情。但是，每一张名片背后都有一片空白的地方，在这些地方——即便上面印着字——有时可以写下一些肉眼看不到的东西。”

他冷冷地笑了，但我几乎没有察觉到。他的双手移到白球底座上。

突然，灯灭了，屋子里变得一片漆黑，就像凯里·内松[1]头上的旧式女帽。

22

我把凳子向后踢倒，站起来想从腋下掏枪。但这没什么用，因为外衣扣子一直没解开，而且我的反应也太慢了。一碰到要开枪射击的

1 1846—1911，历史悠久的美国“戒酒运动”中的激进分子，她号称自己是“耶稣脚边的斗牛犬，怒斥一切耶稣所不喜的事物”。

情况，我的反应就会变慢。

吹来一阵无声的气流和一股膻味。在伸手不见五指的黑暗中，印第安人从我身后袭来，摁住了我的胳膊。他把我举了起来。我其实可以掏出枪对着屋里一通乱射，但当时我孤立无援，所以这样做意义不大。

我干脆放弃掏枪，抓住他的手腕。他手腕上油油的，根本抓不住。印第安人喘着粗气，把我掀倒在地，这一摔都快把我的天灵盖震起来了。现在换成他抓着我的手腕，他把我的双手快速扭到身后，并用墙角石般坚硬的膝盖顶在我背上，我被他制服了。我当然可以被制服，我又不是市政府。他制服了我。

我试着喊了一下，没什么特别的理由，只是我的气息都被压在喉头以下，无法正常呼吸。印第安人把我向侧面一扔，接着把双腿钳到我身上。他牢牢控制住了我，并开始用手掐我的脖子。直到现在，我有时从睡梦中醒来，还能感到被那双手掐着脖子，还能闻到他身上的臭味，还能想起气息在挣扎中走弱、油腻的手指在肉里越陷越深的感觉。每到这种时候，我都得起床喝杯酒，再把收音机打开。

在我快昏过去时，灯又亮了起来，眼前出现一片血红色——因为我眼底已经出血了。一张脸在我眼前晃动，一只手轻轻拍打着我，与此同时，另外一双手还掐在我脖子上。

一个声音弱弱地说："让他喘口气。"

手指松开了。我从手指中间挣脱出来，一个闪光物在我腮帮上打了一下。

那声音弱弱地说："让他站起来。"

印第安人让我站了起来，他把我推到墙上，继续扭着我的手腕。

"真业余。"那声音弱弱地说，这时，那个像死亡一样坚硬和苦涩的闪光物再次击中我的脸。有什么热热的东西流了出来，我用舌头舔了舔，尝到一股咸咸的铁味。

一只手摸索着我的钱包，又把我浑身上下的口袋掏了个遍。裹着香烟的面巾纸包被翻出来并打开，放在我眼前一片模糊中的某处。

“不是有三根吗？”那声音轻轻问道，闪光物又在我腮帮上打了一下。

“是三根。”我哽咽着说。

“你刚才说另外两根放在哪儿来着？”

“放在我桌子里，办公室的桌子里。”

闪光物又揍了我一下。“你在撒谎，但我能让你说实话。”一串闪着奇怪红光的钥匙出现在我眼前。那声音说道：“再掐他一会儿。”

钢铁般的手指再次掐住我的脖子。我用背顶着他，身后是他的臭味和腹肌。我伸出手，抓起他的一根指头，用力拧了起来。

那声音弱弱地说：“真了不起，学得还挺快。”

闪光物再次抡起来，击中了我的腮帮，或者说那个原来是我腮帮的东西。

“放开他吧，他已经老实了。”那声音说道。

那对强壮的胳膊放了下来，我向前挪出一步，稳了稳自己。安托尔站在我眼前，面带难以察觉、几近梦幻的微笑。他用那只娇嫩、漂亮的手握着我的枪，他把枪举起来，对准我的胸膛。

“我可以让你长个记性，”他用自己特有的柔和嗓音说道，“但这又是为了什么呢？一个活在肮脏小世界里的肮脏小人物。只要你稍微放聪明一点，就可以继续苟且活下去，你说对吧？”他露出一个微笑，简直美极了。

我用尽剩下的力气往那张笑脸上揍了一拳。

结果还算令人满意。他踉跄了一下，鲜血从他的两个鼻孔中流了出来。之后，他稳了稳自己，站直身子，再次举起枪对着我。

“坐下，孩子。”他弱弱地说，“我马上要见一个客人，很高兴你打了我，这正好帮了我大忙。”

我摸索到白色高脚凳，坐下来并把脑袋放到桌子上，挨着再次发出柔和光芒的乳白色圆球。我把脸贴在桌上，从侧面瞧着它。圆球的光芒吸引了我，它是那么漂亮，那么柔和。

四周一片寂静。我觉得自己就要睡着了，就这样把血迹斑斑的脸贴在桌子上，同时让那个纤瘦、美丽的恶魔拿着我的枪，面带微笑地看着我。

23

“好了，”大块头说，“别磨磨蹭蹭了。”

我睁开双眼，坐了起来。

“快起来，咱们到另一间屋子去，伙计。”

我昏昏沉沉地站了起来。我们穿过一扇门，来到某个地方。这时，我才看清这是哪里——四面都是窗户的接待室。外面的天色已经完全黑下来了。

戴假戒指的女人坐在办公桌后面。一个男人站在她旁边。

“坐下，伙计。”

他推着我坐了下来。那张直背椅坐起来很舒服，但此刻我无心享受。办公桌后的女人拿出一个笔记本，大声朗读起来。那个年长、面无表情、留灰色小胡子的矮个子男人站在一旁听着。

安托尔站在一扇窗子旁边，背对房间，看着窗外平静的海浪，目光越过远处码头的灯光，直达世界尽头。他似乎看得很入迷。他转过头，再次看着我。这时，我发现他脸上血迹已被擦拭一空，可鼻子却不是原来那枚鼻子了——因为它大了两号。我乐得笑了起来，结果把嘴唇上和其他各处的伤口撕破了。

"有什么好笑的，伙计？"

我找了找声源，看了看跟前这位把我推过来坐下的人。他是棵体重约有200磅[1]的临风大树，牙齿上斑斑点点，声音圆润得像马戏团艺人的叫卖声。他看起来强壮、敏捷、爱吃生肉，一副谁都奈何不了的样了，就像那种夜里从不做祷告、只会往警棍上吐唾沫的警察。不过，他却长了一双惹人发笑的眼睛。

他岔开双腿站在我面前，拿着我的钱包，用指甲在皮子上剐蹭，就好像他很喜欢破坏东西似的。小东西也行，如果手头没有别的东西可破坏的话。当然，人脸更好。

"跟踪狂，哈，伙计？大城市来的，哈？想搞点敲诈，哈？"

他的帽子戴在后脑勺上，前额上的土棕色头发被汗水染得颜色更深了，惹人发笑的眼睛里布满血丝。

我的脖子难受得跟过了一遍轧机似的，我抬起手摸了摸它。那个印第安人的指头硬得就像用来做工具的钢材。

深色皮肤女人停止朗读，把笔记本合上。留灰色小胡子、年长一些的小个子男人点点头，走过来站到刚才对我说话的人身后。

1　约91公斤。

"你们是警察？"我揉着下巴问。

"你觉得呢，伙计？"

典型的警察式幽默。个子稍小的那位，一只眼睛有斜视，跟快瞎了似的。

"不是洛杉矶警察，"我看着他说，"否则眼睛长那样早被解雇了。"

大块头把钱包递给我，我翻开看了看，发现钱还在，卡片也在，所有东西都在。我很吃惊。

"说点什么吧，伙计，"大块头说，"看看能不能让我们喜欢上你。"

"把枪还给我。"

他略微向前探身，陷入了思考。我看得出他在思考，而且这让他脚上的鸡眼开始发作了。"噢，你想要回你的枪啊，伙计？"他侧目看看留灰色胡子的家伙。"他想把枪要回去。"他对那人说完，又看着我，"那你为什么想把枪要回去呢，伙计？"

"我想开枪打个印第安人。"

"噢，你想开枪打个印第安人啊，伙计。"

"没错，就一个印第安人，老头。"

他看看留小胡子的家伙。"这家伙厉害得很，"他对那人说，"他说他想开枪打个印第安人。"

"听好了，海明威，别学我说话。"我说。

"我觉得这家伙有毛病，"大块头说，"他叫我海明威，你说他是不是有毛病？"

留小胡子的家伙点起雪茄，一声不吭。站在窗户旁边的美男子悠悠转过身，轻声说道："我觉得他的情绪可能还没稳定下来。"

“我不明白他为什么要叫我海明威，”大块头说，“我不叫海明威。”

那个年长的家伙说：“我没看见什么枪。”

他们一起看着安托尔。安托尔说：“枪在里面，被我收走了，我这就拿给你，布雷恩先生。”

大块头略微屈膝，向我凑过来，对着我的脸说道：“你干吗要叫我海明威呢，伙计？”

“因为有女士在场。”

他直起身子。“你瞧瞧。”他看着留胡子的家伙。留胡子的家伙点点头，接着转身穿过房间走开了。拉门打开后，他走了进去，安托尔尾随其后。

房间内陷入了沉默。深色皮肤女人紧锁眉梢，低头看着桌子。大块头盯着我的右眉毛，慢慢摇着头，陷入了疑惑。

门再次被打开，留胡子的人走了出来。他从哪里捡来一顶帽子，递到我手上。他从口袋里掏出我的枪，递到我手上。从拿在手上的分量来看，子弹应该已经被取空了。我把枪塞到腋下，站了起来。

大块头说：“走吧，伙计，让我们离开这儿。我估计外面的新鲜空气能让你清醒一些。”

“好吧，海明威。”

“又来了，”大块头忧伤地说，“在女士面前管我叫海明威。你觉得这个词在他那儿是不是脏字儿呢？”

留胡子的家伙说：“动作快点。”

大块头抓起我的胳膊，朝小电梯的方向走去。电梯一上来，我们就钻了进去。

24

在电梯井底部，我们钻出电梯，之后沿狭长的廊厅，走到黑门外。周围的空气异常清冽——这里的地势足够高，所以湿度不受海面水汽的影响。我深吸了一口气。

大块头抓着我的胳膊。我们面前停着一辆全黑厢式轿车，车上挂的是私人牌照。

大块头打开前门，抱怨道："也许这配不上你的派头，伙计，不过呼吸一下新鲜空气总是好的。你没什么问题吧？我们可不想勉强你，伙计。"

"那个印第安人在哪儿？"

他略微摇摇头，把我推到车内。我坐在右方的副驾驶座上。"噢，没错，印第安人，"他说，"你必须用弓箭射他，这是法律。我们把他放后座上了。"

我回头看看后座，上边是空的。

"咦，他怎么不见了？"大块头说，"肯定是有人把他悄悄带走了。你以后都不敢不锁车门就把东西留车上了。"

"动作快点。"留胡子的家伙说着，坐到了后车座上。海明威绕到另一边，摁着肚子坐到方向盘后。他发动起车子。我们掉了个头，开上两旁长满野生天竺葵的车道。冷风从海面上吹来，星星远远挂在天边。那两个人一声不吭。

我们驶出车道，转上水泥山路，在上面不紧不慢地走着。

"你干吗不开自己的车过来呢，伙计？"

"安托尔派车把我接来的。"

“那是为什么呢，伙计？”

“肯定是他想见我喽。”

“这家伙好得很，”海明威说，“他脑子清楚得很。”

他朝窗外啐上一口，打了把方向，让车子滑行下坡。“安托尔说你打电话给他，想要咬他一口。他想好好瞧瞧跟他打交道的是怎样一个人——如果可以打交道的话。于是他就派车子来接你了。”

“而且他早打定主意要报警，所以知道我不用开自己的车回家。”我说，“你讲得很对，海明威。”

“对，又来了。是这样的，他在桌子下面装了个录音机，让秘书把你们的对话全录下来了。等我们到了以后，秘书就把这些东西对你身后的布雷恩先生念了一遍。”

我回头看看布雷恩先生。他平静地抽着雪茄，看起来很惬意，就跟穿着拖鞋待在家里似的。他一眼都没看我。

“她才不会呢，”我说，“那更有可能是一堆事先准备好的假材料。”

“或许你该跟我们讲讲，你为什么要去见这家伙。”海明威礼貌地建议道。

“你是说，如果我不交代，你们就会把我剩下的半张脸也糟蹋了？”

“噢，我们不是那种人。”他边说，边做了个夸张的手势。

“你跟安托尔很熟，是吧，海明威？”

“布雷恩先生跟他有点熟。至于我嘛，只是个听差的。”

“谁他妈是布雷恩先生？”

“就是后座上这位先生。”

“除了坐在后座上之外，他又他妈的是什么人？”

“干吗那么问？天哪，人人都认得布雷恩先生。”

“那好吧。”说完，我突然觉得很疲惫。

接下来是更多的沉默、更多的弯道、更多的水泥窄路、更多的黑暗，以及更多的疼痛。

大块头说：“既然现在大家都熟了，周围又没女士，那咱们也没必要再讨论你干吗要上那里去了，但你刚才说海明威什么的，实在让我很纳闷。”

“那是个笑话，”我说，“一个很老很老的笑话。”

“这个叫海明威的人到底是谁？”

“一个把同样的话说了无数遍，直到大家都觉得那很精彩的家伙[1]。”

“那肯定得花很长时间啊。”大块头说，“你在私家侦探当中，肯定属于那种脑子不听使唤的类型。你嘴里的牙还是自己的吧？”

“不全是，有几颗是假的。”

“哦？那你还挺走运的嘛，伙计。”

坐在后座上的人说：“够了。下个路口右转。”

“明白。”

海明威拐上一条位于山体侧翼的狭窄土路，我们沿这条道走了一里地，鼠尾草的气味变得越来越浓烈。

“就停在这儿。”后座上的人说。

海明威停下车子，拉起手刹。他探过身，替我打开门。

“那么，很高兴认识你，伙计。别再回来了，起码别过来跑业务。快滚吧。”

1　暗指创作过《老人与海》等著名文学作品的欧内斯特·海明威（1899—1961）。

“我要从这里走回家吗？”

后座上的人说：“动作快点。”

“没错，你得从这里走回家了，伙计。这样没关系吧？”

“当然没关系，我刚好可以琢磨几件事情。比方说，你们俩都不是洛杉矶警察，但你们中间肯定有个人是警察，或者两个都是。我觉得你们是湾城警察。不过，我也在纳闷，你们干吗要跑出自己的辖区呢？”

“那好像比较难证实吧，伙计？”

“晚安，海明威。”

他没有回答。他们俩都没有说话。我把一只脚放到踏板上，向前探身，感到头还是有点晕。

后座上的人突然快如闪电地动了一下——我与其说是看到了，不如说是感觉到了。在我脚下突然张开一个黑洞，深深的，比最黑的夜晚还要深。

我掉了进去，这里深不见底。

25

这间屋子里到处都是烟。

细细的烟雾垂直悬在半空，宛如珠帘。靠外的墙打开两扇窗子，但烟并没有飘散出去。我从没有来过这间屋子。窗户上有铁条。

我的头昏昏沉沉，脑子里一片空白，感觉刚睡了一年。烟雾让我心烦。我仰面躺着，想了想办法。想了很久之后，我忍着肺部疼痛，吸入一大口空气。

我喊道："着火了！"

这让我笑了出来。我也不知道有什么好笑的，但我还是笑了出来。我躺在床上放声大笑，那笑声听起来像个神经病，而不像我。

喊一声就够了。屋外传来密集的脚步声，接着是钥匙插进锁的声音，最后门打开了。一个男人侧身跳进屋内，关上了门。他的右手一直在右臀上方盘旋。

这是个穿白袍的矮胖男人。他长了一对没有光泽的黑眼睛，眼神怪怪的，眼角附近还有些灰色肉球。

我在硬邦邦的枕头上转了个头，打了个哈欠。

"别把这个也算上，杰克，哈欠不是故意打的。"他站在那里生气地看着我，右手在右臀上方盘旋。他的脸上充满恶意，眼睛漆黑无神，皮肤灰白，鼻子长得像贝壳。

"我看你是想再尝尝拘束衣[1]的味道。"他嘲弄地说。

"我很好，杰克，好得很。我刚打了个盹儿，好像还做了几个梦。我这是在哪儿？"

"在你该在的地方。"

"这地方看起来不错啊，"我说，"里头的人也不错，空气也是。我想我可以让自己再睡会儿。"

"那样最好。"他吼道。

他走出去了。门关上了。锁上好了。沉重的脚步声渐渐消失。

他的到来并没有让烟雾消失。烟雾悬在屋内，到处都是，像块帘子，既不飘散，也不上浮，一动不动。屋里是有气流的，我的脸已经感觉到了，但烟雾感觉不到。它就像一张由上千只蜘蛛织成的灰色罗

1　一种从维多利亚时代（1837—1901）开始就用于精神病辅助治疗的长袖病服。

网。我很纳闷他们是怎么把这些蜘蛛喊到一起开工的。

棉质法兰绒睡衣，县医院里用的那种。没有开襟，针线活儿不多也不少。粗糙，料子很差，领口磨着我的脖子。我的脖子还在疼。我的记忆开始恢复了。我抬起手摸摸脖子上的肌肉，还在发疼。就一个印第安人，老头儿。你讲得很对，海明威。你想当个私家侦探吗？那可以挣大钱。上九节简单的课程就可以了。我们提供徽章和文凭，如果你肯多付50美分，还额外赠送一条疝气带。

脖子很疼，可是摸在上面的手指却毫无知觉。我的手指是不是已经变成一串香蕉了？我瞧了瞧它们，还是手指的样子。完了，这些手指肯定是邮购来的，和徽章、疝气带还有文凭是一套。

此时是夜晚，窗外一片漆黑。天花板中央用三根黄铜链吊着一个搪瓷灯罩，灯罩内亮着光，灯罩边缘有些色块，橙色和蓝色交替出现。我盯着色块看了一阵子。我已经烦透了烟雾。色块像船上的舷窗一样打开了，一颗颗脑袋从里边探出来。那些脑袋很小，像小人偶一样，但却活灵活现。我看见一个戴游艇帽、长酒糟鼻的男人；一个戴阔边帽、头发蓬松的金发女郎；还有一个领结打得歪歪斜斜的瘦弱男子，看起来就像海边小镇苍蝇馆里的服务员，他张开嘴巴揶揄地问："请问您的牛排要几分熟，先生？"

我用力闭上眼，又睁开眨了眨，看到那不过是用三根铜链吊着的搪瓷灯罩。

但烟雾还是悬停在气流中，一动不动。我抓起床单一角，擦擦脸上的汗水，但手指上毫无知觉。这些手指是在我上了九节函授课之后寄来的，要得到它们，你得先把一半定金汇到俄亥俄州，雪松城，2468924信箱。我疯了，真是疯了。

我在床上坐起来待了一段时间，双脚才恢复力气，可以放到地上。我的脚是光着的，感觉像有无数的针在扎。针线柜台在左边，太太。特大号安全别针在右边。我的脚开始有知觉了，我站了起来，但用力过猛。我屈下膝盖，扶在床边喘着粗气，隐约听到床下有个声音一遍又一遍地说："你须要喝酒......你须要喝酒......你须要喝酒。"

我迈开脚步，摇摇晃晃像个醉汉。在两扇装着铁条的窗户中间，有一张白色搪瓷桌，桌上放着一瓶威士忌。瓶子的形状看起来不错，里边的酒水还剩一半，我朝它走过去。这世上好人还是很多的，你可以对着晨报发牢骚，可以在电影院踢旁边那人的小腿，可以对政客感到失望并嗤之以鼻，但依然不能否认，这世上好人还是很多的。就拿这位留下半瓶威士忌的家伙来说吧，他的心胸就跟梅·韦斯特[1]的屁股一样宽广。

我伸出半麻木的双手，抓住酒瓶，费尽力气把它举到嘴边，就像举着金门大桥的一端。

我胡乱灌下一大口酒，小心翼翼把瓶子放回去，又试着用舌头舔舔下巴。

这酒尝起来怪怪的。这时，我看到墙角有个水槽。我及时冲了过去，太及时了。我吐了出来，"眩晕"迪恩[2]的投球也没这么要命。

时间——在我忍着恶心、头昏脑涨、摇摇晃晃地抓着水槽边缘、发出禽兽般的哀号中——一分一秒地过去了。

都过去了。我蹒跚着回到床上，仰面躺下来，喘气看着那股烟雾。现在它看起来没之前那么清楚了，甚至不怎么像真的，也许只是我的眼睛有问题。突然间，烟雾消失了，搪瓷灯罩内的灯光把屋里每

---

1 1893—1980，一位身材相当丰满的好莱坞女明星。

2 1910—1974，当时的一个著名棒球运动员。

一样东西的轮廓都清晰勾勒了出来。

我重新站了起来。在门附近靠近墙的地方，放着一把重重的木质椅。在先前白衣男子出入的那扇门旁边，还有另一扇门。那可能是个衣橱，里边可能放着我的衣服。地上铺着绿灰色方格油地毡。墙刷成白色，这间屋子很干净。我坐着的床，是一张医院用的小铁床（但要矮一些），床角挂着厚厚的搭扣皮带，应该是用来捆绑手脚的。

这间屋子还不赖——很适合逃跑。

我的知觉逐渐恢复，我的头、脖子和胳膊都在发疼。我想不起胳膊疼是怎么回事，于是我就掀起棉质睡衣的袖子，迷糊地瞧了瞧它。胳膊上密密麻麻布满了针孔，从肩膀延伸到手肘。每个针孔附近都有一小块褪色的皮肤，面积大概有25美分硬币那么大。

麻醉剂。为了让我保持安静，他们注射了很多麻醉剂。可能还注射了镇静剂，那是为了逼我开口。不过过量的麻醉剂让我发起了酒狂[1]。有些人就会这样，有些则不会，因人而异。麻醉剂。

怪不得我会看到烟雾和灯罩上的小人头，听到那些声音，生出那些乱七八糟的念头，被关在一间窗户上有铁条、床上有拘束带的屋子里，手脚没了知觉。那瓶威士忌可能是药酒，为了让某人在四十八小时内保持镇静用的。他们把酒留下，只是为了尽地主之谊，生怕我错过什么。

我站起来，踉踉跄跄跌出去，肚子差点撞到对面的墙。我只好躺回去，慢慢调整自己的呼吸。我浑身刺痛，冒着大汗。我能感到小汗珠从额头慢慢滑落，沿鼻翼一直流到嘴角。我傻乎乎地舔了舔汗珠。

1 又名“震颤性谵妄”，指一种急性脑综合征，多发生于酒精依赖患者突然断酒或减量。震颤性谵妄往往会伴随多汗、心跳过速、瞳孔散大、幻听和幻觉等症状。

我再次坐好，把双脚稳稳踩到地上，然后站起来。

“好了，马洛，”我在牙缝中间说道，“你是个硬汉，一个六英尺高的铁人。你净重190磅，脸也洗过了；肌肉结实，下巴不是玻璃做的。你能做到。你被放倒两次，脖子被掐过，下巴被枪托打过。你浑身都被注射了麻醉剂，糊涂得像两只发疯的华尔兹老鼠[1]。但这一切又算得上什么呢？不过是家常便饭罢了。现在，让我们瞧瞧你有多像个硬汉，先把裤子穿上。”

我又躺到了床上。

时间再次一分一秒地过去了，我也不知道过了多久。我没戴手表，而且这种时间也不是钟表可以度量的。

我坐了起来。这已经让人有点厌烦了。我站起来，试着走了走。这可一点也不有趣，你的心脏蹦得像只焦虑的猫咪。最好再躺下去睡一觉，最好先歇一会儿。你脸色看起来不太好啊，伙计。你讲得很对，海明威。我很虚弱，我连花瓶都摔不碎，指甲都撅不断。

不行，我还得走走，我是硬汉，我要离开这儿。

我又躺了下来。

第四次就好些了。我在屋里来回走了两趟。我走到水槽旁边，洗了把脸，之后靠在水槽边，用手捧着水喝起来。我放慢速度，等了一会儿，然后又喝了几口。这时，我感觉好多了。

我一直在走，一直在走，一直在走。

走了半小时后，我的膝盖还在发抖，但脑袋已经清醒了。我又喝了几口水，几大口。我这样做的时候差点趴在洗手池上大哭起来。

我回到床前。这张床真棒，是用玫瑰花瓣打造的。这是世上最美

1　指一种只会沿小圆圈而不会沿直线行走的家鼠。

的床，肯定是他们从卡罗尔·隆巴德[1]那里弄来的，用我的余生换来躺在上面两分钟都值。美丽、柔软的床，美丽的睡眠，美丽的眼皮，下垂的睫毛，轻柔的呼吸声，四周的黑暗，还有脑袋陷在枕头里的感觉……

我又开始走。

人们建造了金字塔，感到厌烦后又拆掉；把石块变成水泥，浇筑出顽石坝；将水引到阳光明媚的南部地区[2]，以便造成一场洪水。

我不停走着，直到走出这些杂念。我不能被它们干扰。

这时，我停了下来。我已经准备好和某人谈谈了。

26

衣橱锁着。那把重重的椅子固定在地上，根本搬不动。我掀掉床单，把床垫拉到一边。床垫下面是一张弹簧床网，每根弹簧都用黑色珐琅涂层金属丝做成，大约九英寸[3]长。我开始对其中一根弹簧下功夫，我从来没下过这么狠的功夫。十分钟后，我手上多出来两根血淋淋的手指和一根拆下来的弹簧。我挥了挥弹簧，没有乱晃。它拿在手上沉甸甸的，挥起来窸窣作响。

做完这些事情后，我看到了对面的酒瓶。它本来也可以拿来用，但我完全忘了。

1　1908—1942，好莱坞女明星，活跃于20世纪30年代。

2　即大洛杉矶地区，指的是加利福尼亚州南部一个横跨五个大县的大型联合统计区。该区是除大纽约地区之外的美国第二大都市带。

3　约23厘米。

我又喝下几口水，接着坐到弹簧床网边上休息了一会儿。这时，我走到门后，用嘴对着蝶铰一侧的门缝喊道：

“着火了！着火了！着火了！”

我坐在那里等着，满怀期待。沉重而密集的脚步声在屋外的走廊一路靠近，钥匙被粗暴地插进锁里，并凶狠地转动起来。

门砰一下打开了。我贴着墙，站在房门开口这边。这回他手里拿着短棍——一根大约五英寸长、包裹着棕色编织皮革的家伙事儿。他看到被扒光的床后，扫视起屋内。

我咯咯偷笑着打了他一下。弹簧砸在他脑袋上，他向前踉跄一步，跪到地上。我跟上去又补了两下，他呻吟起来，我把短棍从他手里拿走。他哀号起来。

我用膝盖顶了一下他的脸。这弄疼了我的膝盖，但他没告诉我有没有弄疼他的脸。他一直在地上呻吟，我用短棍敲晕了他。

我把插在门外侧的钥匙取下来，从屋内把门锁上，然后朝他走过去。他身上还有别的钥匙，其中一把打开了衣橱的门。衣橱内挂着我的衣服，我把手伸到衣服口袋里摸了摸，发现钱包里的钱不见了。我回到那个人身边，摸了摸他白袍上的口袋。他身上的钱可真多，这和他的职业并不相称。我拿上自己那份钱，把他拖到床上用皮带绑好，塞了半码[1]长床单到他嘴里。他的鼻子烂了，因此我又花了一段时间确认这枚鼻子是否还能用来喘气。

我挺为这家伙难过的。他只是个努力工作的小人物，领着周薪[2]，为饭碗而操劳，也许还有老婆和孩子要养，真惨。面对这一

1　约0.46米。

2　周薪制多见于资本主义国家的体力劳动行业。

切，他只能求助于一根短棍。这似乎有些不公平。我把药酒放到他能够到的地方，如果他被皮带绑住的双手能够到的话。

我拍拍他的肩膀。我几乎就要趴在他身上哭起来了。

我的衣服（包括枪和枪套）都挂在衣橱内，但枪里没子弹。我用发抖的手指穿上衣服，其间打了无数个哈欠。

躺在床上的家伙睡着了，我离开时替他锁上了门。

屋外是一条安静而宽阔的走廊，走廊里有三扇紧闭的门，门背后都没有动静。走廊中央铺着一块酒红色地毯，上面同样没有动静。走廊尽头是一道急弯，转过去又是一条走廊。在第二条走廊尽头的右边，有一段老式白色橡木扶手楼梯，它拧成一道谦和的弧形，通往楼下的走廊。下边的走廊地板上绘有棋盘花纹，铺着厚厚的地毯，尽头是两扇彩绘玻璃门。一扇微微敞开的门透出一丝光线，但没传出任何声音。

一栋老房子，建出来什么样子就什么样子、绝对不会有人改造的老房子。正面可能对着一条安静的街道，侧面建有玫瑰拱门，屋前种着无数的花。在加州的阳光下显得低调、冷酷。至于屋内是什么情况，没人关心，只要别让里边的人叫得太大声就行。

我刚伸出脚要下楼梯，就听到了一个男人的咳嗽声。我惊吓之余环顾四周，看到另一条走廊尽头有扇半敞开的门。我蹑手蹑脚走过去，站在门边等着，而没有走进去。一束楔形光线照在我的脚面和地毯上。那人又咳了一下，咳嗽声很重，是从胸腔深处发出来的声音，听起来平和、自然。这不关我的事，我的事应该是逃出去。但在这栋房子里，无论谁半开着门，都会让我心生好奇。他可能是个值得你点帽致意的大人物。我对着楔形光线悄悄凑近一些，这时，响起一阵报纸翻动的声音。

就我可见的部分而言，这间屋子布置得挺像个房间的，不像牢房。屋里摆着一张黑色书桌，桌上放着一顶帽子和几本杂志。窗户上挂着蕾丝边窗帘，地板上铺着讲究的地毯。

床的弹簧吱嘎响起，声音不小。睡在上面的肯定是个大家伙，就像他的咳嗽声一样。我用指尖把门多推开一两英寸。什么事情都没发生，我异常小心地把头探了过去。现在我能看到屋内的情况了：一张床，一个男人躺在上面，烟灰缸满满的，烟头散落在床头柜和地毯上。床上到处是揉坏的报纸，其中一张拿在一双大手上，遮住一张大脸。一丛头发出现在绿色报纸上沿，卷卷的、有点黑的，很浓密，头发下方能看到一线白色皮肤。这时，报纸动了一下。我屏住了呼吸，但那人并没有抬头。

他该刮胡子了，他需要经常刮胡子。我见过他，在中央大街上一家叫弗洛里安的廉价酒吧里。上次见面时，他穿着一身惹眼的衣服，身上的扣子有高尔夫球那么大，在手里拿了杯威士忌酸酒。上次见面时，他像握着玩具一样握着柯尔特军用手枪，静悄悄地穿过了那扇破旧的门。上次见面时，他做下了一些无法挽回的事情。

他又咳了一下，在床上挪挪屁股，打着大哈欠，伸出手去够床头柜上那包皱巴巴的香烟。他掏出一根烟塞到嘴里，大拇指末端冒出一截火苗，烟雾从他鼻孔里喷出来。

“啊！”他说，然后那张报纸又遮住了他的脸。

我回到走廊上，没有管他。看起来，驼鹿马罗伊先生被人照顾得不错。我回到有楼梯的地方，顺楼梯走了下去。

微微敞开的门后传来一阵低语声。我等着另一个人答话，没有，那只是有人在打电话。我凑到门边听着，那声音很低沉，只是纯粹的喃喃声，听不清任何内容。这时，电话咔一声挂上，屋内又恢复了沉寂。

我该走了，该走得远远的。于是我推开门，悄悄走进去。

27

这是一间办公室，不大不小，干干净净，看起来挺像回事。屋内有个玻璃门书架，上面放了很多厚重的书。靠墙放着一个医药柜，玻璃消毒柜里放着针头和针管。宽阔、平整的办公桌上放着记事本、黄铜裁纸刀、一套钢笔和预约本，别的就没什么了，只有一对胳膊肘——那人正把脸埋在手里，坐在座位上沉思。

在他张开的黄指头之间，能看到沙褐色油头；头发紧紧贴在头皮上，就跟画上去的一样。我又向前迈出三步，他肯定从桌子上方看到了我的脚在移动。他抬起头看着我。塌陷、无神的双眼长在羊皮纸一样的脸上。他放下双手，向后一靠，面无表情地看着我。

他做了个无助又略带反抗意味的手势。之后，他放下双手，把一只手搁到非常靠近桌角的地方。

我又向前迈出两步，亮出了短棍。他的食指仍在朝桌角移动。

“电铃，”我说，“在今晚帮不上你。你的手下已经被我打晕了。”

他的眼神变得昏昏欲睡：“你病得很重，先生，病得非常重。我不建议你现在就爬起来到处走动。”

我说：“右手。”我冲那只手挥挥短棍，它就像受伤的蛇一样缩了回去。

我绕到桌子后方，无缘无故咧开嘴笑着。他在抽屉里放了一把枪，如我所料。这种人抽屉里总放着一把枪，而且掏出来总是迟一步，就算他们真掏出来的话。我把枪从抽屉里拿了出来。那是一把标准型号点三八口径自动手枪，没有我手上这把好，但用的子弹是一样的。我翻了翻抽屉，没找到子弹，于是就把那把枪的弹夹取了出来。

他暧昧地动了动，塌陷的双眼依旧显得悲伤。

“也许你在地毯下面还装了个电铃，”我说，“也许那还能把警察局总部的警监叫来，但最好别碰，在接下来的一个钟头，我会是个超级硬汉，谁敢走进那扇门，我就让他见棺材。”

“地毯下面没有电铃。”他说，他的声音里有一丝异国口音。

我取出他的弹夹，给我的空弹夹装上子弹。我取出他上到枪膛里的子弹，又把他的枪放到桌上。我把一枚子弹上到枪膛里，回到桌子另一边。

门上装着弹簧锁。我把门向后一拉，再向前一推，听到了锁咔嗒一响。门上还有个插销，我上好了它。

我回到桌子旁边，坐到一把椅子上，这用完了我最后一丝力气。

“威士忌。”我说。

他的双手开始乱动。

“威士忌。”我说。

他跑到药柜旁边，翻出一个贴着绿色印花税票[1]的扁瓶子和一个玻璃杯。

“拿两个杯子。”我说，“你们的酒我喝过，差点没让我撞上卡

1 指一种贴在需要收取额外税费的商品上的附加商标，需贴印花税票的商品包括烟酒、药物和枪械等。

特里娜岛[1]。”

他拿来两只个小杯子，打开酒瓶封口，倒了两杯酒。

“你先喝。”我说。

他微笑着举起一个杯子。

“为你还剩下的健康干杯，先生。”他一饮而尽后我也一饮而尽。我伸手把瓶子拿过来，放到自己身边，等着酒精烧到心脏。我心脏剧烈跳动了起来，它终于归位了，而不是挂在鞋带上。

“我刚才做了个噩梦，”我说，“很荒唐。我梦见自己被绑在一张小床上，浑身都被注射了麻醉剂，被关在一间牢房里。我梦见自己很虚弱，睡了过去，没吃的，病得很重。我先被打晕，又被送到那地方遭受虐待，搞得那么兴师动众，就跟我很重要似的。”

他什么都没说。他看着我，眼神里带有一丝疑虑，就好像在纳闷我还能活多久似的。

“我醒过来时屋里到处是烟。”我说，“那只是幻觉，或者用你们这种人的话来说，是视觉神经受到刺激的反应。我没看见粉红色的蛇，只看见了烟雾。我开始大叫，这又招来一个穿白袍拿短棍的硬汉。我事先准备了挺长时间，才把棍子从他手上抢下来。我拿走钥匙，穿上衣服，从他口袋里取回自己的钱，就精神焕发地到这里来了。你想说点什么吗？”

“我就不开口点评了。”他说。

“评论就在你嘴边，”我说，“想让你开口，等着你点出来。这玩意儿——”我轻轻挥了挥手中的短棍，“会让你开口的，它是我从

---

1 位于美国加州近海，距离洛杉矶市不远，是洛杉矶市民周末郊游常会选择的目的地之一。

别人那里借来的。”

“请你立刻交出那东西。”他面带微笑说。那微笑你会喜欢的，就跟刽子手到牢房来检阅你时的笑容一样——有点和善，有点慈祥，还有点谨慎。你肯定会喜欢那副笑容的，只要你能继续活下去。

我把短棍放到他的左手手掌上。

“现在请你交出枪。”他轻声说道，“你病得非常重，马洛先生。我坚持认为，你应该回床上躺着。”

我盯着他。

“我是桑德伯格博士[1]，”他说，“请不要再胡闹了。”

他把短棍放到身前的桌子上。他脸上的笑容僵硬得像条冰冻鱼，他的手指像垂死的蝴蝶那样动了动。

“麻烦你交出枪，”他轻声说道，“我强烈建议——”

“现在几点了，典狱长？”

“接近午夜了。怎么了？”

他看起来有点惊讶。我手上戴着手表，可是它已经不走了。

“今天是星期几？”

“怎么想起来问这个了，我亲爱的先生——当然是星期天晚上。”

我靠着桌子稳住自己，努力回想，同时把枪举到能让他动心来抢的地方。

“原来已经过去四十八小时了。我身体陷入狼狈的原因就不用问了，不过，是谁把我送到这里来的？”

他盯着我，同时在用左手偷偷靠近我的枪。他属于咸猪手一族，

1　在英语中，“博士”和“医生”是同一个词。此处为了和后文对应，译为“博士”。

姑娘们一般都得和他纠缠上一阵子。

“别逼我来硬的，”我抱怨道，“别逼我拉下脸讲粗话。快告诉我，我是怎么到这里来的。”

他胆子不小，竟然真的抓住了枪。不过他抓的地方不对。我后退一步，坐下来，把枪放到膝盖上。

他红着脸，抓起威士忌酒瓶，给自己倒上一杯，一口喝了下去。他深吸一口气，打了个寒战。他不喜欢酒精的味道，有药瘾的人都不喜欢。

“你只要离开这里，立刻就会遭到逮捕，”他尖厉地说，“你恐怕是被执法人员——”

“执法人员不会做这种事情。”

这句话打破了他的平静，他的黄色面容发生了一些变化。

“别浪费时间，”我说，“谁把我弄过来的？为什么要把我弄过来？怎么弄过来的？我今晚玩兴大发，想撒个野。妖精在我耳边聒噪，我也有一个星期没开枪打人了。老实交代，费尔博士[1]。拉起你的古董小提琴，让我们荡漾在温柔的旋律里。”

“你现在还有麻醉剂中毒的症状，”他冷冷地说，“你当时快死了，所以我给你打了三针强心剂。你一直在反抗和叫喊，所以我就把你关起来了。”他说得很快，每个字眼都想冲到最前头，“如果你执意要离开医院，那后果请自负。”

“你说你是个博士——医学博士？”

“当然，我说过了，我是桑德伯格博士。”

1　暗指英国讽刺作家汤姆·布朗（1662—1704）写的一首著名儿歌《我不喜欢你，费尔博士（医生）》。

“麻醉剂中毒不会让人反抗和叫喊的，那只会让你陷入昏迷。再给你一次机会，但要拣重点说。我只想知道一件事：是谁把我送到这家奇怪的私人诊所来的？”

“但是——”

“什么但是不但是的，我要把你浸到一桶[1]马姆齐葡萄酒里淹死[2]。我倒希望现在真有一大桶马姆齐葡萄酒，能把我自己淹进去。莎士比亚，他也懂酒[3]。让我们再来点良药苦酒吧。”我把他的杯子拿过来，又倒上两杯酒，“边喝边说，卡洛夫[4]。”

“是警察把你送来的。”

“什么警察？”

“当然是湾城警察。”他不安分的手指在玻璃杯上扭曲了起来，“这里是湾城。”

“噢，那么，这位警察有名字吗？”

“在我印象中，他叫加布雷斯，是个警司，不是普通的巡警。星期五晚上，他和另外一位警官看到你在外面游荡，神志不是很清醒。这家医院比较近，所以他们就把你送过来了。我以为你是服食过量的药瘾患者。不过，我也可能搞错了。”

“好故事，我没办法证伪。不过，为什么要把我关在这里？”

他摊开不安分的双手：“跟你说了多少遍了，你当时病得很重，

1 在英语中，“桶”（butt）和“但是”（but）的发音是一样的。

2 马姆齐是一种酿酒用的白葡萄品种，原产于希腊。传说1480年的时候，英国公爵克拉伦斯因叛国罪被皇家判处死刑，皇家让他选择被处死的方法，他最终选择淹死在了马姆齐葡萄酒的酒桶里。

3 莎士比亚在《亨利四世》《爱的徒劳》和《理查三世》中，均提到了马姆齐葡萄酒。

4 卡洛夫指的可能是曾出演过恐怖电影《弗兰肯斯坦》（1931）的英裔好莱坞男演员，他在电影中出演了科学怪人。

现在也是。你到底想让我怎么办？”

“那看来我还欠你钱喽？”

他耸了耸肩：“那当然，200美金。”

我把椅子往后推了推：“真便宜。试试看能不能从我身上拿到钱。”

“你如果离开这里，”他严厉地说，“立刻就会遭到逮捕。”

我凑到桌前，对着他的脸说：“离开这儿又不犯法，卡洛夫。把墙上的保险柜打开。”

他一下子站了起来：“真是够了。”

“你不打算把保险柜打开？”

“我很明确地告诉你，不打算。”

“我手里拿着的可是把枪。”

他露出一个谨慎而苦涩的微笑。

“这个保险箱可真大，”我说，“还很新。我手上这把枪可好使得很。你真不打算把保险柜打开？”

他脸上表情丝毫没有变化。

“见鬼，”我说，“你手里有枪的时候，别人应该对你言听计从才对，但这招好像不管用啊？”

他仍面带微笑，他的微笑中透出一丝虐待狂般的愉悦。我向后挪了回去，我快不行了。

我扶着桌子摇摇晃晃，他站在旁边等着，双唇微微开启。

我在桌边靠了很久，直视着他的双眼。这时，我突然咧开嘴笑了。他脸上的微笑像脏抹布一样塌下去，额头上冒起了汗。

“再会，”我说，“等着比我狠的人来教训你吧。”

我转身走到门边，打开门，走了出去。

大门没有上锁。外面是个带房顶的走廊，花园里百花争艳。再走过去能看到一堵白色尖木篱笆和一扇铁门。房子位于院子一角，这是个凉爽潮湿的夜晚，天上没有月亮。

街角的牌子上写着“德斯坎索街”。道路两边是亮着灯的房子，我听了听有没有警笛声，什么动静都没有。另外一块牌子上写着“二十三街”。我迈着沉重的步子，走到二十五街，又朝八〇〇街区的方向走去。819号是安·赖尔登的家，也是我的避难所。

我在路上走了好长一段时间，突然意识到自己手里还握着枪，可是并没有听到警笛声。

我继续向前走。外面的空气让我舒服多了，不过威士忌酒的提神效果却在蠕动中走弱。道路两旁是杉树和砖房，这里看起来很像西雅图的国会山[1]，而不是南加州。

819号还亮着一盏灯。我眼前是一个微型停车门廊，紧挨着高高的柏树树篱。屋前种着一丛玫瑰。我走到门口，摁下门铃之前又听了听动静——还是没有警笛声。门铃响了一会儿，这时，人声从锁着门就能和外面对话的新鲜电子设备里传了出来。

“请问有什么事吗？”

“是马洛。”

她可能噎住了，或者也可能是电子装置出了问题，把她的声音切断了。

门打开了，安·赖尔登小姐站在门口瞧着我，身穿一套绿色便服。她的双眼睁得大大的，充满了惊恐。她的脸在门廊灯光下突然变

1　位于美国华盛顿州首府西雅图市的一个高密度住宅区。它和位于华盛顿哥伦比亚特区，即位于美国首都的同名区域“国会山庄”不是一个地方。

得苍白起来。

“我的天哪，”她哀号道，“你惨得就像哈姆雷特他爸！”

28

客厅里有一块棕色花纹地毯、几把白色和玫瑰色椅子、一个内含高高黄铜薪架的黑色大理石壁炉、几座高大的内嵌式书架，以及几扇挂着奶油色粗布窗帘的百叶窗。

这间屋子没什么女人味，除了那面全身镜和它前方光洁的地板。

我半躺在一把深深的椅子里，把双脚搭在脚凳上。我喝了两杯黑咖啡，喝了一杯酒，就着一块吐司吃了两枚煮得很嫩的蛋，又喝了几杯掺白兰地的黑咖啡。我在早餐间里扫下这些东西，但我不记得早餐间的样子，因为那是很久以前的事情。

我的状态恢复了。脑袋基本清醒，胃部蠕动也明智了起来，就像打触击球[1]时让队友跑三垒，而不是把球直接打到外野的旗杆附近。

安·赖尔登坐在我对面，她向前探身，用干净的手杵着下巴。她的双眼在蓬松的棕红色头发下显得暗淡、迷离。一根铅笔从她的头发里戳了出来。她看起来忧心忡忡。我对她讲了一部分经过，特别是涉及驼鹿马罗伊那部分。

“我以为你喝醉了，”她说，“我以为你只有喝醉的时候才会想

1　棒球技术动作，即横握球拍让球落在内野，避免对方外野接球手接球，同时帮助队友上垒或让自己上垒。触击球是一种需要击球手事先对场上局势进行算计的策略性击球方式。

起来找我。我以为你和那个金发女郎出去约会了。我以为——我也不知道自己在想什么。”

“你屋里这些东西，我敢说，不全是靠写作挣来的，”说着，我看了看四周，“就算你以为自己的东西都能卖钱，也换不来这么多东西。”

“而且这些东西也不是靠我爸贪污换来的，”她说，“像现在那个胖乎乎的笨蛋警察局长那样。”

“这不关我的事。”我说。

她说：“我家原来在德雷区有几块地，那些人哄我爸买下时，上面还都是沙子，但谁知下面有石油[1]。”

我点点头，喝光了雅致水晶杯里的东西——不管那是什么，喝起来味道都很好，让人感觉很温暖。

“男的能直接在这里定居下来，”我说，“拎包入住。东西都是现成的。”

“除非他想那么做，而且还得有人愿意收留他。”她说。

“但没有管家，”我说，“这就比较难办了。”

她的脸红了。“但是你——你宁肯让别人把你的头打碎，在你胳膊上到处扎针，把你下巴当成篮板砸来砸去。天知道这还有完没完。”

我什么都没说，我太累了。

“至少，”她说，“至少你还知道检查一下过滤嘴。当时听你在阿斯特道上说话的口气，我还以为你什么都不知道呢。”

1　加利福尼亚州的石油产业兴起于19世纪，到20世纪30年代，这里的石油产量已达到全美第一，和俄克拉何马州并列。值得一提的是，本书作者钱德勒初到洛杉矶时便成为了石油公司的雇员。

“那几张名片说明不了什么。”

她冲我眨眨眼睛。“你是不是想坐在这里跟我说，那家伙叫来两个坏警察把你揍晕，又把你当酒瘾患者关了两天，只是为了让你今后少管闲事？为什么不继续查下去呢？现在事情已经明显到够你撕开一道一码宽的大口子了，而且你剩下的力气还够让自己再挨一棒球棍。”

“这话应该是我说的，”我说，“完全是我的风格——粗鲁。你说什么事情已经很明显了？”

“那位人模狗样的心理医生，无非是个高级犯罪团伙的成员。他先选好目标，打探情报，再让那帮干脏活儿的小子们去抢珠宝。”

“你真这么觉得？”

她瞪着我。我把杯中酒一饮而尽，又在脸上装出很虚弱的样子，但她不为所动。

“我当然是这么觉得的，”她说，“而且你也是这么觉得的。”

“我觉得事情似乎比这复杂。”我说。

她面带安逸而尖刻的微笑：“真抱歉，我差点忘了你还是个侦探呢。所有事情都很复杂，对吧？案子太过简单，本身就是件很不体面的事情，对吧？”

“事情比这复杂。”我说。

“那好吧，我听着呢。”

“我不确定，但直觉是这么告诉我的。我能再喝两杯酒吗？”

她站了起来。“知道吗，你偶尔也可以尝尝白水的味道，那其实也挺有意思的。”她走过来拿起我的杯子，“这是最后一杯了。”她走出房间，去到一个能把冰块弄得叮当作响的地方。我闭上眼睛，倾听着这些微不足道的声音，没人来这里找我的麻烦。不过，假设那帮人对我的了解和我猜测中的一样，那他们很可能会找到这里，到时候就麻烦了。

她端着杯子回来了。她那染上酒杯凉意的手指碰到我，我握握这些手指，然后不舍地松开，就像不舍地离开了一个美梦，醒来时发现阳光正照在自己脸上，周围是迷人的山谷。

她红着脸坐到椅子上，调整了半天坐姿。

她点起一根香烟，看着我喝酒。

“安托尔是个心狠手辣的家伙，”我说，“但我不认为他是珠宝抢劫团伙的头目。当然，也可能是我错了。我觉得，假如他真以为我抓住了他的把柄，那他绝不会让我活着走出那家精神病医院。不过，他心里肯定有鬼，比如，在我胡扯了一通什么隐形文字之后，他的态度突然变得强硬起来。”

她平静地看着我：“真有隐形文字？”

我咧开嘴笑了：“就算有我也没看见。”

“这些关键信息藏得可真奇怪，你不觉得吗？放在香烟过滤嘴里，那别人怎么发现得了？”

“我认为有一种可能，比如马略特在害怕什么事情。如果他遭遇不测，那些名片能被人找出来，警察肯定会把他兜里的东西仔细捋一遍。但这也是让我比较困惑的地方，因为假设安托尔是个坏人，他肯定不会留下尾巴。”

“你是说，假设马略特是安托尔杀的，或者是他指使别人杀的，这就解释不通了，对吧？但马略特所掌握的有关安托尔的情况，不一定就和谋杀有直接关联啊。”

我向后靠到椅背上，喝光了剩下的酒，假装自己在思考这个问题。我点了点头。

“但珠宝抢劫案和谋杀案有关联，而我们又假设了安托尔和珠宝抢劫案有关联。”

她眼里透出淘气的神色。“你肯定累坏了。”她说，“要不要到床上躺着？”

“你说在这里？”

她的脸红到了耳根，下巴也拱了起来：“我就是这个意思。我又不是小孩子，谁管得着我在什么时间、地点该做什么。”

我放下玻璃杯站起来。“有些不妥，我难得有这种念头。”我说，“如果你不嫌累的话，能不能帮我叫个出租车？”

“你这个白痴！”她生气地说，“你被人打到皮开肉绽，又被注射了天晓得多少种麻醉药，所以我觉得你现在应该好好睡个觉，明天起个大早，以侦探的模样重新走出去。”

“我想晚点睡觉。”

“你现在应该去医院，蠢货！”

我耸耸肩。“听着，”我说，“我今晚脑袋不太灵光，而且觉得自己不应该在此逗留过久。我手上还没有任何证据可以对付那帮人，但他们好像已经不喜欢我了。我在这里说的一切，都可能被当成违抗法律的呈堂证供，而且这座城市的法律系统好像不那么干净。”

“这座城市没那么糟糕，”她尖厉地说，呼吸有些急促，“你不能单凭这个就下判断——”

“对，这座城市没那么糟糕，芝加哥也是，你可以在这里住上很久都见不到冲锋枪。对，这座城市没那么糟糕，它可能没有洛杉矶那么坏。至少在大城市，你的财力始终有限，因此只能买下一小块地方，但对这种小城市来说，你的财力却允许把它连带包装整个买下来。这就是区别，这就是为什么我想赶快离开这里的原因。”

她站起来，对我噘着下巴：“你现在就躺到床上去，我还有一间客房，你可以马上——”

“你保证会把自己的门锁上吗？”

她红着脸，咬住嘴唇。“有时我觉得你是个万里挑一的能人，”她说，“但有时又觉得你是我见过的最可恶的浑蛋。”

“不管我是哪种人吧，你能不能把我送到可以打到车的地方？”

“就给我待在这儿，”她不假思索地说，“你是个病人，身体还很虚弱。”

“我还没病到不能自己拿主意的程度。”我粗暴地说。

她飞快跑出房间，在客厅和走廊之间的两级台阶上绊了一下，之后在便服上套了一件长长的法兰绒大衣，没戴帽子，披头散发、怒气冲冲、大步流星地回来了。她摔开一扇侧门，撞了下门板，脚步急促地走上车道。接着，隐约传来车库门被打开的声音，一扇车门被打开又关上。启动装置点着火，发动机响起，车灯透过客厅那扇敞开的玻璃门射进来。

我从一把椅子上拿走帽子，关了几盏灯，出门时注意到玻璃门上用的是耶鲁锁[1]。关门之前，我回头望了望。这间屋子还不错，很适合穿着拖鞋住在里面。

关上门后，那辆小车开了过来。我从后面绕了一圈爬上车。

她把我送回了家，但一路上都赌着气，默不作声。车被她开得飞快。我在公寓楼前下车时，她冷冷地道了句晚安，然后在马路中央掉

1　指由美国人小林纳斯·耶鲁（1797—1858）于19世纪发明的单向弹子锁。单向弹子锁曾一度是市面上的统治性锁具，但到20世纪30年代，市面上出现了制造成本更低、安全性能更高的叶片锁，这令弹子锁的销售陷入了低迷。

了个头，趁我从兜里掏钥匙时离开了。

公寓楼大门十一点就锁了。我用钥匙打开门，穿过散发霉味的大厅，爬上台阶，来到电梯跟前。我乘电梯来到自己那层。走廊里亮着暗淡的光，服务部门前放着一些牛奶瓶，红色的消防门隐约可见。慵懒的气流从一扇敞开的纱窗吹进来，和走廊里散不出去的烹饪气味混合在一起。我到家了，这是一个处于睡梦中的世界，它安全无害，就像熟睡中的猫。

我用钥匙打开房门，走进去闻了闻味道。我背靠门站在原地，没有马上把灯打开。一股家的味道，灰尘和烟草的味道，一股男人生活在这里而且还会继续生活下去的味道。

我脱下衣服，爬上床。我冒着汗从噩梦中醒来好几次，但到第二天早上又变回了一条好汉。

29

我身穿睡衣坐在床边，心里想着起床，但还没有就范。我不太舒服，但又没想象中那么难受——跟那些领固定薪水的上班族似的。我的头很疼，感觉又烧又涨；舌头干燥，有颗粒感；喉咙紧绷，下巴僵硬。不过，我还经历过更糟糕的早晨。

这天早上外头灰蒙蒙的，有些雾气，温度不算高但很可能会升高。我把自己拖下床，揉了揉昨晚因过度呕吐而发疼的肚子。我的左脚状态不错，一点都不疼，因此我只好抬起它踢了一下床角。

我还在嘴里咒骂时，公寓门尖厉地响了起来——是那种专横的敲门声，让你想把门打开两英寸，砸一枚汁水丰腴的山莓出去，再立马把门关上。

我把门打开了，开口比两英寸略多。兰德尔警督站在门口。他身穿棕色华达呢套装，头上略显随便地戴了一顶猪肉馅饼帽[1]。他利索、干净、严肃，眼里透出一丝恶意。

他轻推了一下门，我闪开一步。他走进屋内，关上门，环顾四周。“我找你两天了。”他说话的时候眼睛并没有看着我，而是打量着屋内。

“我生病了。”

他踮着脚尖四处看了看。他的灰色油头泛着光泽，帽子夹在腋下，双手插在口袋里。作为警察，他的个头不算高。他把一只手从口袋里掏出来，将帽子小心翼翼地放到一堆杂志上。

“但没待在这里。”他说。

“待在医院。”

“哪家医院？”

“一家宠物医院。”

他抽搐了一下，就跟被我扇了一耳光似的。他的脸色变得阴暗起来。

“一大清早就要贫嘴？”

我默不作声地点起一支香烟。我抽了一口，然后赶快坐到床上。

“大夫治不了你这种人，对吧？”他说，“所以只能把你扔出来自生自灭。”

“我病得很重，而且还没喝起床后的第一杯咖啡呢，所以你不能

1　从19世纪中叶开始流行的一种便帽，因形似猪肉馅饼，故名。

指望我有多机灵。”

“我已经警告过你了，别插手这桩案子。”

“但你既不是上帝，也不是耶稣基督。”我抽了一口烟，这让我身体里的某个部位又疼起来，不过我已经适应了。

“如果你知道我能给你找多少麻烦，你肯定会很吃惊的。”

“也许吧。”

“你知道我为什么还没那么做吗？”

“知道。”

“为什么？”他向前略微探身，严厉得像只小猎犬，眼里带着那种警察迟早会换上的冷酷神色。

“因为你没找到我。”

他向后仰回去，把重心放在脚跟上，脸色好看了一些。“我还以为你会说点别的，”他说，“如果是那样，我就只好赏你一耳光了。”

“2000万美金吓不到你，但可以对你发号施令。”

他喘着粗气，嘴巴微张。他异常缓慢地掏出一包香烟，撕掉外面的包装纸。他的手指有些颤抖。他把香烟戳到嘴唇中间，走到放杂志的桌子旁边，拿起一个火柴夹[1]。他小心翼翼地点燃香烟，把火柴棍扔到烟灰缸里（而不是地板上），吸了一口烟。

“我前两天在电话里提醒过你，”他说，“星期四的时候。”

“是星期五。”

“对，星期五的时候，但那不管用。我能猜出原因。我当时并不知道你已经掌握了一些证据，所以只是根据案件情况向你提出了建

1 当时的火柴不少装在纸夹而不是纸盒内。

议。”

“什么证据？”

他默不作声地盯着我。

“喝咖啡吗？”我问，“那可以让你有点人情味。”

“不喝。”

“我要喝。”我站起来，朝厨房走去。

“坐下，”兰德尔突然说，“我还没说完呢。”

我走进厨房，用咖啡壶接了一些水，然后把它放到炉子上。我用水龙头接了两杯冷水喝下。我手拿着第三杯水，站在门道上瞧着兰德尔。他保持着先前的姿势。烟雾像帷幔一样静止在他身边，他正看着地板。

“格雷尔太太招呼我去见她的，这犯了什么忌吗？”我问。

“我指的不是那件事。”

“对，但你刚才指的就是这件事。”

“她没招呼你过去。”兰德尔抬起神色依旧冷酷的双眼，脸上依旧泛着红，“是你强迫她见你的，然后又用丑闻从她那里敲诈来一份工作。”

“有意思，但在我印象中，我们根本没谈工作的事。我不认为她的供述有什么问题，我是说，没什么可疑的地方，没有切入点。这些事情想必她已经跟你说过了。”

“说了。圣莫尼卡大道上的那家啤酒屋向来鱼龙混杂，但这代表不了什么，我们在那里什么都没查到。街对面的旅馆也不是好地方，待在那里的都是些小混混，但同样没我们要找的人。”

“格雷尔太太说我强迫她了？”

他的目光稍稍垂了下来：“没有。”

我咧开嘴笑了："喝咖啡吗？"

"不喝。"

我回厨房继续煮咖啡，等着它往下滴。兰德尔这次跟在我身后，站到了门道上。

"根据我了解的情况，这个团伙在好莱坞周边地区作案已经有整整十年时间了。"他说，"但这次他们过线了，弄死一个人。我认为我知道原因。"

"好吧，如果这是一桩团伙案，而且被你拿下的话，那将会是我搬到这座城市以来破获的第一桩团伙谋杀案。我还知道一打以上这样的案子。"

"你能那么说我很高兴，马洛。"

"我如果讲错的话，请直说。"

"见鬼，"他突然暴躁起来，"你说得没错。以前是有几桩类似的案子，但我们抓到的只是小角色，那些混混替幕后主使顶了罪。"

"嗯。要咖啡吗？"

"如果我喝的话，你愿意跟我好好说话吗？开诚布公，不讲那些没用的俏皮话。"

"我试试吧，不过不能保证什么都说。"

"没关系，我能接受。"他酸溜溜地说。

"你这身西装不错。"

他的脸又红了。"花27块50分买的。"他快速回道。

"噢，天哪，来了个敏感的警察。"说完，我回到了炉子旁边。

"咖啡闻起来不错，你是怎么煮的？"

我把咖啡倒了出来。"法式滴漏煮法，粗研磨咖啡，没用过滤纸。"我从餐柜里取出糖，从冰箱里取出奶精。我们找了个地方面对面坐下来。

“你说你生病住院了，那是开玩笑吗？”

“不是玩笑。我在湾城碰到一些麻烦。他们把我关了起来，没有关进牢房，而是关进一家用麻醉剂和酒精给人治病的医院。”

他眼里透出深谋远虑的神色：“湾城，是吧？但你不就喜欢硬碰硬吗，马洛？”

“不是我喜欢硬碰硬，是硬的找上我了。从没遇上过这种事，我被短棍打昏两次，第二次还是被一个看起来像而且自称是警察的人打昏的。他们用我自己的枪揍我，让一个印第安硬汉来掐我的脖子。我被扔到那家给人注射麻醉药的医院关起来，一部分时间可能还被绑在床上。然而这些事情我都证明不了，除了能展示一下自己身上的伤痕和左臂上密密麻麻的针孔。”

他狠狠地瞪着桌子的一角。“湾城。”他缓缓地说。

“这名字听起来就像一首歌，一首人们躺在脏浴盆里唱的歌。”

“你上那里去干吗？”

“我没去湾城，是警察把我带去的。我之前到斯蒂尔伍德山庄见了一个人，但那是在洛杉矶。”

“去见一个叫朱尔斯·安托尔的人，”他平静地说，“你为什么要顺走那几根香烟？”

我看着杯子内部。那个该死的小傻瓜。“我觉得挺奇怪的，他，我指的是马略特，身上还揣着另一个烟盒，而且烟盒里装的都是大麻烟。那好像是他们在湾城做的，用空心过滤嘴和俄式卷烟纸来包装。”

他把空杯子朝我推了过来，我又替他满上一杯。他用目光检视起我脸上的每一根线条和每一个细胞，神态跟拿放大镜的夏洛克·福尔摩斯或拿手持透镜的桑代克[1]似的。

“你之前应该把这些情况告诉我的。”他不怀好意地说，喝了一小口咖啡，又用物业作为餐巾配在公寓里的那种带花边的玩意儿擦擦嘴，“但烟不是你顺走的。那姑娘都跟我说了。”

“噢，好吧，真见鬼。”我说，“在这个国家男人什么都别干了，女人老爱多管闲事。”

“她喜欢你，”兰德尔说，口气就像电影里礼貌的联邦调查局探员，有一点忧伤，但很男人，“他父亲是个因正直而丢了工作的警察。她本来没必要管这件事的，但她喜欢你。”

“她是个好女孩，但不是我喜欢的类型。”

“你不喜欢好女孩？”他又点起一根烟，接着用手把眼前的烟雾撩开。

“我喜欢那种冷艳迷人、桀骜不驯的类型。”

“她们会把你扔给清洁工去处理的。”兰德尔波澜不惊地说。

“对。你还知道我什么情况？你的来意到底是什么？”

他又露出刚来时挂在脸上的那副微笑，他大概每天会允许自己这样笑四次。

“我也没有多么了解你。”他说。

“我给你提供一个故事版本，不过你可能已经这样设想过了。据格雷尔太太说，马略特是个专门敲诈女人的家伙。除此之外，他还是个珠宝盗窃团伙的眼线，负责出入各种社交场合，挑选下手目标，为抢劫创造条件。在对目标下手之前，他会先跟她们培养感情。比如在周四这起抢劫案中，马略特所扮演的角色就很有问题，因为假如当时

1 英国侦探小说家R.奥斯丁·弗里曼（1862—1943）创作的侦探小说人物。

开车的不是他，或他没带格雷尔太太去夜总会，也即没走那条路回家的话，那抢劫就不会发生了。”

“但开车的同样可以是司机，”兰德尔振振有词地说，“那改变不了什么。司机不会为了90块钱薪水和抢劫犯较真。只是有一点，假设马略特和女人独处时卷入太多抢劫案，事情肯定会传开。”

“这种事情的特点就在于不会传开，”我说，“因为受害者可以用很低廉的价格把东西赎回来。”

兰德尔向后一靠，摇了摇脑袋。“你的故事说服力还不够。女人什么都爱到处讲，马略特的名声迟早会传开的。”

“很有可能，所以他们才把马略特干掉了。”

兰德尔面无表情地看着我。他用勺子在空杯子里搅动，我伸手去拿他的杯子时，被他推开了。“继续往下说。”他说。

“他们把马略特利用完了，马略特对他们来说已经没用了，而且正如你说的，外面已经有了他的传言。但这种团伙不是你想退出就能退出的，于是他们就为马略特制定了一次最后抢劫——对他而言的最后一次。你瞧，他们为翡翠定的赎金很低，同时让马略特负责联络。但后来马略特还是害怕了。在最后一刻，马略特觉得还是不要单独行动为妙，于是他想出一个主意，即假如发生什么意外的话，他身上的东西能指向一个人，一个手段毒辣又精明到可以充当抢劫团伙头目的人，此人能利用自己不同寻常的身份，挖到阔太太们的隐私。马略特的主意很幼稚，但却奏效了。”

兰德尔摇摇头：“但那个团伙肯定会先把他扒光，再扔到海里去。”

“不，尸体是故意让人发现的，他们不想被警察盯上。他们可能还有别的眼线。”我说。

兰德尔摇摇头："但香烟指向的那个人并不像坏蛋。他在自己本行里做得不错，这我已经查过了。你对他有什么看法？"

兰德尔的目光变得非常茫然，非常非常茫然。我说："对我而言，他是个心狠手辣的人，而且人们挣起钱来怎么也不会嫌多，对吧？再说了，心理咨询生意只会火爆一小段时间，这无论放在哪里都一样。一开始，人们会蜂拥而至，赶个时髦，但随着时间流逝，风潮衰退，这门生意就难以为继了。也就是说，假设他只是个心理咨询师，别的什么都不干，事情大抵就是如此。跟电影明星一样，他最多能走红五年，这是极限了。但在此期间，如果他找到一些门路，能有效利用起那些阔太太的隐私的话，肯定可以发笔横财。"

"我回头再仔细查查他，"兰德尔说道，脸上还是一副茫然的表情，"但我现在更感兴趣的还是马略特。让我们从头开始：你是怎么认识他的？"

"他先打电话给我。我的名字是他在电话簿里相中的，至少他自己这么说。"

"但他有你的名片。"

我做出惊讶的样子："没错，我把这事给忘了。"

"不管你还有多少印象吧，你有没有想过他为何偏偏会相中你的名字？"

我直勾勾地看着他，目光越过咖啡杯杯沿。我开始喜欢上他了，他可不像表面上看起来那么简单。

"你过来就是为了问这件事情？"

他点点头。"剩下的，你也知道，就是随便聊聊。"他很有礼貌地堆起一副笑脸，等着我开口。

我又倒了一些咖啡。

兰德尔侧身探过来，看看奶油色的桌面。“积了点灰尘。”他漫不经心地说，随后又直起身子看着我的眼睛。

“也许我该换个方式来讲这件事。”他说，“比方说，我认为你对马略特的判断很准。我们在他的银行保险柜里发现了23 000块现金。顺便说一句，这是我们花了九牛二虎之力才查到的。除此之外，那里还有几份跟西五十四街房产绑定的基金和信托契约材料。”

他拿起勺子轻轻敲击托盘，同时露出一个微笑。“提起你的兴趣了吗？”他温和地问，“那房子的地址是西五十四街，1644号。”

“有意思。”我口齿不清地说。

“噢，马略特的银行保险柜里还放着一些珠宝，都是好东西。但那应该不是他偷来的，而应该是别人送给他的礼物。这就留给你自己去琢磨了。不知出于什么考虑，他没敢卖掉这些珠宝。”

我点点头。“因为直接卖掉会让他感觉像自己偷来的。”

“没错。信托契约一开始没引起我的兴趣，我想先解释一下我是怎么起疑心的。这还得从你们这种人和警察的区别说起。我们先要把凶杀案和可疑死亡档案从各区调过来，在当日内读完，这是规矩，就像你不能没有搜查令就进别人家，或没有充分的借口就到别人身上搜枪。但我们有时也会违规，这是没办法的事。比如，有几份材料我到今早才看见，其中一份提到了上周四发生在中央大街的一起黑人谋杀案，嫌疑人是个叫驼鹿马罗伊的前科犯，这案子还有个目击证人。如果那人不是你，算我输。”

他露出淡淡的微笑，这已经是第三个了：“想继续听吗？”

“我在听呢。”

“知道吧，这些事情都是我到今天早上才了解到的。接下来，我注意看了一下材料作者，那人叫纳尔蒂，我认识。于是我也知道这案子肯定没下文了。纳尔蒂就是那种人——你去过克雷斯特莱恩没有？”

“去过。”

“好吧，在克雷斯特莱恩附近，有一些用旧货车车厢改成的小屋子。我在那里也有一间屋子，但不是车厢改的。这些车厢都是和卡车头配套用的，不管你信不信，它们现在已经没轮子了。纳尔蒂就是那种人，如果你让他到这种车厢里去控制刹车，他肯定会干得很出色。”

“这样讲不太好吧，”我说，“他可是你同行。”

“总之，我就打了个电话给纳尔蒂，他在电话上哼哼哈哈了半天，之后提到你正在找一个叫魏尔玛的女孩或马罗伊的老相好，又说发生凶杀的酒吧原来是白人地盘，马罗伊和那女孩都在那里工作过，最后说你去见过廉价酒吧当时的老板留下的寡妇，她家的地址是西五十四街1644号，和马略特信托契约上提到的地方是同一处。”

“所以呢？”

“所以我觉得今早碰上的巧合太多了，”兰德尔说，“于是就到你这里来了。到目前为止发生的一切还在我的容忍限度之内。”

“但麻烦的是，”我说，“事情比听上去要复杂。据弗洛里安太太说，那个叫魏尔玛的女孩已经死了。我手上有她的照片。”

我走进客厅，朝外衣口袋摸去。手还在半空中时，我突然有了一种奇怪的预感。还好，他们没拿走照片。我把两张照片从兜里拿出来，走进客厅，把皮埃罗丑角照扔到兰德尔跟前。他拿起照片仔细地端详起来。

“没见过这个人，”他说，“你手上那张也是她？”

“不，这张是格雷尔太太的剪报照，安·赖尔登弄来的。”

他看着另一张照片，点了点头：“换我有2000万也会想娶她。”

“还得告诉你一件事情。”我说，“昨晚我气得够呛，差点想一个人把那地方端了。这家医院位于湾城二十三街近德斯坎索街，是个叫桑德伯格的人开的，他自称是名医生。那地方还是个罪犯窝点，因为我昨晚在某个房间里瞧见驼鹿马罗伊了。”

兰德尔直直坐起来看着我：“确定？”

“不会搞错的，他是个大家伙，像个巨人，和我见过的所有人都不一样。”

他一动不动，坐在那里瞧着我。这时，他把脚从桌子下面挪出来，站了起来。

“我们先去找找这个叫弗洛里安的女人。”

“那马罗伊呢？”

他又坐了回去。“跟我讲讲事情的详细经过。”我把事情讲了一遍。他目不转睛地盯着我的脸，我甚至觉得他连眼皮都没眨一下。他用微张的嘴巴喘气，身子一动不动。他的手指在桌子边缘轻轻敲击。我说完后他说：

“这位桑德伯格医生长什么样子？”

“像个吸毒的，而且可能是个毒贩。”我尽自己所能地向兰德尔描述了那个人。

他静悄悄地走进另外一间屋子，坐下来打起了电话。他拨完号码后说了挺长一段时间，这时，他回来了。我用这段时间又做了一些咖啡，煮了几个鸡蛋，烤了两片面包并涂上黄油。我坐到座位上吃了起来。

兰德尔在我对面坐下来，用一只手托住下巴：“我刚才打给一个州麻醉药品管理局的人，让他找借口去那里瞧瞧。也许能找到点线索，但他肯定不会找到马罗伊。马罗伊在你逃离那家医院十分钟后就走了，这点我敢打包票。”

“干吗不叫湾城警察过去？”我往鸡蛋上撒了盐。

兰德尔没有说话。我抬起头，看到他发红的脸上一副尴尬的表情。

“就警察而言，”我说，“你是我见过最敏感的。”

“赶紧吃，我们得动身了。”

“吃完我还得洗澡刮胡子换衣服呢。”

“你就不能穿着睡衣出去吗？”他酸溜溜地问。

“所以湾城已经彻底烂掉了？”我说。

“那是莱尔德·布鲁内特的地盘，据说他花三万块为自己选了个市长。”

“他是贝维德雷俱乐部的老板？”

“还有两艘赌博游艇[1]。”

“但那在我们县境内。”我说。

他低头看着自己干净而光亮的指甲。“我等会儿先到你办公室把那两根烟拿上，”他说，“如果还在的话。”他打了个响指，“不如你把钥匙给我，我趁你刮胡子换衣服的时候先过去。”

“等会儿一起去吧，”我说，“我得过去查查邮件。”

他点点头，站一会儿，随后又坐下点起一根烟。等我刮完胡子、穿好衣服，便坐上兰德尔的车走了。

还真有几封邮件，但都没有打开看的必要。香烟放在办公桌抽屉里，没人动过。办公室看起来没被人搜查过。

兰德尔拿起那两根俄国香烟闻闻，之后又把它们放到衣服口袋里。

“安托尔从你这里拿走一张名片，”他思忖地说，“但名片背面

---

1 20世纪30年代，洛杉矶附近的公海上停泊着不少赌博游艇。

什么也没有，所以他不会在乎另外两张。我猜安托尔并不是很害怕，他可能觉得你不过是在虚张声势。咱们走吧。”

30

爱管闲事的老太太站在家门口，鼻尖刚好越过门线一英寸，她仔细嗅了嗅，就像屋外的紫罗兰提前盛开了一样。她扫了几眼街道，又点点白头。我和兰德尔把帽子摘了下来，这让我们在这片社区显得格外优雅，甚至步入了瓦伦迪诺[1]的行列。她好像还记得我。

“早上好，莫里森太太。”我说，“我们能进去一下吗？这位是总局的兰德尔警督。”

“老天爷，我现在忙得很，还有一大堆衣服要熨呢。”她说。

“耽误不了你几分钟的。”

她闪开门道，让我们走进去。我们穿过放着梅森城或别的什么地方搬来的旧家具的廊厅，来到挂着蕾丝窗帘的客厅。从内屋飘来一股熨衣服的味道。她小心翼翼地关上门，就跟那是用馅饼酥皮做的一样。

她今早穿的是一件蓝白相间围裙，眼神还是那么尖，下巴还是那么短。

老太太站在距我一步之遥的地方，把脸向前一凑，盯着我的眼睛。

“她没收到。”

1 指英年早逝的美国男影星兼大众情人鲁道夫·瓦伦迪诺（1895—1926）。

我装作明白地点点头，然后看着兰德尔，兰德尔也点点头。兰德尔走到窗户旁边，看了看弗洛里安太太的房子。他把猪肉馅饼帽夹在腋下，迈着轻快的步子走回来，从容得跟大学校园剧里的法国伯爵似的。

“她没收到。”我说。

“对，没有。周六是四月一号，愚人节。他！他！”她停下来用围裙擦擦脸，但突然想起那是胶皮围裙。这让她恼了起来，于是又把嘴巴噘得跟干梅子似的。

“那天邮差经过的时候，没给她送信，于是她大叫着冲了过去。邮差摇摇头走了。她回到屋内，恶狠狠地关上门，都快把窗户震碎了，跟疯了似的。”

“我想也是。”

老太太对兰德尔尖厉地说：“让我瞧瞧你的警徽，年轻人。你旁边这位年轻人那天满嘴都是威士忌的味道，我一点都不信任他。”

兰德尔从兜里掏出带金色和蓝色烤漆的警徽给她瞧了瞧。

“看来你的确是个警察。”她认可道，“好吧，星期天啥事儿都没发生，她只出去买了一趟酒，是方瓶子装的。”

“那是金酒。”我说，“众所周知，喝金酒的都不是好人。”

“好人就不喝酒。”老太太严厉地纠正道。

“没错。”我说，“然后是周一，也就是今天，邮差又来了，这回可把她气坏了。”

“自以为很聪明是吧，年轻人？都不让人家开口了。”

“抱歉，莫里森太太。这件事对我们很重要，那个——”

“这位年轻人好像不怎么爱动嘴巴呀。”

“他结婚了，”我说，“在这方面训练有素。”

老太太的脸色突然变得紫红，让我很不愉快地联想到绀紫[1]。“滚出去，不然我要叫警察了！”她嚷道。

“你面前就站着一位警官，太太，”兰德尔干脆地说，“不用担心。”

“这倒是。”她认可道，这时，紫红色从她脸上褪了下去，“但我不喜欢你身边的这个人。”

“那咱俩是一伙的，太太。弗洛里安太太是不是今天也没收到挂号信？”

“对。”她的声音又尖又短，眼神突然警觉起来，她用略显慌张的口吻说，“昨晚有人来找过她，我没看到是谁，因为有人带我去电影院了。我们回来的时候，不对，是他们刚走的时候，隔壁房子有一辆车开走了。那车走得很急，灯都没开，所以我没看清牌照。”

她警觉地瞥了我一眼，我纳闷她的眼神怎么一下子警觉起来了。我踱步到窗户旁边，把蕾丝窗帘掀起来。一个身穿蓝灰色制服的人正朝这个方向走来，他背着沉重的皮质挎包，头戴邮差帽。

我转过身，咧开嘴笑了。

“你掉队了，”我对她粗鲁地说，“明年只好先降到丙级联赛待一待了。”

“这话说得可不机灵。”兰德尔冷冷地说。

“瞧瞧窗外。”

他看看窗外，脸色一下变了。他静静地站在原地，看着莫里森太太，就像在等着聆听一种世上独一无二的声音。过了一会儿，那声音出现了。

1　医学术语，指皮肤表面血管出现脱氧的血红蛋白，令皮肤呈青色的症状。

传来一种像是什么东西被塞进前门邮箱的声音。那本来可能是传单，但这次肯定不是。脚步声离开门前的走道，回到了主路上。这时，兰德尔又来到窗户旁边。邮差没给弗洛里安太太送信。他继续往前走，蓝灰色背脊在沉甸甸的皮包下显得又平又稳。

兰德尔转身用极端礼貌的口吻问道："这地方一上午要送几次邮件，莫里森太太？"

她试着直面这个问题。"就这一次，"她尖着嗓子说，"上午一次，下午一次。"

她的眼神躲躲闪闪，兔子下巴像处于崩溃边缘那样抖个不停，双手紧紧抓住蓝白围裙的胶皮缀边。

"上午这趟刚过去。"兰德尔自言自语地说，"挂号信也是普通邮差送的吗？"

"她的信件都是特快。"那个苍老的声音变得沙哑了起来。

"嗯，但星期六邮差没给弗洛里安太太送信的时候，她居然还跑过去和那人说话了。你刚才可没跟我提起特快信的事情。"

看他办案是件很有趣的事情——只要接受调查的不是你。

她大张开嘴，露出一口因泡了一宿清洁液而显得光洁整齐的牙齿。这时，她突然发出一声粗粝的怪叫，把围裙往脑袋上一盖，转头跑出了房间。

兰德尔看着她穿过的那扇门，它位于客厅拱门的另一边。兰德尔脸上露出一个微笑，一个相当疲惫的微笑。

"干得漂亮，招招致命。"我说，"下次换你来扮黑脸，我可不喜欢得罪老女人，哪怕是爱说谎的长舌妇。"

他还在微笑。"老调重弹，"他耸了耸肩，"警察的差事，啐。一开始，她们讲的都是事实，因为她们的确知道。等到事实上演的节奏变慢了，或变得不够刺激了，她们就开始添油加醋。”

他转过身，和我一起走进廊厅。屋子深处隐约传来一阵啜泣声。对于颇有耐性、早已死去的男人来说，那声音可能会给予他致命一击。但对我来说，那只是个老女人的哭声，没什么值得庆幸的。

我们静悄悄地走出屋子，静悄悄地关上前门，确保它没有和纱门发生碰撞。兰德尔戴上帽子，叹出一口气。之后，他耸耸肩，夸张地摊了摊保养得很好的双手。屋内仍传来隐约可辨的啜泣声。

邮差的背影又走远了两栋房子的距离。

“这就是警察的差事。”兰德尔压着声音低语道，接着撇撇嘴。

我们朝隔壁那栋房子走过去。弗洛里安太太依旧没有把洗好的衣服收回去，那些衣服依旧在侧院的铁丝上随风颤动，看起来又黄又硬。我们爬上台阶，摁下门铃，没有反应。我们又敲敲门，还是没有反应。

“上次我来的时候门没锁。”我说。

兰德尔小心翼翼地用身子挡住手，去试了试门把，这回门是锁着的。我们走下门廊，从远离隔壁老太太家的一侧绕到屋子后方，后门廊上有一扇用挂钩锁住的纱门。兰德尔敲敲门，同样没有反应。他走下两级油漆快掉光的木头台阶，沿一条杂草丛生的废弃车道，来到一个木头搭的车库面前。车库门被吱嘎作响地打开，里边放的都是垃圾：几个当柴火免费送都没人要的破旧老式木箱，一些生锈的园艺工具，好多放在纸箱里的过期罐头。车库门内两侧的墙角上，各有一只肥硕的黑寡妇蜘蛛闲适地躺在凌乱的蛛网中央，兰德尔抄起一块木板拍死了它们。他关上车库门，顺杂草丛生的车道，从远离隔壁老太太的一侧来到屋子正门，爬上了门廊。还是没人管门铃声和敲门声。

他慢悠悠地走回来，回头看看主路。“后门好开，”他说，“隔壁那老娘们儿不敢怎么样，她讲的话已经没人信了。”

他走上两级台阶，把小刀利索地伸进门缝，挑开挂钩。我们来到封着纱窗的门廊内，这里到处都是罐头，有些罐头里都是苍蝇。

“老天，这过的是什么日子！”他说。

后门很容易开。一把五分钱买来的万能钥匙转动了门锁，但里面还插着插销。

“奇怪，”我说，“我猜她已经溜了。她很邋遢，不会那么小心锁上门的。”

“你的帽子比我的旧，”兰德尔看看嵌在后门上的玻璃板，“把帽子借给我推开玻璃。或者我们就干得利索点儿？”

“把门踢开吧，没人管闲事。”

“那准备了。”

他后退几步，抬起腿朝门锁的位置踹过去。什么东西咔嚓一声断开，门闪开一道几寸宽的缝隙。我们用力把门推开，从油地毡上捡起一块粗糙的金属片，把它小心放到木石沥水板上，挨着大约九个倒空的金酒酒瓶。

苍蝇在厨房紧闭的窗子后头嗡嗡作响，屋里臭极了。兰德尔站在地板中央，仔细环顾四周。

他用脚尖捅开弹簧门，直到它不再回弹，随后轻手轻脚从门缝中间挤过去。客厅还是上回那个样子，只是收音机没打开。

“这台收音机真不错，”兰德尔说，“得花不少钱，如果不是别人送的。等等。”

他单膝跪地，目光沿地毯搜寻，之后又走到收音机旁，用脚捅了一下松散的电线。收音机的插头露了出来。他弯下腰，仔细看了看收音机上的按钮。

“没错，”他说，“按钮很大，但很干净。真聪明，电线上不可能留下指纹，因为太细了。”

“插上试试，看还能不能响。”

他把插头插进插座，收音机的电源指示灯立马亮起来。我们等了一会儿，收音机的声音一开始很小，接着突然变成喷涌而出的巨响。兰德尔箭步冲上去，抓起电线，把插头拔出来，声音戛然而止。

他站起来时双眼突然发亮。

我们赶快走进卧室。杰西·皮尔斯·弗洛里安太太斜躺在床上，穿了一件皱巴巴的棉布居家裙，脑袋几乎垂到地下，挨着踢脚板的一头。床的角柱染着一些黑乎乎的东西并招来了苍蝇。

她已经死去很久了。

兰德尔没有碰她。他低头盯着尸体看了很久，随后抬起头，冲我像狼一样龇开牙齿。

“脑袋开花，”他说，“看来是这桩案子的主旋律，只是这回是徒手干的。但老天哪，这得是多大一双手，你瞧瞧她脖子上的瘀痕还有指印的大小。”

“你自己瞧吧。”说着，我转了个身，“可怜的老纳尔蒂，现在这桩案子已经不单是黑鬼谋杀案了。”

31

一只长有粉色斑点和粉色头颅的黑亮小甲虫正沿兰德尔整洁的办公桌桌面缓缓爬行。它挥舞着触须，就好像在探测风向，为起飞做准备。小甲虫爬起来摇摇晃晃，如同背了太多包袱的老太太。另一张办公桌前，坐着一名我不认识的警探，他正对着装有静音话筒的老式电话讲话，声音像在隧道里低语。警探说话的时候半闭着眼睛，将疤痕累累的手放在身前的桌面上，并用食指和无名指关节夹住一根点燃的香烟。

小甲虫一路爬到兰德尔办公桌的尽头，向半空中迈出一步，结果在地板上摔了个仰面朝天。它的细腿儿在空气中无力地蹬着，之后又装了一会儿死。因为没人搭理，小甲虫又把细腿儿蹬起来。最后，它终于翻过身，慢腾腾而又漫无目的地朝一个角落爬去。

墙上的警察局广播放了一则公告，内容是关于四十四街南面圣佩德罗发生的一起抢劫案。劫匪是名中年男性，身穿灰色套装，头戴灰色呢帽，最后一次被人看见时，正沿四十四街向东逃窜，并钻进一条小巷。“接近嫌犯时注意安全，”广播员说，“此人随身携带一把点三二口径左轮手枪，刚抢劫了南圣佩德罗3966号一家希腊餐厅的业主。”

咔嗒一响后，播音员的声音消失了。没过多久，另一个播音员又念起一份待查案件清单，他的声音缓慢、单调，把所有事情都说了两遍。

这时，门打开了，兰德尔拿着一沓信纸大小的打印件走进屋内。他迈着轻快的步子穿过房间，在我对面坐下，把几份文件推到我跟前。

“签四份。”他说。

我签了四份。

粉头小甲虫爬到屋子一角之后，又伸出两根触须，探测着适合的起飞点。它看起来有些失望，于是又顺踢脚板向另一个角落爬去。我点起一根烟，这时，那名对着静音话筒讲话的警探突然站起来，离开了办公室。

兰德尔往椅背上一靠，脸上的表情和之前一样，还是那么冷峻、老练，可根据情况需要而随时变得粗暴或友善。

“我要对你讲几件事情，”他说，“免得你胡思乱想，免得你感觉自己运筹帷幄，免得你还要死命抓住这件事不放。”

我等着他开口。

“那个破地方没留下指纹。”他说，“你知道我指的是哪里。收音机是因为插头被拔掉才关上的，但打开收音机的可能就是弗洛里安太太本人。众所周知，酒鬼都喜欢把收音机声音开得老大。假设一个人戴着手套去杀人，想用收音机掩盖枪击声或别的什么动静，那他可以用同样的办法把收音机关上，但事情不是这样的。另外，那个女人的脖子被拧断了，其实她在脑袋开花之前就已经死了。但问题是，凶手为什么要把她的头打烂？”

“继续说。”

兰德尔皱起了眉头。“他当时可能并不知道弗洛里安太太的脖子已经断了，他在生弗洛里安太太的气。”他说，“这只是一些推断。”这时，他露出一个坏笑。

我吹出一口烟，把它从眼前撩开。

“那么，他为什么要生她的气呢？他在弗洛里安因为俄勒冈的银行抢劫案被抓的时候，有一笔赏金被领走了。那个领赏的讼棍已经死了。不过，弗洛里安夫妇可能也从中分到了一笔钱。马罗伊有可能怀疑到了这一点，他可能知道事实就是如此，或者他可能想逼弗洛里安太太吐露实情。”

我点点头，他说得有道理。兰德尔继续说道：

“马罗伊随便掐了一下她的脖子，可指头没打滑。如果我们逮到他的话，也许能够根据指印定他的罪。当然，那也可能什么都证实不了。法医说弗洛里安太太是昨天晚上被杀的，不是深夜，而是人们外出看电影的时候。到目前为止，我们还不能证明这是马罗伊干的，邻居都没看到他。不过，从作案手法上看，凶手必定是马罗伊无疑。”

“对，”我说，“肯定是马罗伊。也许他并没起杀心，可无奈自己的力气实在太大。”

“那可不算借口。”兰德尔专横地说。

“没错，我只是想说，马罗伊在我看来并不像杀人狂。就算他杀了人，也不可能是因为对杀人上瘾或想谋财害命——而且他不会杀女人。”

“这很重要吗？”他冷冰冰地问。

“也许你懂得多，能判断什么事情重要，什么不重要。我可不行。”

兰德尔盯着我看了很久，期间广播员又报了一遍发生在南圣佩德罗希腊餐馆的抢劫案公告。犯罪嫌疑人已经被抓住了，是一个随身携带水枪的14岁墨西哥人。目击证人的说法有时候也靠不住。

兰德尔等到公告播完后继续说道：

“我们今早相处得不错，以后最好也这样。回家睡个觉，好好休息一下。你看起来相当憔悴。至于调查马略特的死，还有寻找驼鹿马罗伊的下落之类的事情，就交给我们警察来处理吧。”

“马略特付给我报酬，”我说，“但我把事情办砸了。现在格雷尔太太又雇了我。你想让我怎样，马上退休然后坐吃山空吗？”

兰德尔再次直勾勾地盯着我：“你说的我都懂，我也是人。他们之所以给你这种家伙发执照，为的就是让你们有事可做，而不是让你们把执照挂在办公室墙上显摆。但话说回来，随便来一个脾气不好的代理警监，都能把你们折腾死。”

“不可能，给我撑腰的可是格雷尔一家。”

他想了想。他不愿意承认我说的话哪怕有一半道理，于是就皱起眉头，用指头敲打桌面。

“那我把话说明白点吧，”他在短暂的停顿之后说道，“如果你搅和进这案子，就会惹上麻烦。也许这点麻烦对你来说不算什么，那我不清楚，但你肯定会逐渐在警察局结怨树敌，到时候你再想办什么事情就困难了。”

“私家侦探每天都要面对这种状况，除非他只接离婚案。”

“你不能插手谋杀案。”

“说完了吧？你的道理我都听过了。不过，我并没有打算去解决一桩整个执法部门都无法解决的案子。如果说，我还揣着一些小小的私人动机的话，那它们也仅仅是小小的和私人的。”

兰德尔慢慢探出身子，跨过桌面。他不安分的细手指还在敲打桌面，就像一品红的枝叶在敲打弗洛里安太太家的正墙。他灰色的油头泛着光泽，冷峻、平稳的目光直视着我的眼睛。

“回到正题吧，”他说，“我还没说完呢。安托尔去外地了，他妻子——也是他秘书——并不知道他的下落。那个印第安人也不见了。你想起诉这帮人吗？”

“不了，我手上没证据。”

他看上去好像松了口气：“安托尔的老婆说她没听说过你。至于那两个湾城警察——如果他们真的是的话——我就无能为力了。我不想再给自己添麻烦了，不过有一件事我比较确定：马略特的死和安托尔无关，烟嘴里的名片只是栽赃的伎俩。”

“那桑德伯格医生呢？”

他摊开了双手：“没影儿了。地方检察官手下的人瞒着湾城方面偷偷跑去那家医院了，门是锁着的，什么都没发现。当然，他们还是想办法进去了。屋内被人匆忙清理过，不过还是留下了一些指纹，我们得用一两周时间才能从中分析出个所以然。现在他们正在撬墙上的保险柜，里边放的可能是麻醉品或别的东西。我觉得桑德伯格肯定有前科，不是在湾城，而是在外地，比如堕胎、治枪伤、接手指，或者非法用药。如果他触犯了联邦法，那我们接下来就不会遇到什么障碍了。”

“他说他是个医生。”我说。

兰德尔耸了耸肩：“可能原来是，也可能从没被定过罪。现在有个在棕榈泉市[1]行医的人，五年前在好莱坞被指控贩毒。那家伙被抓时罪证确凿，但他收买的保护伞起了作用，他后来被释放了。还有什么问题吗？”

“关于布鲁内特这个人，你知道些什么？有什么能告诉我的吗？”

“布鲁内特是开赌场的，他靠这个赚了很多钱，而且是躺着赚的。”

“好吧，”说着，我站了起来，“你讲得挺有道理，但这对于揪出杀死马略特的珠宝抢劫团伙没有任何帮助。”

“我不可能把什么都告诉你，马洛。”

“我也没指望你告诉我。”我说，“对了，我第二次见到杰西·弗洛里安的时候，她对我说，她在马略特家里当过用人。就因为

---

1 一座距离洛杉矶东南方大约190公里的疗养度假城市。

这个，马略特才会给她寄钱。你手上有什么东西能证明这一点吗？”

“有，在马略特的银行保险柜里，有几封弗洛里安寄来的感谢信，里边提到了这件事。”他看起来就快失去耐性了，“现在你能不能看在上帝的分上，赶快回家，别再多管闲事了？”

“马略特竟然会留着那几封信，很奇怪，不是吗？”

兰德尔抬起双眼，目光停在我的头顶。这时，他的眼睑耷拉下来，遮住了半个眼球。他盯着我看了整整十秒钟，然后微笑起来。他今天这样笑了好多次，估计把这周的量都用完了。

“我对此有个解释，”他说，“很荒唐，但符合人性。马略特这一生过得提心吊胆。骗子一般都是赌徒，而赌徒一般都迷信。我觉得杰西·弗洛里安相当于马略特的福星，只要照看好弗洛里安，他自己就不会发生意外。”

我转头看看那只粉色小甲虫，它在第二个角落同样毫无收获，因此正闷闷不乐地爬向第三个角落。我走过去把它捡起来，用手帕包住，又回到桌子旁边。

“你瞧，”我说，“这间屋子位于18楼，而这只小甲虫爬这么高，就为了能交上一个朋友——和我。他是我的福星。”我小心翼翼地把小甲虫搁到手帕较为柔软的部分，然后折起手帕，放进了口袋。兰德尔睁大了眼睛，他的嘴巴在动，但什么话都没从中冒出来。

“我在想，马略特又是谁的福星呢？”我说。

“反正不是你的，伙计。”他口气酸溜溜的，又酸又冷。

“恐怕也不是你的。”我没带任何感情色彩地说。之后，我走出房间，关上了门。

我乘电梯直达市政厅位于斯普林街的入口，顺门廊走下几级台阶，来到花圃跟前，我小心翼翼地把甲虫放到一株灌木背后。

坐在回家的出租车上时，我心想，那个小家伙得花多久才能爬回刑事组的办公室呢？

我从公寓楼后面的车库把自己的车开出来，在好莱坞区吃了点午饭，随后动身前往湾城。这天下午，海岸线上风和日丽。我在第三街岔口驶离阿圭罗大道，朝市政厅所在方位进发。

32

对于这座欣欣向荣的小城来说，那栋市政厅真够寒碜，像从南方的圣经地带[1]搬来的一样。一帮游手好闲的家伙坐在挡土墙上，挡土墙把茂密的草坪（长的主要是狗牙根）拦在身后，防止它直接摔到大街上。市政厅有三层楼高，屋顶有个钟楼，钟楼里的那口钟还在。在过去口嚼烟草吐渣的如歌岁月里[2]，人们大概还会用这口钟来召集志愿消防队员。

穿过开裂的走道，爬上几级台阶，就来到一扇对开门面前。门内显然盘踞着一帮百无聊赖等着案子找上门以便有机会节外生枝的问题化解员[3]，他们腆着肚子、眼神谨慎、衣着光鲜、吊儿郎当，纷纷让出四英寸宽的缝隙让我通过。

---

1 在美国指保守的基督教福音派在社会文化中占主导地位的地区，也即以美国浸信会为主流的南部及周边地区。美国南部地区的基督宗教信徒比例相对较高，在经济上则相对落后，属于农业区。

2 嚼烟是北美洲印第安人使用烟草的办法。从19世纪初开始，嚼烟在美国几乎取代了吸烟斗，成为朴实、粗鲁的美国人独特的烟草使用方式。

3 一般指替人解决私人纠纷的律师或替人牵线搭桥的中间人。

进去是一条昏暗的长走廊，上次擦洗地板还是麦金莱[1]总统宣布就职的时候。一块木牌指出了执法部门问讯处所在方位。一个穿制服的家伙在置于陈旧柜台一端的酒瓶大小的电话转接设备后打盹儿。一个脱下外套、把消防栓般的大腿顶在肋骨上的便衣警察，从晚报上腾出一只眼睛，朝十码外的痰盂吐了一口沉甸甸的东西，打了个哈欠，说去局长办公室要从后面爬上楼。

二楼要明亮和干净一些，当然，这只是相对一楼而言。在走廊尽头，一扇靠大海那侧的门上写着：约翰·瓦克斯，警察局局长，请进。

屋内的矮木头栏杆后，有个穿制服的家伙在用两根食指和一根大拇指敲打字机。他拿走我的名片，打了个哈欠，说稍等，然后拖着步子穿过一扇写着“约翰·瓦克斯，警察局局长，私人办公室”的桃花心木门。过了一会儿，他回来替我把木栏杆的门打开了。

我走进私人办公室并关上门，办公室内凉爽、宽敞、三面环窗。一张褪色的木质办公桌远远地放在屋子尽头，和墨索里尼那张一样，为了走过去，你只好先踩完铺着蓝色地毯的大片地皮，在途中和那对圆溜小眼的目光相遇。

我走到办公桌旁，看到一块铭文牌上写着：约翰·瓦克斯，警察局局长。当时我觉得自己大概能记住这个名字了。我瞧了瞧坐在办公桌后面的人，他头发上并没有沾着稻草。

他是个五短身材的胖子，粉色头皮在头发之下若隐若现。他的眼皮短小、饥渴、厚重，眼睛很不安分，像跳蚤；身穿黄褐色法兰绒套

1　1843—1901，美国第25任总统，就职于1897年，在任期间曾发动过美国对西班牙的经济扩张战争。

装，里边是咖啡色的衬衣和领带，手上戴着钻石戒指，衬衣翻领上别着镶有钻石的领针，前胸口袋照规矩露出手帕的三个硬挺尖角，但露出来的长度又比规矩要求的三英寸略多。

他用一只肉乎乎的手拿着我的名片，看看正面，翻过来看看背面，发现是空的，于是又翻过来看看正面，最后把名片放在桌上，用一个猴子形状的青铜镇纸压住，就跟怕把它弄丢似的。

他向我伸出一只粉色的猫掌。我放开这只猫掌后，它指了指一把椅子。

“坐下吧，马洛先生，我们多少也算同行。你有什么事吗？”

“我碰到了点小麻烦，局长。如果可以的话，您只要花几分钟就能解决。”

“麻烦，”他轻轻地说，“小麻烦。”

局长在椅子上侧过身，跷起一条粗壮的腿，略带沉思地注视着一扇窗户外面，这让我瞧见了他脚上的莱尔线手织袜[1]和色泽考究、仿佛在葡萄酒里浸泡过的英式布洛克鞋。如果不算钱包里的钞票（我也看不见），他穿在身上的东西起码值500块。他老婆肯定很有钱。

“麻烦，”他依旧用轻轻的口吻说，“在我们这座小城里并不常见，马洛先生。我们的城市很小，但是非常非常干净。从我办公室朝西的窗户望出去，就能看到太平洋。没什么比太平洋更干净了，你说是吧？”他没有提起那两艘在三英里外的金色海浪中停靠的赌博游艇。

这事我也没提。“您说得没错，局长。”我说。

他把胸脯向前挺出几英寸：“从我办公室朝北的窗户望出去，能

---

1 把两根棉线拧在一起而形成的一股棉线；相对于普通棉线，莱尔线更加坚韧和高档。

看到阿圭罗大道上的繁华喧闹、迷人的加州小山丘，以及近处这一片人人都稀罕的顶级小型商业区。如果像我现在这样，从朝南的窗户望出去，就能看到世上最好的小型游艇港口。我的办公室东面没有窗户，但如果有的话，还能看到一片能让人流口水的住宅区。不，先生，我们这座小城里不会有什么麻烦的。”

“我猜我大概把自己的麻烦带过来了，局长，至少带过来了一部分。您手下有没有一个叫加布雷斯的便衣警司？”

“有吧，我记得好像有。”说着，他把目光从窗外收了回来，“怎么了？”

“那您手下有没有这么一个人？”我向他描述了那个沉默寡言、矮个子、留小胡子并用警棍打了我的人，“他好像和加布雷斯是搭档。有人管他叫‘布雷恩先生’，不过我觉得这个名字是假的。”

“恰恰相反，不是假的，”那个胖局长像寻常的胖子那样僵硬地说，“这人是我手下的探长，布雷恩警监。”

“我能在您办公室里见一下这两个人吗？”

他拿起我的名片又看了一遍，接着把名片放下来，摇摇泛着光泽的肉手。

“除非你给我一个更好的理由。”他老到地说。

“我恐怕做不到，局长。请问您知不知道一个名叫朱尔斯·安托尔的人？他自称心理咨询师，住在一座名叫‘斯蒂尔伍德山庄’的山顶庄园里。”

“不知道。斯蒂尔伍德山庄在我的管辖范围之外。”局长说道。这时，他的双眼透露出其他念头。

“这就奇怪了，”我说，“您瞧，局长，我因某位委托人的关系，给安托尔先生打过一个电话，安托尔先生觉得我在敲诈他，也许干他那一行的人对此比较敏感吧。安托尔手下有个印第安人保镖，我不是他的对手，于是这个印第安人就摁着我，让安托尔用我自己的枪揍了我。之后，安托尔又叫来两个警察，刚好是加布雷斯和布雷恩先生。您想继续往下听吗？”

瓦克斯局长用双手在桌面上轻轻拍了拍。他闭起了眼睛，但又没完全闭上，冷峻的目光从他厚重的眼皮下射出来，直接落在我身上。他静静地坐着，仿佛在倾听。接着，他睁开双眼，露出了一个微笑。

“后来怎么了？”他询问道，口气礼貌得像斯托克俱乐部[1]的保镖。

“他们调查了我，把我带上车，又在一座山上把我赶下车，用短棍打昏了我。”

他点点头，就好像我说的这些事情稀松平常似的。“而这一切都发生在斯蒂尔伍德山庄？”他轻声说。

“对。”

“你知道我觉得你是什么人吗？”他向前方的桌子略微探身，但因为肚子尺寸的缘故，探出的幅度并不算大。

“骗子。”我说。

“门在那边。”说着，他用左手的小拇指指了指门。

我并没有站起来，而是继续盯着他。等到他开始发火，准备摁下电铃的时候，我说：“我们双方别犯同样的错误。您以为我是个不自量力的小私家侦探，以为我打算控告一名警官——就算他真的干了什么坏事，也有办法为自己开脱。但并非如此，我不是来告谁的，我

1　指一家于1929—1965年间在美国纽约市曼哈顿区营业的高档夜总会，是美国上流社会“咖啡公社文化”的重要符号。

觉得你们警察犯这种错误实属正常。其实，我只是想找安托尔把话说清楚，想让您手下的加布雷斯帮这个忙。布雷恩先生就不必了，加布雷斯一个人就够。另外，我可不是单枪匹马过来的，我背后还有大人物。”

“背后多远？”问完，局长打趣地笑了笑。

“阿斯特道862号，麦尔文·洛克里奇·格雷尔的住所，距离这里有多远？”

他的脸色一下子全变了，就跟换了个人坐在那里似的。“格雷尔太太刚好是我的委托人。”我说。

“去锁一下门，”他说，“你年轻，腿脚比我灵便。记得插上插销。让我们重新开始，好好谈一下这件事情。你长着一张诚实的脸，马洛。”

我站起来，走过去，锁上门。等我从蓝色地毯上走回来时，看到局长拿出一个美观的瓶子和两个玻璃杯。他在记事本上撒下一把豆蔻籽，又把酒倒进两个玻璃杯里。

我们喝了起来。瓦克斯局长剥开几粒豆蔻籽。我们在嘴里咀嚼着籽仁，相互看着对方的眼睛。

“味道真不错。”说着，他又往两个杯子里倒上了酒。这下轮到我剥豆蔻籽了。他把记事本上的果壳扫到地下，然后微微一笑，靠到了椅背上。

“现在我们说正事吧。”他说，“格雷尔太太提供的这份工作和安托尔有关吗？”

“有点关系，不过您最好先查查我讲的是否属实。”

“那好吧。”说着，他把电话拿了过来。他从马甲口袋里掏出一个小本子，查看起电话号码。“竞选赞助者，”他使了个眼色说，

“市长一直要求我们尽可能照顾一下这些人。对了，在这儿呢。”他放下本子，拨打了号码。

和我一样，他在和管家通话时遇上一些麻烦，这让他的脸红了起来。他终于和格雷尔太太说上话了。不过，他的耳朵还是红的，肯定是格雷尔太太对他说了些尖刻的字眼。

“她想跟你说话。”说着，他把电话机推到我跟前。

“我是菲尔。”说完，我冲局长使了个淘气的眼色。

电话那头传来淡漠、挑逗的笑声：“你怎么去找那个死胖子了？”

“我们喝了点酒。”

“你非得跟他喝吗？”

“就目前的情况来说，是的。我为公事而来。我跟他说，有什么新进展吗？我猜你知道我的意思。”

“不知道。但你知道吗，我的朋友，那天晚上你居然让我站在那里等了一个钟头？我给你留下的印象，是不是让你觉得我能忍受这种事情？”

“我当时刚好碰上麻烦了。今晚怎么样？”

“让我想想，今晚……今天到底是该死的星期几？”

“还是等我打电话给你吧，”我说，“我不一定有空。今天是星期五。”

“你是个骗子。”又是一阵软绵绵的沙哑笑声，“今天是星期一，同样的时间和地点。这次你不会放鸽子了吧？”

“你最好还是等我来电话吧。”

“你最好赴约。”

“我没办法确定，我会打电话给你的。”

“这么高不可攀？看来我真是个傻瓜，非要缠着你。”

“事实上你就是个傻瓜。”

“为什么？”

“我没钱，但我有自己的活法，不像你过得那么轻松惬意。”

“去你的，如果你不赴约的话——”

“我说了，我会打电话给你。”

她叹出一口气：“男人都一个样。”

“女人也是——在头九个之后。”

她骂了我并挂上了电话。局长的两枚眼珠子瞪了出来，仿佛它们正脚踩高跷。

他倒上两杯酒，接着用颤抖的手把其中一杯推给我。

“原来是这样啊。”他若有所思地说。

“她丈夫又不介意，”我说，“所以不必小题大做。”

瓦克斯局长喝着自己的酒，看起来有些失望。他剥起豆蔻籽，动作异常缓慢和凝重。我看着对方淡蓝色的眼睛，喝完了杯子里的酒。之后，局长懊悔地把酒瓶和酒杯收起来，拧开了对讲设备的开关。

“让加布雷斯上来，如果他在的话。如果不在，替我联系上他。”

我走过去打开门上的插销，又坐了回来。没过多久，敲门声响起。局长喊了一声，海明威走进屋内。

海明威踩着稳稳的步子走过来，站在桌子一侧看着瓦克斯局长，面带恰到好处的谦卑。

“认识一下菲利普·马洛先生，”局长和蔼地说，“他是从洛杉矶来的私家侦探。”

海明威略微转身，瞧了瞧我。他脸上毫无表情，就跟从来都没有见过我似的。他伸出手，我也伸出手，之后，他又把目光放到局长身上。

“马洛讲了个很有意思的故事，”局长狡猾地说，口气像躲在帷幕之后的黎塞留[1]，“他提到一个名叫安托尔的人。此人住在斯蒂尔伍德山庄，是个算命先生之类的人物。据马洛说，他去拜访安托尔的时候，恰好也碰上了你和布雷恩，之后你们之间又发生了一点争执，细节我记不清了。”他看着窗外，脸上一副着眼大局，不想计较细节的表情。

“搞错了吧，”海明威说，“我从来没见过这个人。”

“你们确实搞错了，事实上，”局长自顾自地说，“无关痛痒，但还是搞错了。不过，马洛先生认为那并不重要。”

海明威又瞧瞧我，脸上依旧没有任何表情。

“事实上，他并不在乎你们有没有搞错，”局长继续自顾自地说，“不过，他倒想拜访一下这位住在斯蒂尔伍德山庄的安托尔。他想找个人陪他去，于是我就想到了你。他想找个能确保他不吃亏的人过去。那位安托尔先生手下似乎有个印第安人保镖，而马洛先生觉得，凭他自己的能力无法控制住局面。你觉得你能找到这位安托尔先生的住处吗？”

“可以，”海明威说，“但斯蒂尔伍德山庄不在管辖范围之内，局长。这只是你个人想帮朋友的忙吗？”

“可以这么理解，”局长看着自己的左手大拇指说道，“当然了，我们并不想做违法的事情。”

“好，”海明威说，“不做违法的事。”他咳了一下，“我们什

1　法国著名政治家，法国国王路易十三的宰相。

么时候动身？”

局长慷慨地看着我。“现在就行，”我说，“如果加布雷斯先生方便的话。”

“我听安排。”海明威说。

局长用一丝不苟的目光瞧着海明威，把他浑身上下的各处细节都扫了一遍。“布雷恩警监今天可好？”他咀嚼着豆蔻籽问道。

“不太好，他犯阑尾炎了，”海明威说，“情况有点严重。”

局长伤心地摇摇头，之后扶着椅子把手勉强站起来，朝桌子上方伸出一只粉红色的猫掌。

“加布雷斯会照看好你的，马洛，尽管放心。”

“您真是太客气了，局长，”我说，“真不知道该怎样感谢您才好。”

“嗨！不必了。这么说吧，能为朋友的朋友效劳，是我的荣幸。”他冲我使了个眼色。海明威琢磨了一下这个眼色，但没有说出自己的结论。

我们动身离开的时候，局长说着客套话，几乎一路把我们送到办公室门口。办公室的门关上了。海明威四下望望走廊，然后看着我。

“干得不错啊，兔崽子，”他说，“看来我们小瞧你了。”

33

车子沿一片静悄悄的住宅区静悄悄地行驶。道路两旁弯曲的胡椒树交织在一起，几乎形成一条绿色通道。阳光透过枝条和瘦长的树叶射了下来。街角一个牌子上说这里是十八街。

海明威开着车，我坐在他旁边。车被他开得很慢，他脸上一副凝重、思忖的神情。

“你跟他说了多少？”他下定决心后问道。

“我跟他说，你和布雷恩到那里去，把我带走，抛下车，又在我后脑勺上打了一棍子。剩下的都没提。”

“没提二十三街和德斯坎索街岔口那家医院的事？”

“没有。”

“为什么不提？”

“因为我觉得不提，你会更乐意跟我合作。”

“那只是想当然。你是真的想跑一趟斯蒂尔伍德山庄，还是把那当成了个借口？”

“借口。其实我是想问问你，干吗要把我扔到那栋可笑的房子里关起来？”

海明威动起了脑筋。他奋力地开动着脑筋，这令他的脸部肌肉在泛灰的皮肤下鼓成了一些小小的疙瘩。

“那是布雷恩的主意，”他说，“那一大坨腱子肉的主意。我并没想让他打晕你，也没想让你自己走回家，那都不是我的本意。我们当时不过是在演戏，因为那个怪力乱神的家伙和我们是朋友，我们一直在替他挡麻烦。如果你了解到他有多少麻烦，肯定会很惊讶的。”

“是惊叹。”我说。

海明威转过头，他的灰眼睛看起来就像两坨冰。他回头看着灰蒙蒙的挡风玻璃，再一次开动起脑筋。

“像他那样的老警察，每过一段时间都会怀念用短棍教训人的感觉。”他说，“这时候，他们就得找一颗脑袋来敲一敲。老天啊，当时给我吓坏了，你倒下去的时候就像一袋水泥，我跟布雷恩抱怨了一大堆。之后我们就把你送到桑德伯格的医院里去了，因为那地方比较近，而且桑德伯格心地善良，肯定会照看好你的。”

“安托尔知道你们把我送到那里去了吗？”

“见鬼，当然不知道了，那是我们的主意。”

“正因为桑德伯格是个心地善良的人，正因为他肯定会好好照顾我，而且正因为我没给他回扣，所以就算我去告你们，他也不会出庭作证。另外，就算我真的去告你们，在这座可爱的小城里，胜诉的机会也不大。”

“你是想来硬的？”海明威若有所思地说。

“不，”我说，“而且我想这一次你肯定也不会。你的工作已经命悬一线了。我想你已经看过局长的眼睛，知道那意味着什么了。我不是单枪匹马找上门来的，这次可不是。”

“好吧。”说完，海明威朝窗外啐了一口，“我只是习惯性大嘴巴，不是真的想动粗。还有什么事？”

“布雷恩真的病了？”

海明威点点头，装出一副很难过的样子，但效果并不好：“真病了。前天开始腹痛，没等医生把阑尾切除，炎症就转移了。还有希望，但情况不乐观。”

“我们可不希望布雷恩发生什么意外，”我说，“像他那样的家伙，在哪间警察局都是人才。”

海明威品了品这句话，然后把它朝车窗外吐了出去。

“好，下一个问题。”他叹着气说。

“你刚才说了你们为何会把我弄到桑德伯格那里去，但没说他为什么要把我关四十八小时，注射那么多麻醉药。”

海明威踩下刹车，让车子轻轻靠边。他把巨大的双手放在方向盘下沿，让两根拇指紧挨在一起，相互摩擦着。

“我也不清楚。”他的声音听起来很遥远。

“我身上带着能证明我是私家侦探的文件，”我说，“还有钥匙、一点钱、几张照片。如果桑德伯格不认识你们，那他肯定会以为，我头上裂开的口子，只是为进到这家医院里四处打探而耍的花招。但我觉得，他肯定和你们很熟，所以这才让我有点想不通。”

“别想通，伙计，那样更安全。”

“原来如此，”我说，“但这总让人憋得慌啊。”

“你的猜测背后有洛杉矶的人撑腰？”

“什么猜测？”

“桑德伯格的事情。”

“也不全是。”

“有还是没有？”

“我面子没那么大，”我说，“只要洛杉矶方面愿意，随时都可以让手下三分之二的人不受限制地到湾城来——警长的人也好，地方检察官的人也好。我在地方检察官办公室有个朋友，因为我原来在那里工作过，那人叫伯尼·奥尔斯，是调查组主任。”

“你把这事捅给他了？”

“没有，我已经有一个月没跟他联系了。”

“那你打算把这事捅给他吗？”

“除非那妨碍到了我正在办的案子。”

“私人案子？”

“对。”

“那好吧，你到底想知道什么？”

“桑德伯格到底是干吗的？”

海明威把双手从方向盘上移开，朝窗外啐了一口：“这条街真不赖，你说是吧？房子不赖，花园不赖，天气也不赖。你肯定听说过一些关于坏警察的传闻，还是你压根儿没听说过？”

“听说过一些。”我说。

“那好，你认识多少警察能住在这样一条漂亮的街上，房前长着漂亮的草坪和花朵？我只认识四五个，都是风纪组[1]的家伙，那帮人把油水全抽走了。像我这样的普通警察，只能住在贫民窟风雨飘摇的破房子里。你想去看看我住的地方吗？”

“你想说明什么？”

“听着，伙计，”大块头严肃地说，“也许你逮到我了，但那没什么用。警察并不是因为钱才变坏的——不经常如此，甚至很少如此。他们只是体制的一部分。他们到外面把人抓起来，只是为了向上头交代。另外，那种坐在漂亮的高级办公室里、身穿漂亮衣服、嘴里一股高档酒味道、嚼上豆蔻籽就觉得自己口吐如兰其实并非如此的家伙，说了也不算。你知道我想说什么了吗？”

“你们的市长是怎样一个人？”

“什么样的人才算市长？当然是政客。你以为他说了算？别天真了。你知道这个国家出了什么毛病吗，宝贝儿？”

“我听说是冻结资金太多了。”

“人们不能按照本意诚实地活着，”海明威说，“这就是这个国家的毛病。要是你坚持原则，就会被骗到一无所有。你只能同流合

1　又名“道德组”，是美国的一个特殊警察部门，专门负责调查“道德性”犯罪，也即涉及赌博、卖淫、贩毒、贩酒（禁酒令时期）等活动的违法行为。

污，否则就没饭吃。有一帮混账东西认为，我们需要的是9000个衣领整洁、手提公文包的联邦调查局探员。别天真了，风气会把他们中的大多数弄得和我们一样。你知道我是怎么认为的吗？我认为应该把这个可怜的小世界推倒重来。就拿道德重整运动[1]来说吧，那才有点意义。道德重整运动，那才有意义，宝贝儿。”

“如果那对湾城有用的话，我以后就吃阿司匹林。”我说。

“你可能太聪明了。”海明威轻声说道，“你自己可能不这么认为，但很可能就是这样。你可能太聪明了，聪明到除了要聪明之外，什么都思考不了。而我呢，只是个笨蛋警察，一个听差的。我家里有一个老婆和两个孩子，大人物说什么，我就干什么。有些事也许你该去问布雷恩，反正我不知道。”

“布雷恩真害阑尾炎了？你确定他不是因为太过歹毒所以朝自个儿肚子上来了一枪？”

“别那么说，”海明威用双手上下拍打着方向盘，抱怨道，“你应该试着把人往好处想。”

“你说把布雷恩往好处想？”

“他也是人，和我们一样。”海明威说，“做过错事，但也是人。”

“桑德伯格是干吗的？”

“好吧，我不是跟你说了嘛。我大概搞错了，但我还以为你是个明白人。”

---

1 简称M.R.A.，由美国传教士布克曼（1878—1961）于1938年在英国牛津大学发起的波及整个西方世界的道德整饬运动，主张通过加强个人道德修养以克服战争、贫困、剥削等社会问题。道德重整运动于二次世界大战后达到顶峰，并持续了一段时间。直到布克曼去世后，该运动才逐渐趋于衰落。

“你根本不知道他是干吗的。”我说。

海明威把手帕掏出来擦了擦脸。“兄弟，我也不想承认我知道，”他说，“但你他娘的应该很清楚桑德伯格是干吗的，跟我和布雷恩一样，要不然我们就不会把你扔到那里去了，要不然你也不会从那里走着出来了。当然，我说的可是真正的违法勾当，而不是用水晶球给老女人看命的小把戏。”

“我一开始可没觉得自己能走着出来，”我说，“他那里有种叫东莨菪碱或‘吐真剂’的麻醉药，能让人在无意识的情况下说真话。跟催眠一样，这种药并不是在任何情况下都好使，但它偶尔也会奏效。我认为，他们当时就给我注射了这种药，好让我说出知道的事情。当时，只有在三种条件下，桑德伯格才会认为我知道的事情对他不利：安托尔提醒过他，驼鹿马罗伊跟他说我找过杰西·弗洛里安，他以为把我扔到那里是警察耍的把戏。”

海明威伤心地看着我。“我跟不上你的思路了。”他说，“谁他妈的是驼鹿马罗伊？”

“一个前几天在中央大街杀过人的大块头。他上过你们的电报，如果你留意过的话。说不定你们那里正有人在盯着电报瞧呢。”

“所以呢？”

“所以桑德伯格一直在保护马罗伊。那晚我溜出去的时候看到他了，他当时正躺在床上看报纸。”

“你是怎么溜出去的？你不是被关起来了吗？”

“我从床上拆下一根弹簧把值班的人打昏了，我运气还不错。”

“那家伙没看见你？”

“没有。”

海明威把车子开离路边，在脸上挂起僵硬的笑容。“我想想看，”他说，“这就说得通了，这就全说通了。桑德伯格一直在窝藏罪犯，只要别人给钱，他就收人。那地方可是干这事的理想场所。另外，他借此捞的钱也不会少。”

海明威突然加快车速，转过一道弯。

“见鬼，我还以为他是卖大麻的呢，”他厌恶地说，“同时找到了合适的后台。不过，真见鬼，那只是不足挂齿的小买卖，太小儿科了。”

“你知道博彩吗？那也是小买卖，如果你只看一张彩票的话。”

海明威又猛地转过一道弯，然后摇了摇头：“没错，还有弹珠台、宾果[1]屋和赌马，但如果把它们加在一起，交给同一个人管，效果就不一样了。”

“哪个人？”

他再次呆滞地看着我，嘴巴紧闭，上下牙在嘴唇后紧紧地咬在一起。我们正沿德斯坎索街朝东走。就是在傍晚时分，这条街也异常安静。直到接近二十三街岔口的时候，外面才变得稍微热闹了一些。有两个人正盯着一棵棕榈树，仿佛在研究怎么搬走它。一辆车停在桑德伯格的诊所前，但车内空无一人。半个街区外，有个人在看水表。

那片房产在白天看是个挺漂亮的地方。茶香月季在窗户下聚成一丛茂密的浅色，同时明暗无序地围在一棵花朵盛开的白合欢树四周。含苞待放的猩红色攀缘月季长在扇形格子凉亭上。一只青铜

---

1 指一种发源于英国的猜数字游戏。在北美的宾果游戏中，玩家会先将要猜的数字填在一张印有5×5格子的卡片上（卡片首从左至右写着“B–i–n–g–o”五个字母），如果主持人连续报出的数字在卡片上排成一列、一行或对角，玩家就大喊一声“宾果”，以表明自己赢下了游戏。后来“宾果”被引入人们的日常语言，意思是“猜中了”“答对了”。

色蜂鸟在香豌豆丛中轻轻探啄。这栋房子看起来像一对喜欢折腾花园、处境宽裕的老夫老妻的居所，它自如地笼罩在傍晚的阳光下，显得寂静而凶险。

经过这栋房子的时候，海明威放慢车速，在嘴角牵出一丝紧张的微笑，同时用鼻子嗅了嗅。之后，他转过一道弯，看看后视镜，加快了车速。

开过三个街区之后，他再次吠起来，同时转过头直勾勾地看着我。

“洛杉矶的人，”他说，“站在棕榈树旁的一个家伙叫唐纳利，那人我认识。看来他们已经把那房子监视起来了。你不是说没跟城里的朋友提起这件事吗？”

“我确实没说。”

“局长知道这个会很开心的。”海明威不快地说，“他们到这里突击检查，居然连个招呼都不打。”

我什么都没说。

“他们是不是来抓那个驼鹿马罗伊的？”

我摇摇头：“据我所知不是。”

“你到底知道些什么，伙计？”他弱弱地问。

“不算多。安托尔和桑德伯格有来往吗？”

“据我所知没有。”

“谁在这座城市独揽大权？”

一阵沉默。

“我听说一个叫莱尔德·布鲁内特的赌场老板花三万块选了个市长，我还听说他是贝维德雷俱乐部和两艘赌博游艇的拥有者。”

“可能吧。”海明威礼貌地说。

“在哪儿能找到布鲁内特？”

“干吗问我，宝贝儿？”

“如果你在这座城市里无处可藏，会往哪儿跑？”

“墨西哥。”

我哈哈笑了起来：“那好吧，能帮我个忙吗？”

“愿意效劳。”

“送我回城里。”

他把车开离人行道，利索地驶上了一条朝大海方向的林荫道。车子到达市政厅、掉头停进停车位后，我走了出来。

“有空经常过来看看我，”海明威说，“没准儿你来的时候我正刷痰盂呢。”

他把大手从车窗里伸了出来：“现在不赌气了吧？”

“道德重整运动。”说着，我握了握那只手。

海明威终于放下架子，由衷地笑了起来。我正准备离开的时候，他又把我叫了回去。他仔细看看四周，探过身，用嘴巴对着我的耳朵说道：

“那两艘赌博游艇停在湾城和加州的管辖海域之外，”他说，“船只是在巴拿马注册的。如果换作我的话——”他的嘴突然闭上，暗淡的双眼透出一丝忧虑。

“明白了，”我说，“我也是这么想的。真不明白我干吗要花那么大力气让你也想到这儿，不过这办法只靠我一个人可行不通。”

他点点头，然后微笑起来。“道德重整运动。”他说。

34

我躺在一张海滨旅馆的床上，等着天黑。屋子很小，床很硬，床垫只比盖在上面的棉毯稍厚一点。一根坏掉的弹簧正顶着我的左后背，我任由它戳着我。

红色霓虹灯的闪光映在天花板上，等到屋里都变成红色，就说明天色暗到可以外出了。车辆在窗外那条被他们称为“赛道”的小路上鸣着喇叭。窗户下的人行道上传来趔趄的脚步声和模糊的低语声，发馊的煎肥油味透过生锈的纱窗吹进来。远处传来一种就应该从远处传来的叫卖声：“尝一尝！尝一尝！新鲜出炉的热狗！尝一尝！”

天色又暗了一些。我在思考，思绪在我脑海里偷偷摸摸地移动，像被一双充满恶意、虐待狂般的眼睛监视着似的。我想起死人的眼睛——盯着没有月亮的夜空，下方的嘴角流出一摊黑血。我想起肮脏的老女人——被人拽着头撞击床柱，死在自己脏兮兮的床上。我想起一个长着亮金色头发的男子——深陷恐惧，但又不清楚怕的具体是什么，预感到了危险，但又不清楚危险会从何而来。我想起那些随便就能弄到手的漂亮阔太太。我想起那些善良、苗条、好奇心很强的独身女孩——同样可以随便弄到手，只要方法得当。我想起像海明威一样的凶悍警察——不那么正直，但也没坏透。前景一片大好的胖警察，讲起话来跟商会会员似的，例如瓦克斯局长。精瘦、聪明、冷酷的警察，他们就算用尽自己的聪明和冷酷，还是没法通过正常途径去办一桩正常的案子，例如兰德尔。我想起那些不再上进、整天发牢骚、令人生厌的老警察，例如纳尔蒂。我想起那些印第安人、心理咨询师和滥用麻醉剂的医生。

我躺在那里想了很多事情。天色又暗了一些，红色霓虹灯映在天花板上的闪烁面积越来越大。我在床上坐起，把双脚放到地下，摸摸后脖颈。

我站起来，走到水池边，用冷水洗了一把脸。不久后，我感觉好受了一点，但也只是一丁点儿。我需要喝一杯，需要上很多人寿保险，需要一个假期，需要一个位于乡间的家，但我有的只是一件外衣、一顶帽子和一把枪。我穿戴整齐后离开了房间。

旅馆里没有电梯。走廊里很臭，楼梯扶手摸上去满是污垢。我走下楼梯，把钥匙扔到柜台上说要退房。左眼皮上长着肉瘤的前台服务员点点头，身穿破旧制服的墨西哥行李员从全加州最脏的装饰橡胶植物后过来帮我拿包。我一个包都没有，所以作为墨西哥人的他还是礼貌地微笑着替我打开了门。

旅馆外的窄马路上乌烟瘴气，人行道上挤满了腆着油肚的家伙。宾果屋里一片嘈杂。一伙领着姑娘的水手正从隔壁的照相馆走出来，估计刚留下几张骑骆驼的合影。热狗小贩的叫卖声像斧子一样把黄昏劈成两半。一辆蓝色公共汽车鸣着喇叭，朝电车专门用来掉头的环形路驶去。我走了这个方向。

过了一阵子，我隐约闻到一股海的气味——不算浓烈，就好像是为了提醒你这里原来也是一片干净的开放海滩，当波涛拍岸、泡沫翻涌、海风吹拂的时候，你还能闻到一些除了油炸和馊汗以外的味道。

人行道电车碾着水泥路开了过来。我爬上电车，抵达终点站，下车，坐到一张又湿又冷、棕色水草快爬到我脚边的长凳上。远处，赌博游艇上的灯已经亮起来了。我搭上下一班电车，回到刚才那家旅馆附近。如果真有人跟踪我，那也太神不知鬼不觉了。我觉得不大可能。这座干净小城的犯罪率不高，所以警察应该学不到跟踪的本领。

黑色的码头平台微微泛光，延伸向远处，直到消失在漆黑的夜色和水面中。还是能闻到煎肥油的味道，但大海的气息已夹杂其中了。热狗小贩还在嚷：

“尝一尝！尝一尝！新鲜出炉的热狗！尝一尝！”

我看到他在白色烧烤摊前用一把长长的叉子拨着德国香肠。尽管现在还没到旅游旺季，他的生意却很火爆。我只能站在那里等着，直到有机会单独接近他。

“最远处那艘叫什么名字？”说完，我用鼻尖点点远处。

“蒙提西托号。”他直勾勾地看着我。

“如果我有钱，能上那里找乐子去吗？”

“什么样的乐子？”

我自嘲般地大笑起来，笑得异常卖力。

“热狗！”他吆喝道，“新鲜出炉的热狗！”这时，他突然拉低声调说道，“找女人？”

“打住！我指的是一间能吹到海风、吃上佳肴、没人打扰我的房间，总之跟度假差不多吧。”

他缩了回去。“你说的我都没听到。”说完，他继续吆喝。

他又卖出几根热狗。我也不清楚自己为什么会找上他，但他就长着一张那样的脸。一对儿穿短裤的年轻男女过来买了两根热狗，走的时候，男孩把手搂到了女孩的胸罩上，俩人相互喂着对方香肠。

小贩朝我跨出一步，把我瞧了个遍。“现在我有空吹一曲儿《皮卡迪玫瑰》[1]了，”说完，他停顿了一下，“你得付点钱才行。”他说。

“多少？”

1　一首在第一次世界大战期间开始流行的英国流行歌曲。

"50。不能再少了，除非他们找你有事。"

"湾城原来不是这样的，"我说，"没那么露骨。"

"我觉得现在也是，"他拖长了声音说，"为什么找上我？"

"我也不知道。"说完，我把一张一元钞票扔到他的柜台上，"拿去养孩子吧，"我说，"或者接着吹你的《皮卡迪玫瑰》。"

他弹了两下钞票，先纵向对折，再横向对折，最后又折了一道。他把对折好的钱放在柜台上，用中指顶到大拇指后一弹。那一块钱轻轻击中我的胸脯，悄无声息地落到地上。我弯腰捡起钱，迅速转身，发现身后并没有谁看着像警察。

我靠到柜台上，又把钱放下来。"我不接受别人把钱扔给我，"我说，"只接受用手递给我。你介意吗？"

他拿起钞票，打开，铺平，用围裙擦擦。之后，他打开收银台，把钱放进了抽屉。

"人们都说钱不臭，"他说，"有时我会想这是为什么。"

我什么都没说。又有几个顾客过来买上热狗离开了。夜晚的凉意来得很快。

"换我是不会上'皇冠号'的，"小贩说，"因为那是专门给尝到点甜头就上钩的小松鼠[1]准备的。我看你像个侦探，不过这不关我的事。但愿你的游泳技术还不错。"

我动身离开热狗摊，心想干吗偏要找他。这就是直觉，用直觉试试，再打个激灵。有时候你早上醒来满脑子都是直觉，不闭上眼用指头在菜单上戳一下都点不了咖啡。这就是直觉。

1　当时著名的赌场大亨兼私酒贩子安东尼·科内罗（1899—1955）喜欢把光顾自己赌博游艇的客人戏称为"小松鼠"。

我到处走了走，想看看后面有没有奇怪的人跟踪我。之后，我又想找一家没有油炸味的餐厅，结果很快找到了一家亮着紫色霓虹灯、芦苇帘后是吧台的地方。一个棕红色头发的小白脸弓着腰，坐在盖子合上的大三角钢琴面前，他一边淫荡地搔扒着琴键，一边唱着慢了半个拍子的《星空阶梯》[1]。

我一口吞下手里的干马提尼[2]，赶快穿过芦苇帘，来到用餐的地方。

那顿价值85美分的晚餐吃起来就像没人要的包裹，负责上菜的服务员看起来就像愿意为了25美分揍我一拳，为了75美分割断我的喉咙，为了一块五把我装到一桶水泥里扔进大海——所有费用还都算上了营业税。

35

花25美分能走这么远已经很不错了。这艘“水上的士”是用救生艇改造的，船身有四分之三刷了油漆、装了玻璃。它在抛锚的游艇中间穿行，绕过了防波堤尽头的大石碓。海浪毫无预警地拍打过来，令小船像软木塞一样摇晃着。夜幕刚刚降临，所以船上还有足够的地方让你吐。船上除了我，还有三对情侣和一个快艇司机。快艇司机长相彪悍，坐姿重心放在左臀上，因为他右臀口袋里装着一个黑皮子腰部

1 一首创作于20世纪30年代的爵士乐流行歌曲。

2 以金酒或苦艾酒为基酒，辅以橄榄和柠檬卷调配成的鸡尾酒。

枪套。那三对情侣刚出海就在对方脸上啃了起来。

我回头看着湾城的灯光，尽量不去刻意地阻止晚饭在胃里翻腾。稀疏的灯光渐渐聚拢，成为一串展示在黑夜橱窗中的珠宝手镯。很快，城市的灯光渐渐褪去，变成海浪顶端若隐若现的浅橘色光点；海浪平缓、修长、不带浪花，腾起的高度恰好处在能让我暗自庆幸晚餐时没喝威士忌的范围之内。水上的士在颠簸中前行，海浪渐渐变得凶险起来——像响尾蛇在跳舞。周围的空气冷了下来，这种湿冷永恒地折磨着水手们的关节。红色霓虹灯勾勒出的皇冠号的轮廓，在左边渐渐变暗，消失在滑行于海面上的幽灵般的灰色迷雾中——突然，那艘船又亮了起来，就像刚买来的珍珠一样。

我们在皇冠号远处抛下锚，那艘船从这里看过去还不赖。水面上传来一阵音乐声，当然了，但凡在水面上听到的音乐声，都是欢快的。皇冠号抛下四根缆绳，像码头一样稳稳坐在海浪上。登船台像大剧院的入口一样灯火辉煌。这时，皇冠号上的灯火再次变暗，一艘小一些、旧一些的游艇钻出黑夜，在视野中向我们靠近。这是一艘改造过的远航货船，锈迹斑斑，船的上部被砍到了几乎和甲板齐平的程度，两根粗矮桅杆墩的高度刚好够放无线电天线。蒙提西托号上同样亮着灯，船上的音乐声从潮湿、黑暗的远方大海传来。刚才那几对儿抱着亲热的情侣，将牙齿从对方脖子上拔出，看着那艘船，发出了咯咯的嗤笑声。

水上的士划过一道长弯，刚好倾斜到令乘客心一提的程度，之后在登船台旁的麻绳缓冲护舷上停靠下来。快艇发动机全程都没有熄火，朝身后的雾气轰鸣着。一道慵懒的探照灯光束在皇冠号50码外扫着圈。

快艇司机用钩子钩住登船台。一个穿蓝色晚礼服、衣服上的纽扣亮得晃眼、笑容灿烂、嘴巴像匪徒的黑眼小子，把姑娘们先拉上了船，我是最后一个。他仔细打量我的随意眼神，透露了他的做派。他撞我肩膀的随意姿势就更不用说了。

“站住，”他轻声说，“站住。”

他的声音流畅而沙哑，像从丝绸手帕上滤下来的小杂碎。他冲快艇司机摆摆下巴，快艇司机把绳圈套到一个桩子上，稍微拨了一下方向盘，随后爬上登船台，走到我身后站着。

“带着家伙事儿不许上船，哥们儿。总之就是他娘的抱歉了。”穿燕尾服的家伙用假嗓说道。

“我可以先交出来，那玩意儿只是我日常着装的一部分。我是来找布鲁内特谈事情的。”

看起来他对这个答案并不满意。“没听过这个人，”他微笑着说，“快滚吧，哥们儿。”

快艇司机伸出手腕钩住了我的右胳膊。

“我要见布鲁内特。”我说。我的声音听起来疲惫、脆弱，像个老太太。

“别跟我争了。”黑眼小子说，“这里可不是湾城，也不是加利福尼亚，甚至在某种意义上也不是美国。快滚吧。”

“上船。”快艇司机在我身后低吼道，“算我欠你25美分，走吧。”

我回到了快艇上，穿燕尾服的家伙面带油滑的微笑看着我。我看着这张脸，直到它不再微笑，不再是一张脸，而只是登船台灯光下的一个模糊黑影。我看着那个黑影，心怀渴望。

回来的路感觉比去时还要长。我没和快艇司机讲话，他也没和我讲话。我在码头下船后，他递给我一枚25美分硬币。

“下次吧，”他疲惫地说，“等我们回程还有位子让你退票的时候。”

那六七个等着上船的乘客一面盯着我，一面聆听快艇司机讲话。我径直走过他们，穿过浮台候船室的门，朝通向陆地的矮台阶走去。

一个脚踩脏球鞋、裤子上沾满沥青、身穿蓝色水手衫残骸、半边脸被黑影覆盖的大块头红发壮汉，从栏杆上直起身子，漫不经心地撞了我一下。

我停了下来。他看起来个头可真大，比我高三英寸、重30磅[1]，可我当时气得直想往别人脸上揍一拳，就算我剩下的只是一条僵硬的胳膊。

后面的灯光很暗，几乎没有照到他身上。“怎么了，伙计？”他拖长了声音说，“是不是在游艇上碰钉子了？”

“快去补补衣服吧，”我对他说，“你的肚子都露出来了。”

“这算什么，”他说，“你的枪都把衣服撑鼓了。”

“关你屁事。”

“老天，我只是好奇而已，没别的意思。我无意冒犯你，伙计。”

“那就滚开别挡着道。”

“行，我只是站在这里发呆。”

他慢慢露出一个微笑。他的声音酥软、娇嫩，和他那副体格并不相称，这让我想起另一个声音温和的大块头，我对那人有种奇怪的好感。

“你刚才没找对路子。”他伤心地说，“叫我雷德就行。”

1　马洛身高约183厘米，体重约88公斤，此人身高约190厘米，体重约100公斤。

“站一边去，雷德。再厉害的人也会犯错误，我现在只想揍人。”

他左想想右想想，同时把我撵到浮台棚子的角落里。此时我们周围好像没人了。

“你不是想上‘蒙提号’吗？没问题，只是你得先给我个理由。”

一帮神情欢快、衣着光鲜的人从我们身边走过，爬上水上的士。我等着他们走远。

“你的所谓理由要多少钱？”

“50块，在船上淌血得加10块。”

我准备绕过他走开。

“25，”他轻声说，“如果有朋友捎你回来，只要15。”

“我没朋友。”说着，我走开了，他并没有阻止我。

我向右一转，沿水泥人行道往前走。人行道上来来去去的小电车像婴儿车一样碾着路面，发出的喇叭声之小甚至吓不到孕妇。在第一个码头旁边，有间灯光闪闪的宾果屋，里头已经挤满了人。我走进去，靠到几个玩家身后的墙上。这里还站着很多排队的人。

我看着显数器上的数字，听着荷官宣布这些号码一一失效，想趁机弄明白谁是枪手，但没成功，于是转身准备离开。

一个浑身沥青味、穿蓝衣的大块头走到我旁边。“没钱，还是钱不够？”一个温和的声音传进我的耳朵。

又是刚才那个人。他长着一双你肯定没亲眼见过，而只在书上读到过的眼睛——蓝紫色眼睛，接近深紫了。这是一对儿女孩子才会有的眼睛，还是那种很可爱的女孩子。他的皮肤像缎子一样丝滑，白里透红，感觉永远都晒不黑，简直娇嫩极了。他的个头比海明威大，但要年轻很多；比驼鹿马罗伊小，走起路来异常敏捷。头发是那种闪着光的暗红色。可除了那双眼睛，他脸上的其余部分看起来就像个农夫，丝毫没有那种夺目的帅气。

“你是干哪行的？”他问道，“私家侦探？”

“我有必要告诉你吗？”我不耐烦地说。

“看来我猜对了，”他说，“25还嫌贵？他们没给你花销？”

“没有。”

他叹出一口气。“算了，反正也是个馊点子，”他说，“他们肯定会撕了你扔海里的。”

“那有什么值得大惊小怪的。你又是干哪行的？”

“到处找人赏饭吃的。我原来是警察，后来被他们废了。”

“干吗告诉我？”

他脸上一副吃惊的表情：“是真的！”

“你只是想安慰安慰我吧？！”

他无奈地笑了笑。

“你认识一个叫布鲁内特的家伙吗？”

无奈的微笑还挂在他脸上。宾果屋里接连叫出三声“宾果”，他们的效率可真够高的。一个长鹰钩鼻、两颊蜡黄消瘦、身穿皱巴巴西服的高个儿男人走到我们旁边，背靠墙站着，但并没有看向这边。雷德冲他探过身子，问道：“你有什么事儿吗，伙计？”

高个子鹰钩鼻笑笑，然后走开了。雷德也笑笑，接着又倚到墙上，令那栋房子震了一下。

“我认识一个家伙能制住你。”我说。

“我还以为有好几个呢。”他严肃地说，“个头大费钱，买东西都找不到合适的尺码，他得花更多钱吃饭、穿衣、找能伸直脚的床睡觉。我现在不就为了这个才跟你耗着嘛。你可能觉得，这地方不大适合说话，其实不然。这间屋子里谁是便衣，我一眼就能看出来，至于剩下的那些人，关心的只是显数器上的数字。我有艘小船，而且知道一条秘密登船路线。我是说，我可以借一条船。这排码头前面其中一个是黑着灯的。蒙提号上有个货运舱口，我能打开它。我原来在那艘船上卸过货，甲板下面没几个人。”

“他们有探照灯和岗哨。”我说。

“没关系，能绕开。”

我掏出钱包，抽出一张20元面额和一张5元面额的钞票，抵着肚子将它们折小。那双紫色眼睛假装没看我。

“只付单程的钱？”

“不是说好了单程15吗？”

“行情涨了。”

一只沾满沥青的手吞下了钞票。他轻手轻脚地离开了，直到消失在门外炎热的黑暗中。那个鹰钩鼻突然在我左侧现身，悄悄说道：

“我好像认识那个穿水手衫的家伙。他是你朋友吗？我以前好像见过他。”

我在墙上直起身子，一声不吭地从他旁边走开，出门向左转，看到一颗高昂的头颅在前方100英尺外从一盏路灯下移动到另一盏路灯下。几分钟后，我钻到两个特许经营摊位之间。长鹰钩鼻的家伙又出现了，他正低头走着。我走到他旁边。

“晚上好，”我说，“我能猜猜你体重赚25美分吗？”说着，我向他靠了过去。他皱巴巴的衣服下面藏了把枪。

他抬起眼睛，面无表情地看着我。“屁股痒了吧，小子？我是他们派到这一带来维持治安的。”

“刚才谁扰乱治安了？”

“你朋友我看着很眼熟。”

“那当然了，他是警察。”

“噢，见鬼，”鹰钩鼻耐心地说，“怪不得眼熟。祝你晚安。”

他转身，顺来时的路走了回去。那颗高昂的脑袋终于不见了，其实我一点都不害怕，那小子没什么可怕的。

我继续慢慢地往前走。

36

远离了路灯，远离了电车的轮子声和喇叭声，远离了煎肥油味、爆米花味、尖叫的孩子、招徕游客看西洋镜的家伙，远离了这一切，只剩下大海的气息、突然映入眼帘的干净海岸线，以及在鹅卵石上变成泡沫的浪花。我走在路上，周围基本上没人了。噪音在我身后渐渐消失，燥热、狡诈的灯光被老实巴交的闪烁取代。这时，我看到一座黑色码头把自己那根没亮灯的手指向漆黑的大海伸了出去。雷德说的肯定就是这个码头，我转身走上去。

雷德站在一个箱子前（箱子放在起头几个码头桩旁边）对我喊起来。“对了，”他说，“你先到楼梯那里等着，我得去把船取过来，顺便热热发动机。”

“海岸警察刚才盯上我了，就是我们在宾果屋旁边瞧见的那个人，我只好停下来跟他讲了几句话。”

“那是奥尔森，专门抓扒手的。他很厉害，只不过有时会为了补业绩放个钱包在路人口袋里陷害别人。这已经算厚道的了，你说是吧？”

“对湾城来说，应该是的。咱们快动身吧。感觉起风了，雾虽然不浓，但还有用，我可不希望它被吹散了。”

“没事，至少能撑到我们躲开探照灯，”雷德说，“不过甲板上还有几把汤普森冲锋枪守着。顺码头往前走吧，我一会儿过来。”

他融进了夜色，我在漆黑的甲板上一边行走，一边在卸鱼时留下的黏液上打滑。码头尽头是一排脏兮兮的矮栏杆，有几个人聚在那里，他们突然走开了，其中一个人的嘴里骂着脏话。

我听着海浪拍打木桩的声音，度过整整十分钟。一只夜行鸟在黑暗中盘旋，一片翅膀上模糊的灰色在我视线中一闪而过。一架飞机在天边嗡嗡作响，发动机的吼声越来越大，直到变成好像有半打卡车在你面前轰鸣而过一样。过了一阵子，那声音渐渐减弱，四周又陷入一片寂静。

又过去几分钟。这时，我回到楼梯处，像踩过潮湿地板的猫那样小心翼翼走下台阶。一个黑影钻出夜色，撞上了什么东西。一个人声传来：“好了，上来吧。”

我爬上船，钻到遮棚下，坐在他身边。小船从水上滑了出去。排气管并没有响起，只是从船壳两侧传来一些水流愤怒的汩汩声。湾城的灯火再次变成与之格格不入的翻腾海浪远处的光点。皇冠号夺目的灯光再次从一侧慢慢溜走，那艘船看上去自得其乐，跟站在旋转舞台上的时装模特似的。蒙提西托号的船舷再次冲出太平洋的黑暗映入眼帘。探照灯稳稳地在船体四周扫射，如同灯塔上的光束。

“我害怕，”我突然说，“害怕极了。”

雷德减小马力，令小船在翻涌奔腾的海浪中保持着静止。他转过脑袋看着我。

“我害怕死亡和绝望，”我说，“害怕漆黑的水面、淹死的人脸、眼窝塌陷的骷髅头。我害怕死去，害怕虚无，害怕找不到一个叫布鲁内特的人。”

他咯咯笑了起来：“你说的话我差点就听进去了，你这一席话还真给自己打气啊。没错，布鲁内特可能在任何地方，他可能在另一艘船上，可能在自己的某间夜总会里，也可能在东边，雷诺市，待在家里穿着拖鞋。你是想让我说这个吗？”

“我在找一个叫马罗伊的人，一头因抢劫银行在俄勒冈州立监狱待了八年的巨兽。他之前一直躲在湾城。”我把事情跟雷德说了——都说了，包括不该说的。这肯定是因为看了他那对儿眼睛的缘故。

我讲完后，雷德想了想，然后慢慢说了起来。他开口时，有几缕雾气像胡须上的水珠一样粘在嘴边，这可能让他的一席话听上去更有智慧了，也可能没有。

“你说的这些事情，有的有道理，”他说，“有的没有。有的事情我略知一二，有的完全不懂。假设桑德伯格在窝藏罪犯、分销大麻、派人抢劫那些无所顾忌的阔太太，那他确实可能在市政府有后台，但是，这既不意味着那个后台知道他的所有勾当，也不意味着湾城的每个警察都知道他有后台。比方说，布雷恩可能知道这件事，但那个你叫作海明威的家伙可能就不知道。布雷恩的确是个坏蛋，但另外那位仁兄只是个凶悍的普通警察，不好也不坏，不奸猾也不诚实，空有一身胆量，和我一样蠢到以为干警察是个好职业。那个搞心理咨询的家伙，我也琢磨不透。他在最好的自由市场，也即湾城，为自己买了一整套保护伞，以便在必要时能派上用场。你永远不会知道这种人心里想的是什么，永远不会知道他有没有良知，或在害怕什么。也许他也有人性，偶尔还会爱上自己的客户。至于那些大批面世的阔太太，造她们简直和糊纸娃娃一样简单。所以按我的判断，你之所以会被扔进桑德伯格的医院，仅仅是因为布雷恩知道，桑德伯格一旦发现你的身份就会害怕。他们捅给桑德伯格的理由，也就是桑德伯格跟你说的那个：看到你在外头乱逛，神志不清。布雷恩知道，桑德伯格肯定不敢把你怎么样，他既不敢放你走，也不敢杀你，这样等他犹豫上一阵子，布雷恩就可以上门抬一抬保护费了。差不多就这些吧。总之你刚好有利用价值，而他们又利用了你。另外，布雷恩可能也知道马罗伊的事情，否则说不通。”

我看着探照灯的光线扫过水面，听着水上的士在右边远处来来去去的动静。

“我知道这帮家伙是怎么想的，”雷德说，“警察之所以出问题，并不是因为他们蠢，他们坏，或他们狠，而是因为他们当上警察后，就觉得自己手上多出来一点原来没有的东西。那玩意儿也许他们有过，但后来又没了。他们头上骑着太多聪明脑袋瓜了。说到这儿，我们就顺便聊聊布鲁内特吧。布鲁内特只是不想被打扰，而不是想在湾城独揽大权。他之所以花那么大笔钱选个市长，只是为了让他的水上的士生意不受打扰。一旦他想要得到什么东西，那帮人就会拱手送上。比方说，很久以前，他有个朋友，一个律师，本来是酒后驾车的重罪，后来在布鲁内特的帮助下，改成了鲁莽驾驶。他们为此改了记录，那也是重罪。你就想吧，布鲁内特的勾当是开赌场，而如今这个年头，所有勾当又都关联在一起。所以说，他很可能也掌控着大麻生意，或是派了个手下去做这事，他本人再从中抽取提成。他可能认识桑德伯格，也可能不认识。但珠宝抢劫就过线了。你想想，那帮家伙抢劫不就为了8000块嘛？！布鲁内特才不会傻到去干那种事情呢。”

“嗯，”我说，“还有个人被杀了，这个记得吧？”

“那也不是他干的或他叫人干的。如果人是布鲁内特杀的，你们根本不会见到尸体，更不会知道他衣服口袋里还藏着东西。他干吗要冒这个险？你瞧，为了25块钱，连我都愿意做这么多事情，那布鲁内特在不得不花钱的时候，又会怎么办呢？”

“谋杀会不会是他指使别人干的？”

雷德想了一会儿：“有这个可能，人可能是他派人去杀的。但他不是个狠角色。布鲁内特这种江湖人士是新品种，人们一度认为，他们同旧时代的强盗和往饮料里加酒的流氓是一样的。大嘴巴警察局长在广播里大吼大叫，说他们是没底线的鼠辈，连妇女和婴儿都不肯放过，一碰上穿制服的家伙就下跪求饶。他们应该先去了解一下情况，而不是向公众兜售这些没用的东西。没错，世上确实存在一些没底线的警察和没底线的杀手，但那毕竟是他娘的少数。至于那些真正的高手，比如布鲁内特，不是靠打打杀杀，而是靠胆识才爬上去的——虽然他们同样不具备警察那样的团队斗志。总之，这帮家伙是生意人，和所有生意人一样，他们图的也是钱。有时会遇上一些挡道的，那好，干掉。但不管怎样，他们在杀人之前都会仔细斟酌一番。见鬼，我干吗在这里发表长篇大论？”

“也就是说，布鲁内特那种人不会窝藏马罗伊，”我说，“尤其是在马罗伊杀了两个人之后。”

“对，除非涉及金钱以外的原因。现在要回去吗？”

“不回。”

雷德把双手放到方向盘上，小船加快了速度。“别以为我喜欢这帮杂种，”他说，“我恨透了他们所谓的胆识。”

37

探照灯射出一束被薄雾充实的光束，把游艇附近100英尺的水面照得一览无遗。当然，那可能是唬人的，尤其在深夜。如果有人想打这艘船主意，那他肯定需要很多同伙，而且动手还得等到凌晨四点左右，顾客渐疏、只剩下几个不甘心的赌徒、船员都因疲惫而迟钝的时候。但即便如此，抢劫这艘船也不是什么明智的主意，因为已经有人这样试过了。

一艘水上的士停靠在登船台旁，卸下货，又朝岸边驶去。雷德令小船在探照灯照亮的水汽边缘熄火。如果对方一时兴起，把探照灯的照射范围再向外推几英尺的话……不过，他们并没有这么做。光束慵懒地扫过，把平静的海面照亮，小艇进入警戒线后快速接近船尾，经过两个近旁泛着浮渣的巨大铁锚。我们偷偷接近油腻的船壳，羞涩得像旅馆安保员要不动声色地把皮条客从大堂里轰出去时一样。

头顶出现两扇铁门。它们看起来又高又重，给人一种就算靠近也打不开的感觉。小艇擦着蒙提西托号陈旧的船板，海浪散漫地抽打着我们脚下的船壳。一个高大的身影突然出现在我一侧的昏暗中，一圈绳缆被抛向空中，抽直，绳头被抓住，绳尾落入水中，溅起水花。雷德用船钩把绳尾捞出来，将绳子系到引擎盖上的某个地方，海上弥漫着淡淡的雾，刚好令这一切都显得不那么真实。湿乎乎的空气冷得就像爱的余烬。

雷德凑到我耳畔轻轻呼着气：“这艘船傲得很，一阵风吹来绳子就拴不住她了，[1]所以我们还是得顺船壳往上爬。”

“我快等不及了。”我边说边发抖。

他拿着我的手搁到方向盘上，把了一下船头，调好节气阀，对我说别让船乱动。突然，船板上冒出一架梯子，它贴在弧形的船壳上，横杆估计和抹了油的垂直爬杆一样滑。

要爬上去，感觉就像要翻过办公大楼的装饰檐那样困难。雷德在裤子上揩揩手，沾上些沥青，之后便抓住了梯子。他一下就把自己拽了上去，连哼都没哼一声；他的球鞋抓在铁杆上；为了方便发力，身子扭朝右侧。

探照灯在我们远处扫来扫去，水面反射过来的灯光把我的脸照得像火光一样显眼。不过，什么都没发生。这时，从我头顶传来一阵铰链扭动的声音。一道幽灵般微弱的黄光亮了起来，射入并消失在雾气之中。货运舱口的一半轮廓映入眼帘，这扇门不可能从里面打开，所以我很纳闷。

那阵低语声只是纯粹的声音，不包含任何信息。我放开方向盘，开始向上爬。这是我所经历过最艰难的一段旅程了，它把我气喘吁吁地带到一间到处堆着箱子、木桶、绳缆和生锈椅子的充满霉味的仓库中。耗子在屋子角落里叫唤。那道黄光是从前头的一扇窄门中射出来的。

雷德再次对着我的耳朵说：“正前方是锅炉房，我们要偷偷溜过去。那里有个备用蒸汽发动机，因为这艘船不烧柴油。他们有可能留了个人在下面。甲板上工作的人比甲板下的工资高一倍，比如荷

1　这句话同时也是一句下流话，大意是：“她现在正爽着呢，只要你再吹上一口，她就升天了。”

官、观察员、服务生什么的，当然，他们的合同上写的都是和船有关的工作。锅炉房里有个没栅栏的通风口，我会指给你看。通风管爬出去是甲板，那里是禁区。到时候你只能靠自己了，如果你还活着的话。”

“你在船上肯定有亲戚。”我说。

“比这个有意思。你会很快回来吗？”

“我应该会被他们从甲板上扔下去，”说着，我掏出了钱包，“所以还得给你一点钱。拿着，记得善待我的尸体。”

“你不欠我什么了，伙计。”

“就当是返程票的钱吧，虽然我不一定用得着。把钱拿好，不然一会儿我哭起来要把衬衣弄湿了。”

“需要我上去帮你吗？”

“不必了，我需要的是一条如簧巧舌，虽然我现在口钝得像鳄鱼背。”

“把钱收好，”雷德说，“你已经付过回程的钱了。我感觉你是害怕了。”他握住了我的手，他的双手坚实而有力，很温暖，还有一点点黏。“我知道你害怕了。”他低声说道。

“没关系，”我说，“总会有办法的。”

他转身从我近旁走开，面带一副有趣的表情——在昏暗的灯光下看得不是很清楚。我尾随他穿过箱子和木桶，跨过铁质门槛，来到一条满是船舱味、昏暗而狭长的通道之中。穿过通道是一个铁架平台，上面沾满了油，所以很滑。再下来是一个铁梯子，很难抓牢。燃煤炉内缓慢燃烧的嗞嗞声盖过了一切杂音。我们转过一道弯，朝声源所在的钢铁山岭进发。

在一个转角附近，我们遇到一个又矮又脏的意大利佬[1]。他身穿紫色丝绸衬衣，坐在一把用铁丝固定的办公椅上，头顶有一盏裸体白炽灯，他在一根漆黑手指和估计连他爷爷都用过的金属边眼镜的帮助下，阅读着晚报。

雷德悄悄摸到他身后，轻轻地说：

“你好呀，矮子。孩子们[2]都好吧？”

意大利人倒吸一口气，把一只手伸到了紫色衬衣的敞口处。雷德用拳头打在他的腮帮上，抓住了他的手。之后，雷德轻轻把他摁到地板上，开始动手把他的紫色衬衣撕成碎片。

“撕碎衣服比狠狠揍他还够他受。”雷德轻声说，“我这么做是因为你在通风管里爬梯子的时候，下面动静会很大。不过，上边什么都听不到。”

在雷德利落地绑好意大利人、往他嘴里塞上东西、把眼镜折叠好并放到安全的地方之后，我们来到了那个没有栅栏的通风口跟前。我抬起头看了看，里头漆黑一片。

“再见了。”我说。

“你确定不要我帮忙？”

我像条淋湿的狗那样摇摇头：“我需要的是一个连的海军陆战队队员，否则我要么单干，要么就不干。再会。”

“你大概会去多久？”他的声音里还是有些担忧。

“一个钟头以内。”

他盯着我，咬着嘴唇。这时，他点了点头。“有时候身为男人只

1　主流美国人对部分南欧移民的蔑称。

2　这里的“孩子”，是意大利语词汇“bambino”，指“婴儿”或“小小孩”。

能如此，”他说，“有空就到那家宾果屋找我。”

他轻轻地走了，但刚走出四步又回来。“货运舱口的事情，”他说，“也许能帮到你，别忘了。”说完，他就快步离开了。

38

冷冷的空气顺通风管俯冲下来，出口看起来还很遥远。过了有一个小时那么长的三分钟后，我把头从喇叭状的出口里小心翼翼地探了出去。近处能模糊看到几艘救生艇，都用帆布盖着。黑暗中有人在低声交谈。探照灯的光束缓缓扫着圈，光源在更高的地方，可能是某根桅杆墩顶部的扶手平台。那里估计有个小子守着，怀里抱着冲锋枪，甚至是勃朗宁轻机枪。一份冷酷的差事，一丝充满寒意的慰藉，你遇上了好心人忘锁货运舱口大门。

远处悸动的音乐声像廉价收音机里传来的嘈杂低音。一盏桅杆灯悬在头顶，几颗寒星透过层层雾气盯着地面。

我从通风管爬出来，将点三八口径手枪从肩部枪套里取出来，紧紧贴在肋部，用袖子挡着。我悄悄走出三步，停下来听了听动静。没什么情况。模糊的交谈声停下了，原因和我无关。我知道声源在哪里——两条救生艇之间。黑夜和迷雾中，光亮突然汇聚在一起，形成一道神秘光线，照在一挺漆黑三脚架机枪的枪身之上并翻下了栏杆。有两个人站在栏杆旁边——一动不动，没有抽烟。他们又开始低声交谈，但听不清说的什么。

我听的时间太久了。这时，另一个清晰的声音从我身后传来。

"抱歉，按规定顾客不能上甲板。"

我不紧不慢地转过身，看着他的双手。那两只手上亮亮的，并没有拿枪。

我点着头，朝侧面迈出几步，刚好让一艘救生艇的船尾挡住我们。那个人轻轻地跟着我，他的鞋子踩在湿漉漉的甲板上，一点声音都没有。

"我好像迷路了。"我说。

"我想也是。"他的声音听起来挺年轻，没有那种如同咀嚼大理石般的粗粝感，"扶梯下面有扇门，用的是弹簧锁，那锁很管用。原来那里没有门，只挡着铁链和黄铜告示牌。后来我们发现，经常会有好动的家伙无视告示跑上来。"

他和我说了很久的话，既可能是在表示友好，也可能是在等待，我不确定是哪一种情况。我说："肯定是有人忘了把门关上。"

黑影点点头。他比我矮。

"不过，你现在应该知道我们的处境了：如果有人没关门，那老板肯定会很生气；如果门是关着的，那我们想知道你是怎么上来的。想必你明白我的意思。"

"当然明白了。那我们下去和你老板说清楚吧。"

"你有同伴？"

"很棒的同伴。"

"你应该和他们待在一起的。"

"你也知道怎么回事儿，有时你才转了一下头，就发现另一个家伙在请她喝酒了。"

他轻声笑了出来。这时，他略微点点下巴。

我一弯腰，朝侧面来了个蛙跳，短棍挥动的声音于是变成安静空气中的一声长长叹息。自动挥过来的短棍在这一带越来越常见了。那个高个子在嘴里咒骂着。

我说：“想当英雄就来吧。”

我故意把手枪上的保险大声推开。

有时候拙劣的表演也能镇住场面。高个子站在原地不动了，短棍在他的手腕附近挥舞着。同我说过话的人不慌不忙地思考着怎么对付我。

“带着枪也没用，”他用沉重的口气说，“反正你下不了船。”

“这个我也想过了。不过后来我又开始好奇，你们到底有多无所谓。”

这招还是不管用。

“你到底是来干吗的？”他轻声说道。

“我有把动静很大的枪，”我说，“但这不意味我一定要开火。我想找布鲁内特谈谈。”

“他去圣地亚哥出差了。”

“那我也要和管事儿的人谈谈。”

“好小子，”那个态度友好的人说，“我们可以一起下去，但你进门前一定要把枪收好。”

“那我得先确认自己一定能进去。”

他轻声笑了出来：“回你的位置去吧，‘瘦条’。这事情我来处理。”

他懒洋洋地在我前方走着，那个高个子消失在了黑暗中。

“那跟我来吧。”

我排成纵队穿过甲板，走下挡着黄铜告示牌的湿滑阶梯。楼下有一扇厚重的门，他打开门，看看锁，面露微笑，点点头，替我挡着门，让我收好枪走了进去。

门在我们身后咔嗒一声关上。他说：

“今晚真安静，至少到目前为止还是。”

我们面前是一道镀金拱门，之后是一间赌厅，里头人不太多。赌厅没什么特别的地方：远处是短短的玻璃吧台和高脚凳；中间有个下行的扶梯，音乐声从那里传来。我听到了轮盘赌的声音。荷官在给一个孤单的顾客发菲罗牌。待在这间屋子里的人，总共加起来不超过60个。菲罗牌桌上放着一沓够开银行的黄金券[1]。玩家是个头发花白的长者，他礼貌地注视着荷官，除此之外脸上没任何表情。

两个安静、穿晚宴服的家伙悠闲地穿过拱门，眼睛望着虚空。想必这是惯例了。那两个人慢慢朝我们走来，我和那个又瘦又矮的家伙站在原地等着。没走几步，他们又把手伸到衣服口袋里摸索着——估计是在掏烟。

“从现在开始得讲点规矩了，”矮个子说，“你应该不会介意吧？”

“你就是布鲁内特？”我突然说。

他耸耸肩。“当然。”

“你看起来没那么狠啊！”我说。

“但愿吧。”

那两个穿晚宴服的家伙轻轻站到了我身边。

“进屋吧，”布鲁内特说，“我们可以放松地聊。”

他打开门，那两个人把我带进了屋子。

1　指美国南北战争结束后，由美国财政部发行的黄金准备证券，其面额从20美元到1万美元不等。

这间屋子既像船舱，又不像船舱。一张并非用木头，而可能是用塑料做成的深色桌子上方，有两盏由常平架固定的黄铜船舱灯在摇曳；最里边放着纹木双层床——下铺整齐，上铺放着几摞唱片封套；角落里有个大收音留声机。此外，屋内还有一个红色彻斯特菲尔德沙发，一块红地毯，几个托座烟缸，一个放着香烟、酒瓶和若干杯子的小圆凳，以及一个和床铺成对角的小吧台。

“坐吧。”说着，布鲁内特绕到了桌子后面。桌子上放着很多像是业务单据的表格，表格栏目内用一台记账机填上了数字。他坐到一把靠背很高的导演椅上，稍稍扭过身看着我。之后，他又站起来，脱掉外衣和围巾，扔到了一边。他再次坐下来，拿起一支钢笔，搔弄起一边耳垂。他有着猫一样的微笑，不过我很喜欢猫。

他既不年轻，也不年长；既不胖，也不瘦。由于长时间生活在海上或靠近大海的地方，他的脸色看上去很健康。他的头发是深棕色的自来卷，而且被海风吹得更卷了。前额狭窄、睿智，眼神里透出一丝威慑，眼珠泛黄。双手很漂亮——不是被娇生惯养到了毫无生气的地步，而是保养得很好。根据我的判断，他身上的晚宴服应该是深蓝色的，因为那看起来实在太黑了。此外，我觉得他别在衣服上的珍珠有点太大了，当然，我可能是出于嫉妒才这么想的。

他盯着我看了很久，然后说了句“他带了把枪”。

其中一个穿丝绒晚宴服的家伙，朝我的脊椎中部一靠，戳了根似乎不是鱼竿[1]的东西在我背上。另一个人伸出双手到我身上摸索，拿走了枪，又找了找还有没有其他的家伙。

1 “鱼竿”（fishing rods）中的“竿”（rods）在某些俚语用法中就是“枪”或“家伙”的意思。

“还有别的吩咐吗？”一个声音问道。

布鲁内特摇了摇头：“暂时没了。”

其中一个打手把我的自动手枪沿桌面滑了过去。布鲁内特放下钢笔，拿起一把拆信刀，把枪拨到记事簿旁边。

“那么，”他的目光越过我的肩膀，平静地说，“现在该怎么办还用我吩咐吗？”

其中一个家伙快步走出去，关上了门。另一个家伙一声不吭，就跟不存在似的。屋内一派祥和的平静，直到低沉的音乐声在远处嗡嗡响起，难以察觉的颤动声从船的底部传来，沉默才被人打破。

“喝酒吗？”

“谢谢。”

那个壮汉在小吧台旁调了两杯酒，没故意挡住杯子。之后，他把两杯酒放到桌子两侧的黑色玻璃小推车上。

“抽烟吗？”

“谢谢。”

“埃及烟没问题吧？”

“可以。”

我们点好烟，喝着酒，尝着应该是很好的威士忌。打手一滴都没喝。

“我是来——”我先开的口。

“抱歉，打断一下，不是什么重要的事情，对吧？”

猫一样软绵绵的微笑，还有那双懒洋洋的、半闭起来的黄色眼睛。

这时，门又打开了。另外那个打手和之前穿晚礼服、长着匪徒嘴的家伙一起走了进来，他看了我一眼，脸色突然变成龙虾肉一样的白色。

"不是我把他放上来的。"他着急地说，一边嘴角拧着。

"他带了把枪。"说着，布鲁内特用拆信刀拨了拨枪，"就是这把。刚才在甲板上，他某种程度上都把枪顶到我背脊上了。"

"不是我把他放上来的，老板。"穿晚礼服的家伙口气依然很着急。

布鲁内特微微抬起泛黄的双眼，微笑地看着我："你说呢？"

"让他滚出去，"我说，"带到外面狠狠揍一顿。"

"开水上的士的人能帮我作证。"穿晚礼服的家伙喊道。

"五点半以后你离开过登船台吗？"

"一分钟都没离开过，老板。"

"这个回答不算数，连一个大帝国都能在一分钟之内垮掉。"

"一秒钟都没离开过，老板。"

"一秒钟就不好说了。"我大笑着说。

穿晚礼服的家伙划开一步，摆出拳击姿势，把拳头像皮鞭一样挥过来，这一拳几乎就碰到我的太阳穴。突然传来一声重击声，紧攥的拳头在半空中松开了。他侧身摔下去，双手在桌子一角徒劳地抓着，随后仰面滚到地上。看着别人被短棍教训的感觉还不错。

布鲁内特继续看着我微笑。

"但愿你没冤枉他，"布鲁内特说，"不过，我关于扶梯的疑惑还是没得到解决。"

"那扇门刚好开着。"

"你能提供点更合理的解释吗？"

"在这些人面前不行。"

"那我们单独谈。"布鲁内特说话的时候，并没有看着我之外的任何一个人。

壮汉抬着那家伙的腋窝，拖着他穿过房间。另一个家伙打开一扇屋内的门，他们走了进去，门关上了。

“那开始吧，”布鲁内特说，“你是谁，来干吗的？”

“我是个私家侦探，想找一个叫驼鹿马罗伊的人谈谈。”

“把证件给我看看。”

我把证件给他看了。他把钱包扔到桌子上，还给了我。他那被风吹皱的嘴唇继续微笑着，只是笑得不那么自然了。

“我在调查一桩谋杀案，”我说，“一个叫马略特的人上周四晚在你的贝维德雷俱乐部附近的悬崖上被杀了。这桩谋杀又和另一桩谋杀有关；另一起的死者是个女的，凶手是马罗伊，一个前科犯、银行抢劫犯和多才多艺的狠角色。”

他点点头：“我还没问这和我有什么关系呢，我猜你稍后自然会谈到的。能否先告诉我你是怎么上船的？”

“我刚才已经告诉过你了。”

“但那不是事实，”他温和地说，“你是叫马洛吧？那不是事实，马洛，这你自己应该很清楚。那个守登船台的孩子没撒谎，我手下的人都是精心挑选过的。”

“你在湾城占有一席之地，”我说，“我不知道这块地方有多大，但应该足够让你为所欲为了。一个叫桑德伯格的家伙搞了个窝点，他在那里卖大麻、策划抢劫和藏匿通缉犯。当然了，他之所以敢这么做，肯定是因为有后台。所以我认为，他应该得到了你的许可。马罗伊之前一直待在他那里，但马罗伊又走了。马罗伊有七英尺高，很难找到藏身的地方。所以我觉得，躲到赌博游艇上，对他而言应该是个好主意。”

“你想得太简单了，”布鲁内特轻声说，“就算我愿意把他藏起来吧，但我又何必冒这个险呢？”他抿了一口酒，“我干的是另外一门生意。让水上的士生意平稳运转已经够不容易的了。这世上到处都是可供坏人藏身的地方，如果他们有钱的话。你还能想到更合理的说法吗？”

“可以，但让那些说法见鬼去吧。”

“我真帮不上你的忙。对了，你是怎么上船的？”

“我不想说。”

“那恐怕我只能逼你说了，马洛。”他的牙齿在黄铜船舱灯的照射下闪闪发亮，“不管怎样，我都有办法让你开口。”

“如果我告诉你，你可以传个话给马罗伊吗？”

“什么话？”

我拿起桌子上的钱包，抽出一张名片并翻了过来。我把钱包收起来，换上一支铅笔握着。我在名片背面写下五个单词，然后把它顺桌面推过去。布鲁内特拿起名片，看了看我写在上面的东西。“我不明白这是什么意思。”他说。

“马罗伊明白。”

他向后一靠，直视着我：“我有点看不懂你了。你赌上性命跑到这里，只是为了让我把一张名片交给一个我根本不认识的歹徒。这说不通啊。”

“如果你不认识他，那确实说不通。”

“你为什么不把枪留在岸上，用常规方式登船？”

“一开始我只是忘了，但后来我意识到，那个穿晚礼服的小混混再也不会让我上船了，再后来我碰上一个家伙，他知道另一条登船路线。”

他的黄色眼睛亮了起来，像刚开始燃烧的火焰。他微笑着，一言不发。

“那家伙不是坏人，但他在岸上消息灵通。你船上有个能从里面打开的货运舱口，还有条没隔栅栏的通风管道。从那里爬上甲板得先撂倒一个人。你最好去查一下船员名单，布鲁内特。”

他轻轻嚅动着上下唇，让它们相互摩擦着。这时，他又低头瞧了瞧名片。“这艘船上没有叫马罗伊的人，”他说，“但假设你关于货运舱口的说法属实，那我买账。”

“你自己去看看吧。”

他依旧低着头：“我会把话传给马罗伊的，如果我能做到的话。真搞不懂我干吗要管这个闲事。”

“你去看看货运舱口吧。”

他静静坐了一会儿，之后向前一靠，把我的枪沿桌面推了过来。

“瞧瞧我做的这些事情，”他愉悦地说，就好像身边没有别人一样，“独揽市政大权、推选市长、贿赂警察、贩毒、窝藏罪犯、抢劫穿金戴银的老女人。我可真有时间哪，”他短促地笑了一声，“我可真有时间哪。”

我拿起枪，塞到胳膊下，布鲁内特站了起来。“我什么保证都给不了，”他眼睛稳稳地看着我说，“但我相信你。”

“你当然不必保证什么。”

“你费这么大力气就为了听我说这个？”

“对。”

“那么——”他做了个毫无意义的手势，然后把一只手伸过桌子。

“让我和这个傻瓜握握手吧。”他轻声说道。

我们握了手。他的手又小又硬，还有点热。

“你应该不会告诉我，你是怎么找到那个货运舱口的吧？”

“无可奉告。但告诉我的家伙不是坏人。”

“我是可以让你说出来的，”说完，他立刻摇摇头，“不过还是算了。我信过你一次，所以还会再信你一次。你坐下来再喝一杯吧。”

他摁下一个电铃，屋子后面的门打开了，其中一个好心硬汉走了进来。

“待在这儿。再给他倒杯酒，如果他愿意的话。不得无礼。”

打手坐下来，面带平静的微笑看着我。布鲁内特快步走出办公室。我抽了会儿烟，喝光了剩下的酒。打手又给我倒了一杯。我喝光第二杯酒，又抽掉一根烟。

布鲁内特回到屋内，在角落里洗洗手，然后坐了下来。他冲打手摆摆脑袋，打手轻轻走了出去。

那对黄眼睛把我仔细瞧了一遍。“你赢了，马洛。我的船员名单上有164个人。那这样吧——”他耸耸肩，“你可以先搭水上的士回去，没人会拦你。传话的事儿我会尽力而为的，毕竟我还有些门路。晚安了，或许我还该说声谢谢，谢谢你说了实话。”

“晚安。”说完，我起身走了出去。

登船台上换了个新人。我乘坐另一艘水上的士回到岸边，之后走进宾果屋，在人群中靠到墙上。

几分钟后，雷德走进来，靠到了我身边。

“都顺利吧？”雷德透过荷官厚重而清晰的报数声轻轻说道。

“谢了。货运舱口的事他买账了，开始担心了。”

雷德东看看西看看，然后把嘴巴挪到我耳边：“找到那个人了吗？”

“没有，但布鲁内特答应帮我传个话。”

雷德转过头，再次看着赌桌。他打了个哈欠，从墙上直起身子。那个长鹰钩鼻的家伙又来了。雷德坐过去对他说“你好呀，奥尔森”，同时碰了他一下，差点把他撞翻。

奥尔森气恼地看着雷德，扶好帽子，朝地板上恶毒地啐了一口。

奥尔森一走，我便离开那里，来到停车场我车子停着的地方。

我开车回到好莱坞区，把车停好，上楼回到公寓。

我脱掉鞋子，穿着袜子在地板上踩了踩，感觉了一下脚趾——偶尔还是有些麻木感。

我坐在墙面床边，估算着时间。完全是白费力气。找到马罗伊可能只要几小时，也可能要好几天。还可能找不到，除非警察先抓住他。而且就算警察能抓住他，他也得先活着。

39

晚上十点左右，我拨通湾城格雷尔家的电话。我本以为时候太晚，找不到她，可并非如此。我从管家和某位女仆中间杀出一条血路，终于和她说上了话。她的声音轻松、欢快，给人一种她随时都愿意外出享受夜晚的印象。

“我答应会打电话给你的。”我说，“有点晚，可我手上的事情实在太多了。”

“又想爽约？”她的声音冷了下来。

“可能不是。你的司机这么晚还上班吗？”

“全听我吩咐。”

“能顺道过来接一下我吗？我刚好可以把自己塞到毕业礼服里。”

“你真好，”她拖长了声音说，“我真的不烦人吗？”安托尔确实把她的语调训练得很出色，如果原来真有什么毛病的话。

“我给你看我的版画。”

“就一张吗？”

“我住的是单身公寓。”

“我也听说他们盖了那种玩意儿，”她再次拖长声音说，而后立马换了个口气，“别装得那么高高在上。你的外表很迷人，先生，永远不要让别人对此表达异议。再跟我说一遍地址。”

我把地址和房间号都告诉了她。“大厅的门可能已经锁上了，”我说，“不过我会下去把插销打开。”

“好呀，”她说，“那我就不用带撬棍了。”

她挂上电话，把我留在一种奇怪的感觉中，就好像刚才同我说话的不是真人一样。

我下楼打开大厅门的插销，回来冲了个澡，换上睡衣，躺到床上。我感觉自己睡了有一个星期那么长。这时，我又把自己拖下床，打开刚才忘开的公寓门插销，步履艰难地跋涉到厨房，取出几个玻璃杯和一瓶专门用于高级勾引活动的威士忌利口酒[1]。

我又躺到了床上。“祈祷吧，”我大声说，“现在只能祈祷了。”

我闭上了双眼。房间的四堵墙像船一样在晃动，安静的空气里仿

1　又称餐后甜酒，指以威士忌、白兰地、金酒等为基酒调制各种香调，经过甜化处理的酒精饮料。

佛弥漫着雾气，吹着海风。我闻到废弃船舱里的霉味，闻到机油味，看到一个穿紫色衬衣的意大利佬在裸体灯泡下戴着他爷爷的眼镜读报纸。我开始爬，而后爬出了通风管道。我爬上喜马拉雅山，却发现四周围满了拿机关枪的家伙。我和一个矮子谈了话，他长着黄眼睛，非常善解人意，却是个靠非法勾当营生的江湖中人，甚至可能更糟。我想起那个红发、紫眼巨人，他可能是我碰上的最友善的人了。

我停止了思考。光线在我的眼皮后移动，我迷失在空间中。我是一个带光环的傻瓜，刚从一场徒劳历险中归来。我是一包百元炸药，爆炸的动静让人联想到当铺老板盯着一元手表时的表情。我是一只粉色甲虫，在市政厅旁边爬行。

我睡着了。

我很不情愿地苏醒过来，盯着台灯在天花板上的反光。屋里有什么东西在移动。

那东西鬼鬼祟祟、一声不吭、步履沉重。我听了一会儿，这时，我慢慢转过头，看到了驼鹿马罗伊。屋里到处是影子，他就在影子里移动，跟我上次见到他进屋杀人时一样悄无声息。他手上的那把枪擦得又黑又亮，显得很专业；帽子被推到后脑勺上，压着黑色的卷发；鼻子嗅了嗅，像猎狗的鼻子那样。

他发现我睁开了眼睛，于是就轻声走到床边，低头看着我。

“我收到你的信儿了，”他说，“我悄悄来的，没被警察跟踪。假设这是个圈套，那我会拉你一起上路。”

我在床上稍稍翻了个身，他迅速把手伸到枕头下摸了摸。他的脸型还是那么宽，脸色还是那么苍白，深陷在眼窝中的目光还是略显平和。今天晚上他穿了一件风衣——紧紧绷在身上，一只肩膀绽线了，可能是穿的时候扯破的。这件衣服应该是最大号，但对驼鹿马罗伊来说还是不够大。

“正盼着你来呢，”我说，“警察不知道这件事，只是我想找你谈谈。”

“那你说吧。”他说。

他侧身走到桌子旁边，放下枪，扯下风衣，坐到我最好的一把安乐椅上。椅子吱嘎响了起来，好在没塌。他慢慢向后一靠，挪了挪枪，把它放到靠近右手的地方。他从口袋里刨出一包香烟，抖出一支，用嘴巴直接叼起来。一根火柴在大拇指上划燃。一股呛人的烟味立马充满了整个房间。

“你不是病了什么的吧？”他说。

“只是在休息，今天太累了。”

“门开着，你在等人？”

“等一位女士。”

他若有所思地盯着我。

“也可能不会来。”我说，“如果来了，我会打发走的。”

“什么女士？”

“嗨，不是什么人，只是位女士。如果她来了，我会让她走的。我现在更想跟你说话。”

他淡淡一笑，嘴巴几乎就没动。他笨拙地吸了一口烟，就跟香烟太小，他用手指夹不稳似的。

“你凭什么觉得我在蒙迪号上？”他问道。

“一个湾城警察说的。这说来就话长了，都是猜测。”

“湾城警察在找我？”

“你在乎吗？”

他又露出刚才那个淡淡的微笑。之后，他稍稍摇了摇脑袋。

“你杀了个女人，”我说，“叫杰西·弗洛里安。但那是个错误。”

他想了一会儿，然后点点头。“我不想提那件事。”他平静地说。

“但那让你陷入窘境了，”我说，“我偏要提。你不是杀手，你当时并不想杀死她。对于另一个家伙，就是中央大街上那个，你可能会把他掐死，但是你绝不会把一个女人的脑袋在床柱上撞开花，让脑浆糊满她的脸。”

“你想找死啊，兄弟？”他轻声说道。

“这一套我最近见多了，”我说，“已经麻木了。人是你失手杀的，没错吧？”

他的眼睛开始乱动，脑袋向上一翘，摆出聆听的姿势。

“你得开始学着控制自己的力气了。”我说。

“学什么都晚了。”他说。

“你想让她交代点事情，”我说，“于是你就抓起她的脖子摇了摇。等你把她的头撞到床柱上时，她已经死了。”

他直勾勾地看着我。

“我知道你想让她交代什么。”我说。

“继续说。”

“我发现她尸体的时候，还有个警察在场，所以我只能低调行事。”

“有多低调？”

“相当低调。”我说，“当然，今晚除外。”

他直勾勾地看着我。“好吧，那你怎么会知道我在‘蒙迪号’上？”这个问题他之前问过，但他好像忘了。

“其实我并不知道这一点，但最简单的逃跑方式就是走水路。凭借他们在湾城的势力，你可以跑到其中一条赌博游艇上。之后，你就可以通过某个神通广大的人彻底脱身。”

“莱尔德·布鲁内特人还不错，”他呆滞地说，“这我也是听说的，我从来没跟他说过话。”

“但他给你递信儿了。”

“见鬼，有一大帮碎嘴子在给他传话呢，伙计。我们什么时候去办你在名片上说的事儿？直觉告诉我你在卖关子，要不然我也不会冒险跑到这里来了。我们下面去哪儿？”

他戳灭香烟看着我。他的影子再次浮现在墙上，巨人的影子。他个子太大了，简直不像真人。

“你怎么知道是我杀了杰西·弗洛里安？”他突然问道。

“根据她脖子上的指印大小，还有你想从她那里找消息、你力气大到可无意把人杀死的已知事实。”

“警察把我当成凶手了？”

“那我不清楚。”

“我想从她那儿得到什么消息？”

“你觉得她知道魏尔玛的下落。”

他一声不吭地点点头，然后继续瞧着我。

“但她不知道，”我说，“因为魏尔玛比她聪明多了。”

传来一阵轻轻的敲门声。

马罗伊向前一靠，面露淡淡的微笑，拿起了自己的枪。有人在拧把手。马罗伊站起来，屈着膝盖向前探身，仔细听着动静。之后，他又把目光从门上挪开，回头看着我。

我在床上坐起，把双脚放到地上并站了起来。马罗伊一言不发、一动不动地看着我，我朝门走去。

“是谁？”我把嘴巴贴到门板上问道。

听声音是她没错了：“开门，傻瓜。是我，温莎公爵夫人。”

“稍等。”

我回头看了看马罗伊，他皱着眉头，我走到他身边，用很低的声音说道：“没别的出口，你先到床后面的置衣间躲一躲，我会把她打发走的。”

他听完后想了想，面带难以捉摸的表情。他是一个输无可输的人，一个从来不知道害怕为何物的人，那副巨大的躯体根本没用上“害怕”这个零件。他终于点点头，拿起帽子和风衣，静悄悄地绕过床，躲进了置衣间。置衣间的门关上了，但没有关紧。

我到处找了找他留下的痕迹。只有一个烟蒂，但那可能是任何人留下的。我走过去打开房门，马罗伊进屋的时候把插销带上了。

她似笑非笑地看着我，披着那件跟我提过的白色高领狐裘披风。绿宝石耳坠垂在耳下，几乎就落到肩膀上被柔软的皮草埋住了。手指蜷在小小的晚宴包上，看起来很柔软。

就在看到我的一瞬间，她脸上的笑容消失了。她打量着我，目光变得很冰冷。

“原来是这样啊，”她骄横地说，“穿着睡衣，给我看他心爱的版画。我真是个傻子。”

我挡着门，往旁边一站：“根本不是那样的，我正要穿衣服的时候来了个警察，他刚走。”

“兰德尔？”

我点了点头。点着头撒的谎也是谎，但这种谎很容易糊弄人。她犹豫了一会儿，然后从我身边走过，让摆动的皮草留下一阵令人眩晕的香水味。

我关上了门。她慢慢走进房间，目光空洞地盯着墙壁，之后突然转身。

“让我们先把话说清楚，”她说，“我可不是什么随便的人。我不喜欢小房间里火急火燎的浪漫，那玩意儿我已经厌倦了，我喜欢有讲究的从容不迫。”

“你走前要喝一杯吗？”我依旧靠在房门上，站在离她较远的地方。

“我要走了吗？”

“你给我的感觉是你不喜欢这里。”

“要把事情说明白，只好先庸俗一点儿。我不是那种人尽可夫的婊子。男人可以得到我，但不能只是伸伸手而已。是的，我愿意喝一杯。”

我走进厨房，用不那么稳的双手调了几杯酒。我端着酒回来，递了一杯给她。

置衣间里什么动静都没有，连呼吸声都没有。

她接过酒杯尝了一口后，看着对面的墙。“我不喜欢男人穿着睡衣来给我开门。”她说，“但有意思的是，我喜欢你，非常喜欢你。当然，我也可以装作从没有这回事。我经常如此。”

我点点头，喝起了酒。

“大多数男人只是肮脏的禽兽，”她说，“事实上这就是个肮脏的世界，如果你非要问我的话。”

“看来金钱能帮人换个角度看待问题。”

“你这么想是因为没尝过养尊处优的滋味。但事实上，那只会带来新的问题。”她露出一个古怪的微笑，“然后你就忘了原来的问题有多麻烦。”

她从包里取出一个金色烟盒，我过去用火柴替她点上火。她半闭起眼睛，吐出一口轻柔的烟雾。

“坐到我身边来。”她突然说。

“别急，我们先聊聊。”

“聊什么？噢，不会是聊我的项链吧？”

“聊谋杀。”

她的表情没有任何变化。她又吐出一口烟，只是这次更缓慢，也更小心了。“那是个很恶心的话题，非得聊吗？”

我耸了耸肩。

“林恩·马略特不是什么圣人，”她说，“但我还是不想聊那件事。”

她用冷冷的目光看了我很久，随后伸出一只手到皮包里去拿手帕。

“在我看来，他也不是什么珠宝抢劫团伙的眼线。”我说，“警察假装相信这一点，他们经常假装相信什么。我甚至不认为他是个敲诈犯，在任何现实的意义上。很可笑，是吧？”

“可笑吗？”她的声音冰冷了起来，异常冰冷。

“好吧，其实也不好笑。”我表示赞同后，喝光了剩下的酒，“你能来真是我莫大的荣幸，格雷尔太太。但我们之间好像有点小小的误会。比方说，我其实不认为马略特是被一个团伙杀的，我不认为他去那个峡谷为的只是赎回一条翡翠项链，我甚至不认为有什么翡翠项链丢了。我认为，马略特在峡谷里的死是设计好的谋杀，虽然他以为自己要去协助一场谋杀。不过，马略特是个很不合格的谋杀犯。”

她向前略微探身，脸上的笑容略显僵硬。突然间，她不再美丽了，虽说实质上没有任何变化。她现在的样子，不过像那种100年前很危险、20年前很大胆、如今只算好莱坞二流角色的女人。

她一言不发，但又在用右手轻轻敲击皮包的钩扣。

“一个非常不合格的谋杀犯，”我说，“就像莎士比亚在《理查三世》那一幕中提到的第二个谋杀犯。他脑袋里有杂念，但又想得到那笔钱。最后他什么都没干，因为下不了决心。这种谋杀犯非常危险，他们只能被除掉——有时候用的是短棍。”

她微微一笑：“那么你觉得，他准备谋杀的人是谁呢？”

“我。”

“这可真让人难以置信啊，世上居然有人那么恨你。你刚才说，我的项链根本没有丢。你有什么证据吗？”

“我没说我有，我只是这么想而已。”

“那干吗要费劲说这些？”

“证据，”我说，“永远只是相对的东西。它只是各种可能性达到的绝对平衡，而且，还得看可能性是在什么情形下出现在你脑海中的。谋杀我的动机相对较弱——仅仅是因为，我在找一个从前在中央大街的廉价酒吧唱过歌的歌手，而一个判过刑、刚从牢里放出来的家伙——驼鹿马罗伊——也在找她。凶手可能认为，我在帮马罗伊。显然，找到她不是没可能，否则也不能解释，为什么有人要去马略特面前装腔作势，说我必须死，而且还得尽快死了。相比较之下，谋杀马略特的动机就强多了。这个动机，马略特无论是出于虚荣、爱情、贪婪，还是三者的混合，都没有充分预料到。他很害怕——不是为他自己，而是为一场他接下来即将参与其中的暴行。可另一方面，他又得为自己的饭票搏一搏。于是，他就选择了冒险。”

我停了下来。她点点头说：“真有趣，如果有人能听明白你刚才在说什么的话。”

“确实有个人能听明白。”我说。

我们直视着对方。她又把手伸到皮包里了，我很清楚那只手上拿的是什么东西，可是那东西毕竟还没掏出来呢。每场大戏都得慢慢来。

“我们别兜圈子了，”我说，“这里只有我们两个人，无论谁说了什么，都不会对对方构成威胁。让我们的约会到此结束吧。一个贫民窟出身的女孩成了千万富翁的太太，在她向上爬的时候，某个卑鄙的老女人认出了她——可能是听到了她在电台里唱歌，然后又去亲眼证实了这一点。必须堵住这个老女人的嘴，她很容易收买，因此她知道的肯定不多，但是，那个安置过她、每个月给她钱、拥有她房子信托契据、一旦她不老实就可以把她扔回臭水沟的男人，知道这一切。他的收费就高了。当然，这也没关系，只要别再让其他人知道就行了。但是，某天，一个叫驼鹿马罗伊的硬汉从牢里出来，开始寻找自己的旧情人。因为他曾经，而且一直像傻瓜一样深深地爱着那个女孩。他的出现，让整件事情滑稽了起来，一种悲剧性的滑稽。更不巧的是，又有个私家侦探掺和了进来。于是，这条锁链中最薄弱的一环，也即马略特，就不再是昂贵的东西了——他已经变成了一种威胁。他们一定会找到他，而且一定会把他从锁链上拆下来。马略特就是那种家伙，温度一高就融化。于是，他就在融化之前被杀掉了。用一根短棍杀死的，通过你的手。”

她所做的一切，不过是将手抽出皮包，举起了一把枪。她所做的一切，不过是用枪对着我，面带微笑。我所做的一切，不过是一动不动。

但以上这些还不是一切。这时，驼鹿马罗伊走出置衣间，用毛茸茸的手握着那把柯尔特点四五，像握着一件玩具。

他一眼都没看我，他看着鲁温·洛克里奇·格雷尔太太。他向前一探，面露微笑，对她轻声说道：

“我刚才就觉得自己认得这个声音，”他说，“这个声音我听了八年，靠我仅存的记忆。不过，我还是喜欢你留红头发的样子。你好啊，宝贝儿，好久不见。”

她掉转了枪口。

“滚远点，你这个狗娘养的！”她说。

马罗伊愣住了，同时把枪掉到了地上。他距离格雷尔太太还有几码远，他费力地喘着气。

“我永远都没想到，”他平静地说，“我难过的时候想明白了。是你把我出卖给警察的，是你，小魏尔玛！”

我扔出一个枕头，但已经来不及了。她朝马罗伊的肚子开了五枪，子弹发出的声音，比手指套进手套的声音还要小。

她掉转枪口，对我扣下扳机，但这时子弹已经打光了。她扑到地上去捡马罗伊的枪。第二个枕头扔出的时机恰到好处，我趁她把枕头从脸上拿走时绕过床撞开她。我捡起柯尔特，顺床沿绕了回去。

马罗伊还站在地上，只是已经开始摇晃了。他大张着嘴，双手在身上胡乱摸索。这时，他的膝盖一软，侧身倒在床上，面部朝下。整间屋子都是他的喘息声。

我拿起电话，但这时格雷尔太太还没走。她眼神死灰仿佛半结冰的水面。她向门外飞奔而去，我没有阻拦她。她走的时候忘了关门，所以我又放下电话，过去把门关好。我帮马罗伊在床上稍稍转了一下头，这样他就能喘气了。他还活着，不过肚子上连挨五枪，就算是驼鹿马罗伊也撑不了多久。

我回到电话旁，拨通了兰德尔家的电话。“马罗伊，”我说，“在我家里，格雷尔太太冲他肚子上开了五枪，我给急诊医院打过电话了。格雷尔太太跑了。”

他只说了句：“你还真是神不知鬼不觉啊。”就挂断了电话。

我回到床边。马罗伊正跪在地上想要站起来，手里抓着一大团床单。他满脸大汗，眼皮缓慢地眨动，两只耳垂变成了黑色。

急救车赶来的时候，他还跪在地上想要站起来。四个人才把他抬上担架。

“如果对方用的是点二五，那还有一点点机会，”急救医生离开前说，“而且还得看子弹打的是什么部位。总之他还有机会。”

“那机会他不会要的。”我说。

马罗伊确实没要，他当晚就死了。

40

“你本来应该办个晚宴的，”安·赖尔登说，目光越过她家那块黄褐色地毯，直视着我，“银质和水晶餐具，雪白亚麻桌布——如果现在举办晚宴的地方还用亚麻桌布的话，烛光；女人戴着最好的珠宝，男人打着白色领结；侍者手拿用布包起来的红酒，在客座之间小心翼翼地摆荡；警察穿着租来的晚宴服，坐在那里浑身不自在；嫌疑人脸上挂着假笑，不安分的双手挪来挪去；你坐在餐桌主座，面带淡淡的迷人微笑，像菲洛·万斯[1]那样用装出来的英国口音，一点点地讲述着案件的真相。

1 美国侦探小说家范达因（1888—1939）笔下的侦探人物。

“对，”我说，“但你要机灵的时候能不能先放杯酒在我手里？”

她走到厨房，搅了会儿冰块，拿着两杯分量很足的家伙回来并坐了下来。

“你那些情人的酒水账单肯定很吓人。”说完，她抿了一口酒。

“结果管家突然晕倒了。”我说，“人不是他杀的，他只是觉得这样比较可爱。”

我灌下一大口酒。“但真实的故事不是那样的，”我说，“没那么多灵巧和机智，有的只是一片黑暗，充满了血腥味。”

“她逃走了吗？”

我点点头：“到目前为止是这样，反正她一直没回家。她肯定有个藏身之处，用来换衣服和易容的，毕竟她这种人和水手一样，过的是担惊受怕的生活。她是单独来见我的，没叫司机，而且还把小车停到了几个街区以外。”

“警察应该可以抓到她，如果他们真愿意的话。”

“别那么说，地方检察官——叫怀尔德——是个很正直的人，我在他手下干过。但就算他们抓到她了，又能怎样？他们要面对的是一个身家2000万的富翁、一张漂亮脸蛋，以及大律师李·法瑞尔或雷南坎普。要证实马略特是她杀的，几乎没可能。他们手上掌握的东西，顶多只是一个较强的动机和她的身世。她很可能没有案底，否则她也不敢那么做。”

“那马罗伊呢？如果你当时把他的事情告诉我，我可能早查出魏尔玛是谁了。顺便问一句，你怎么知道那两张照片上不是同一个人？”

“当时不知道，而且我怀疑弗洛里安也不知道照片被掉过包。我把魏尔玛的照片——也就是有‘魏尔玛·华伦托’签名的那张——拿到她眼前时，她看起来挺惊讶的。不过，这件事她也可能知道。例如，她可以先把照片藏起来，以后再找机会卖给我。她知道，这张照片是马略特请另一个女孩来拍的，所以不会对谁构成威胁。”

“但那只是猜测。”

“只能那么解释。马略特之所以打电话让我过去，在我面前手舞足蹈地扯了一通珠宝赎金的谎话，肯定是因为我去找弗洛里安太太问过魏尔玛的事情。而马略特之所以会被杀掉，肯定是因为他刚好是那条锁链中最薄弱的一环。有一件事弗洛里安太太根本不知道，即魏尔玛已经成了鲁温·洛克里奇·格雷尔太太。没这个可能，毕竟他们用很低的价钱就把她收买了。格雷尔先生说，他们是在欧洲结的婚，当时用的是格雷尔太太的真名。他既不愿对外透露结婚的具体时间和地点，也不愿透露格雷尔太太的真名。另外，他也不愿透露他太太的下落。我觉得他根本就不知道这件事，但警察不相信。”

“那他为什么不愿意说呢？”安·赖尔登交叉双手，拿手背托着下巴，用覆满阴影的双眼看着我。

“因为格雷尔太爱她了，不在乎她坐在谁的大腿上。”

“但愿她当时乐意坐在你的大腿上。”安·赖尔登酸溜溜地说。

“她那只是在逗我玩。她其实有点怕我，而她之所以不想杀我，是因为杀掉一个类似警察的人会带来很多麻烦。但最后她也可能会试试，就像如果马罗伊没替她省去麻烦，她也会把杰西·弗洛里安杀了一样。”

“我敢说，被迷人的金发女郎逗着玩的感觉一定很有意思，”安·赖尔登说，“虽然要承担一定风险。我觉得，风险一定常伴这种事情。”

我一句话没说。

“但我觉得，就算她杀了马罗伊，他们也不能拿她怎么样，因为马罗伊当时也拿了一把枪。”

“对，就算她扣下扳机也没什么[1]。”

那双儿闪着金色光斑的眼睛严肃地打量了我一番：“你觉得她是有意要杀死马罗伊的吗？”

“她怕马罗伊，”我说，“她八年前把马罗伊出卖了。马罗伊可能知道这一点，但他不会伤害她，毕竟他也爱着她。是的，我认为她会杀死任何对她构成威胁的人。她很多时候都得放手一搏，但一个人不可能无休止地那样做。在我家的时候，她朝我开过枪，只不过子弹刚好打完了。她本应该在杀死马略特的时候，顺便也把我干掉的。”

“他爱着她，”安轻声说道，“我是说马罗伊。他不在乎她六年来有没有写过信，八年来有没有探过监。他不在乎她有没有出卖他去领赏。他所做的，只是在放出来后的第一时间，买了身漂亮衣服，到处去找她。而她呢，不仅没一句问候，反而冲他肚子上来了五枪。马罗伊亲手杀了两个人，因为他爱她。这个世界到底怎么了？”

我喝完剩下的酒，又在脸上做出一副没喝够的表情。她没有理我，继续说道：

“她跑去格雷尔那里，对他说了自己的身世，而他并不在乎。格雷尔跑到欧洲娶了她，允许她用另一个名字，又卖掉自己的广播电台，把所有可能知道她身世的人都解雇了，之后，他又给她买了一切用钱能买到的东西。而她呢？她又给了格雷尔什么呢？”

“这很难讲。”我摇了摇酒杯底部的冰块，但那也没让我找到什么思路，“我想，她应该是给了格雷尔一种自豪感吧。他是个老人家

1　原文（not with her pull）中的“扣扳机”（pull）也有“魅力”意思，因此这里的另一层意思是“她太迷人了，不可能”。

了，居然还可以娶到这么年轻、漂亮、风情万种的太太。总之格雷尔爱她。我们聊这个干吗？这种事情太司空见惯了。她无论做了什么，和谁调情，有着怎样的身世，都是无所谓的，因为格雷尔爱她。”

“和驼鹿马罗伊一样。”安平静地说。

“咱们去海边兜风吧。”

“你还没跟我说布鲁内特、大麻烟里的名片、安托尔、桑德伯格医生，还有你是怎么把线索关联起来的呢？”

“我当时给了弗洛里安太太一张名片，她把酒杯放到了上面。之后，这张名片又出现在了马略特的口袋里，印着玻璃杯底的水渍。但马略特是个很讲究的人。那多少算个线索吧。一旦你发现了什么可疑的事情，很容易找到各种关联，比方说，为了让弗洛里安太太守规矩，马略特拿下了她房子的信托契约。安托尔是个彻头彻尾的恶棍，警方在纽约的一家旅馆抓到了他，说他是国际通缉犯，苏格兰场[1]和巴黎都有他的案底记录。至于他们是怎么在到昨天为止的两天内查到这些情况的，我也不清楚。这帮家伙一旦认真起来，办事效率其实挺高的。我认为兰德尔早知道这些情况，他只是怕我搅进去把事情搞砸了。不过，安托尔和两起谋杀案都无关，桑德伯格也是。警方还没找到桑德伯格，他们认为他肯定有前科，虽然人没捉到之前无法确认这一点。至于布鲁内特，你不可能把那种人怎么样。他们可以把他送到大陪审团面前，而他会根据宪法赋予的权利什么都不说。再说了，布鲁内特又不在乎自己的名声。湾城这边动静就大了，警察局长被雪藏，半数警探被降职为巡警，某位人很不错的家伙——他帮我上过蒙

1 是英国“首都警务处”（又译“伦敦警察厅”）的代称。苏格兰场这个名字源自1829年，当时的首都警务处位于苏格兰王室宫殿的遗址。

提西托号，叫雷德·诺加德——已经复职了。市长正焦头烂额地处理这些事情，如果危机持续下去，他每个钟头都得换条干净裤子。”

“你非得说得这么难听吗？”

“莎士比亚的风格。咱们出去兜风吧，不过走之前要再喝一杯。”

“你喝我的吧。”说着，安·赖尔登站起来，准备把一口没喝的酒递给我。她端着酒杯站在我跟前，眼睛张得大大的，有一点胆怯。

“你那么出色，”她说，“那么勇敢，那么坚定，收取的报酬又那么少。人人都用棍子敲你的脑袋，掐你的脖子，揍你的下巴，在你全身注射麻醉药，而你依然在围攻之下保持镇定，找准机会还击，直到把他们全打趴下。你怎么那么棒？”

“继续吹，”我不悦地说，“尽管吹吧。”

安·赖尔登思忖着说：“我只是想得到一个吻，去你的！”

41

三个月后，魏尔玛被人找到了。人们不相信格雷尔不清楚她的下落，也不相信他没协助她逃走。全国的警察和记者都在能用钱把她藏起来的地方花工夫，但她根本没有被钱藏起来。他们找到她时，才明白她让自己销声匿迹的方式其实很简单。

某天晚上，一位有着粉色斑马般稀有的尖眼睛的巴尔的摩警探，无意间走进一家夜总会。他看到一位美丽的黑发女郎，在乐队伴奏下，紧锁深色眉头、目光如炬、动情地唱着歌。歌手脸上的某样东西拨动了一根弦，那根弦一直在振动。

警探回到局里，翻出通缉人员档案，开始一一查阅。他翻到要找的那份告示，盯着看了很久。之后，他扶正头上的草帽，回到夜总会，找经理谈了谈。他们来到后台试衣间，经理敲了敲其中的一扇门。门没锁，警探把经理推到一边，走进屋内，把门锁上。

警探肯定闻到了大麻的味道，因为她刚好在抽，但那后来就不打紧了。她正坐在三面镜前，检查着发根和眉毛。眉毛不是染的。警探微笑着穿过房间，把通缉令递到了她手上。

她必定和警探一样，盯着通缉令上的照片看了很久，这段时间刚好够考虑很多事情。警探坐下来，跷起二郎腿，点上一根香烟。他眼力虽然好，但素质过于单一。他对眼前这个女人的了解还不够。

这时，她终于笑了笑说："你挺机灵的，长官，我还以为我的声音更容易认出来呢。有一次，我的某个朋友就是通过声音在收音机上认出了我。不过这次，我已经和乐队合作一个月了，每周上两次广播，居然都没被人认出来。"

"我没听过你的声音。"警探保持着微笑。

她说："看来我们是没法做交易了。但你要知道，如果处理得当，在这件事情上我们可以达成很多交易。"

"免谈，"警探说，"抱歉了。"

"那我们走吧。"说完，她站起来，拿上皮包，从衣架上取下大衣。她拿着大衣走到警探跟前，好让他帮她穿上。警探站起来像绅士一样替她拿着大衣。

她转身从皮包里拿出枪，朝警探手上的大衣开了三枪。

他们破门而入的时候，她还剩两发子弹。他们冲到一半的时候，她开了枪。她把两发子弹都用掉了，但第二发肯定只是条件反射。他们在她倒地前抱住了她，这时她的脑袋已经像抹布一样塌下去了。

“警探只活到第二天，”兰德尔说，他正跟我讲着经过，“这些事情是他死之前说的。我不能理解一点，他为何会那么大意。除非有一种可能，他当时在认真考虑她提出的交易，那分散了他的注意力。当然，我也不愿意那么想。”

我说很可能就是这么回事。

“朝自己的心脏连开两枪，”兰德尔说，“我听专家说根本不可能，而且我本人也一直怀疑这一点。还有一些事情你知道吗？”

“什么？”

“她其实没必要朝那位警探开枪的。我们不可能定她罪，就凭她那副长相，还有高价律师可能替她编出来的受害者故事，根本不可能定她的罪。可怜的小女孩，从廉价酒吧一路攀爬，终于嫁入豪门，但原来那帮认识她的秃鹫还是不肯放过她，最后无非就是这种故事。见鬼，雷南坎普肯定会找一帮演技很差的卑鄙老太太到法庭上去哭哭啼啼，说他们多年以来一直在勒索她，最后你给他们安什么罪，陪审团都会买账。她一开始很聪明，自己逃了，没把格雷尔牵扯进来。但在被抓住后，对她而言更聪明的做法，其实是回家。”

“噢，所以你现在终于相信她没找格雷尔帮忙了？”

他点点头。我说：“你认为她这么做有什么特别的动机吗？”

他直勾勾地看着我：“你说吧，我都买账。”

“没错，她是个杀人犯。”我说，“但马罗伊也是啊，而他绝不是个没底线的人。也许那个巴尔的摩警探并不像记录上说得那么干净。也许她看到了一个机会，不是逃走的机会——那时她已经对逃避感到厌倦了，而是对某个男人来说的一次机会，因为唯独这人给过她一次机会。”

兰德尔大张着嘴，用难以置信的眼神看着我。

“得了吧，那她也用不着对警察开枪啊。”他说。

“我不是说她是个圣人或半吊子好姑娘，她从来都不是。她那种人不被逼上绝路是不会自杀的。但她做的事情，和做这件事的方式，让她不必回来面对一场审判。你想想看，谁会在这样一场审判中最受伤？谁最无法承受这样一场审判？谁要为这场戏付出最大的代价，无论是打赢、打输，还是打成平手？是一个爱得不那么明智，但又过于深沉的老人家。”

兰德尔尖刻地说：“那只是你无病呻吟罢了。”

“没错，听起来就是这样。也许我全说错了。再会。我那只粉色小甲虫爬回来了吗？”

他不知道我在说什么。

我乘电梯下楼，来到市政厅大楼前的台阶。今天的天气凉爽而晴朗，你可以看得很远，但不及魏尔玛去的地方远。

欢迎你从《再见，吾爱》进入
读客经典文库

浩瀚的经典文学史，就是全人类共同的精神成长史，
大师们从各个角度探索、解析、塑造并丰富着人类的精神世界。

爱，孤独，自由，恐惧，勇气，欲望，信仰，乐观，理性……

追随读客经典文库，了解人类精神成长的脉络，
完成你自己的精神成长。

经典文学好译本，认准读客三个圈

一直以来，
我们只读了
《小王子》的三分之一！

怪不得村上春树读了12遍！
每每陷入困境，
村上春树便打开《漫长的告别》

“生而为人，我很抱歉”
的全面诠释

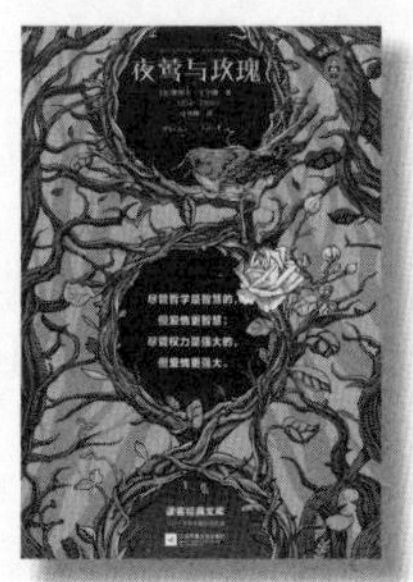

经典文学好译本，认准读客三个圈

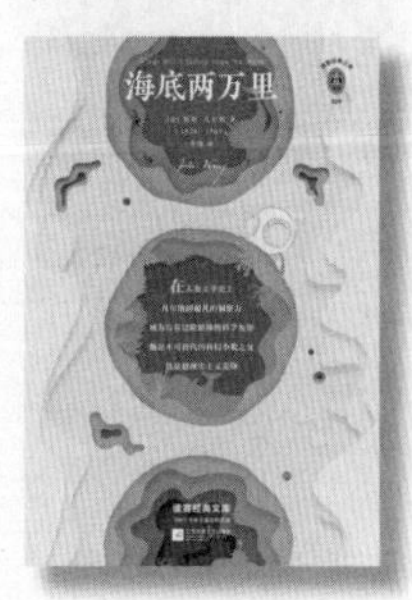

激发个人成长

多年以来，千千万万有经验的读者，都会定期查看熊猫君家的最新书目，挑选满足自己成长需求的新书。

读客图书以“激发个人成长”为使命，在以下三个方面为您精选优质图书：

1. 精神成长

熊猫君家精彩绝伦的小说文库和人文类图书，帮助你成为永远充满梦想、勇气和爱的人！

2. 知识结构成长

熊猫君家的历史类、社科类图书，帮助你了解从宇宙诞生、文明演变直至今日世界之形成的方方面面。

3. 工作技能成长

熊猫君家的经管类、家教类图书，指引你更好地工作、更有效率地生活，减少人生中的烦恼。

每一本读客图书都轻松好读，精彩绝伦，充满无穷阅读乐趣！

菲利普·马洛
私人物品图鉴

Philip Marlowe's
Personal Belongings:
A Guide

菲利普·马洛私人物品图鉴

Philip Marlowe's Personal Belongings: A Guide

Mount Vernon
Pure Rye
Whiskey
OLD FORESTER
FOUR ROSES
MARTELL
BRANDY
PRIVATE
OLD GRAND-DAD

老祖父威士忌

Old Grand-Dad

他还在颤抖。我取下架子上的一瓶老祖父威士忌，在一个大杯子里倒了一注的量。我知道他会需要一个大杯子。

老泰勒威士忌

Old Taylor

我从办公桌最里面一个抽屉里拿出一瓶老泰勒威士忌喝了一口，含着它在嘴里咕嘟了一会儿。然后，我攥着凉丝丝的酒瓶瓶颈，琢磨着我要是侦破凶杀案的警察，看惯了横七竖八躺在地板上的尸体，会有什么感觉。

四玫瑰威士忌

Four Roses

我从厨房橱柜里拿出一瓶四玫瑰威士忌和三只杯子，又从冰箱里拿了冰块和姜汁汽水，调了三杯威士忌苏打，放在托盘上端出去。

老浮尔士德威士忌

Old Forester

我挂断电话，给自己倒了杯老浮尔士德威士忌，提提神，来迎接这位客人。

黑麦威士忌

Rye

他关上了房门，我拿出一瓶黑麦威士忌。他调好了两杯酒，我们两个照例敷衍地笑了笑，喝了起来。

金酒

Gin

“那是金酒。”我说，“众所周知，喝金酒的都不是好人。”

“好人就不喝酒。”老太太严厉地纠正道。

“没错。”我说。

五星马爹利白兰地

Five-Star Martell

过了一阵子，他带着一瓶五星马爹利和五张新脆的20元钞票蹦回来了。今宵就此变得美好起来——至少目前为止是这样。

百加得

Bacardi

“百加得要冲淡一点，还是你喜欢照原样喝？”

“我喜欢照原样喝，就像我真喜欢这东西似的。”我说。

白兰地

Brandy

“白兰地你喜欢怎么喝，先生？”

“怎么都行。”我说。

螺丝起子

Gimlet

真正的螺丝起子是一半金酒一半罗斯牌青柠汁，其他什么都不加。能打得马提尼落荒而逃。

干马提尼

Dry Martini

“来一杯干马提尼吧。”

“是用勺子舀着吃，还是用刀叉切着吃？”

“切碎吧。”我说，“我嚼着吃。”

高球

Highballs

我走进小厨房，取出苏格兰威士忌和苏打水，调了两杯高球。我这儿没有喝起来特别带劲儿的东西，例如硝化甘油或虎息蒸馏酒。

双份苏格兰威士忌

Double Scotches

回城的路上，我走进一家酒吧，喝了两杯双份苏格兰威士忌。烈酒没能扭转我的心情，只是让我想到银发妞。我从此再也没有见过她。

热托蒂

Hot Toddy

我在公寓里这儿那儿地坐来坐去，喝了太多的热托蒂，尝试解开盖格那本蓝色索引记事簿里的密码。

威士忌酸酒

Whiskey Sour

“我要威士忌酸酒。”大块头说，“你呢？”

“威士忌酸酒。”我说。

骆驼牌香烟

Camel Lights

我从自己兜里掏出一支骆驼牌香烟来，点燃之后，拉过一把椅子坐下。我摊开一只手，瞧了一眼，那个大拇指隔不了几秒就上下抽动一次。

柯尔特手枪

Colt Pistols

点三八半自动手枪“超级大赛”

点三二银行家特制手枪

点二五自动手枪

卢格手枪

Pistol Luger

我再次关上窗户，然后拉开写字台的抽屉，将那支卢格手枪拿出来别在身上。我这样子就像是下了决心要去开车跳崖一样。

汤普逊冲锋枪

Tommy Gun

对，这座城市没那么糟糕。芝加哥也是，你可以在这里住上很久都见不到冲锋枪。

奥兹

Olds

我松开刹车，奥兹缓缓驶离白色的路沿，这是我最后一次见到霍华德·斯宾塞。

克莱斯勒

Chrysler

我贴着路沿踩刹车，关掉车头灯坐在那儿，手搁在方向盘上。渐渐散去的雾气中，海浪翻腾起沫，几乎不发出任何声音，就像意识边缘正在挣扎成形的一个念头。

马洛的服装

Marlowe's Wearings

深色毛毡软呢帽

经典双排扣白色细条纹法兰绒西装

经典双排扣卡其色风衣

以上服装参考自1946年发行的《长眠不醒》同名电影

由亨弗莱·鲍嘉饰演菲利普·马洛

私家侦探执照

Private Investigator License

我是个有执照的私家侦探，已经做了一阵子。我独来独往，没结过婚，人近中年，不富有。

私家侦探徽章

Private Detective Badge

你想当个私家侦探吗？那可以挣大钱。上九节简单的课程就可以了。我们提供徽章和文凭，如果你肯多付50美分，还额外赠送一条疝气带。

马洛的名片

Marlowe's Card

PHILIP MARLOWE
Private Investigator

我从钱包里翻出一张名片递给她。“如果你将来需要靠得住的帮手，”我说，“找我。不过，纯脑力活儿就算了。”

牛角框太阳镜

Horn-Rimmed Sunglasses

我摘掉太阳镜，拿它优雅地敲打左腕内侧。假如一个人体重一百九十磅也真能像个小基佬，那么正在尽力而为的就是我了。

斯芬克斯象棋残局

The Sphinx

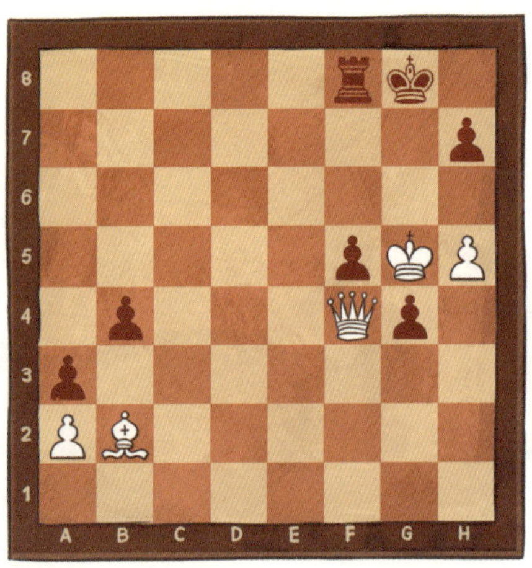

每隔很久一段时间，碰到心情极度恶劣的时候，我就会摆出斯芬克斯，寻找解局的新路子。这是个静悄悄发疯的好办法，你甚至不会尖叫，但已经很他妈近了。

咖啡壶

非常有条理的好老弟，马洛。什么也不能扰乱他煮咖啡的章程。哪怕是一个走投无路的家伙手里的一把枪。

麦迪逊肖像

$5,000

我的保险箱里有张五千块的钞票，但我一分都没花过。因为我得到这笔钱的方式不对劲。刚开始我时常把玩，现在还是偶尔拿出来看两眼。但只是看看——我一毛钱都不会花。